見鬼了才當後娘

1

風文創 1104

霓小裳 著

目錄

序文……005
第一章……009
第二章……021
第三章……033
第四章……047
第五章……061
第六章……079
第七章……093
第八章……109
第九章……125
第十章……137
第十一章……153
第十二章……173
第十三章……191
第十四章……205
第十五章……223
第十六章……241
第十七章……261
第十八章……279
第十九章……293
第二十章……309
第二十一章……323

序文

霓小裳

每個人都有自己喜歡的動物。我喜歡的動物是魚。

我家裡養了很多魚兒，不過，這些魚兒不是養在魚缸裡，而是優游在電腦與鍵盤之間，是一個字、一個字敲出來的小說。從第一篇小說到現在這本《見鬼了才當後娘》，從現代言情到古代穿越，一次次用豐沛情感與多情描述寫就、放養，恍惚我也成了一尾歡快的魚兒，在文字與故事的浩渺海洋中遨遊……

二〇二一年，我最要好的同學再婚，她與現任各自帶著一個女兒，又生了一個小女兒，四口之家一下子變成五口之家，她再次做母親的同時也成了一個繼母。

自古，後娘不好當。親生的娃不乖了，拖來訓一頓，打幾下，都沒啥，我生的，打了就打了，孩子哇哇哭幾聲，也不會記仇。但繼女就不同了，別說打，就是一個不滿的眼神給她，她都要與人哭訴，自己好可憐啊，攤上惡毒後娘。

於是，生下小女兒後，同學雞飛狗跳的日子就開始了。

她常淚眼汪汪的問我，該怎麼當好一個後娘？

我被問住，想了好久，給她發了一封短信：授之以魚，不如授之以漁。

其實，養娃不管是不是親生，都是一個養魚的過程，小魚仔子時，關心水溫是不是合適，魚食對不對胃口。魚兒一天天長大，魚身矯健，剛柔並濟，於是，放歸大海的魚兒，一躍成名。養娃呢，如何愛他、疼他、關心他，似乎是普天下每一個母親一直樂此不疲的。

但為何養著養著，有些親生的娃兒都會走上叛逆人生，開始怨恨母親？是他們不懂道理嗎？不，在眾目睽睽之下，他誇誇其談得比誰都要來得精彩！

那是什麼原因造就了一些怨母恨兒呢？

在我看來，就是給予得太多，只顧餵他吃魚，忘記教他怎麼去捕魚，離開了妳，他什麼都不是，被人奚落、被人嘲諷，他能怨誰？怨誰人家也不買他的帳！

他只能怨妳，怨自己的母親。

給同學發了那句話後，我一夜未眠，打開電腦寫下了《見鬼了才當後娘》的大綱。

書裡何月娘是一個臨時被人綁回家的後娘，當後娘的隔日男人就死了。

一個寡婦後娘好像有點命途多舛，但她卻不怕，帶領五個繼子、一個繼女，熱火朝天地過起了嶄新的日子。

幾個繼子們性子不同，專長也不同，她充分尊重娃兒們的意思，在他們想要走的人生旅途中，推一把，送一程，直至他們每一個都走上正途，有了屬於自己的事業！

一朵花開不是春，百花齊放春意濃。

從進入陳家那一刻，何月娘這個後娘就不被人看好，好吃懶做，時不時地罵大街，把上門滋事的打得屁滾尿流，這種後娘能好了？

事實呢？何月娘用一樁樁、一件件的事例，堵住了那些好事人的嘴，讓他們自己打自己的臉，因為陳家莊是頭一回有人把小日子過得如此和和美美，兄友弟恭！

最終娃兒們成功了，後娘也就成功了。

寫《見鬼了才當後娘》這本小說時，我慈母心爆發，直接抱了電腦去同學家裡，一邊用腳勾著搖籃哄她家小女兒，一邊在鍵盤上飛速地打字，每一個故事情節同學都會發表看法，琢磨她自己在繼女遇到那樣的困難時，她會怎麼做？人最珍貴的莫過於時時反思，在反思與對比中，同學這個後娘當得越來越嫻熟，彷彿如魚得水。

到後來，也就是今年年初，她打電話給我說，她家的繼女參加繪畫比賽得獎了，得獎作品的名字是「我的美麗後娘」，她在電話裡又哭又笑，沈醉在自己是一個好後娘的自豪裡。

我真心替她歡悦。

文學作品來源於生活，人們常常會在書籍、影視作品裡找到生活中的點點滴滴，我們的苦與樂，悲與痛，構成這個五彩斑斕的大世界。同時每個人的小世界都不盡相同，但卻又有共同點，那就是真理、真情、真心、真愛！

我只希望我在生活中領悟到更多，並將這些領悟在鍵盤上敲出來，繪成一尾尾平凡又滿滿不凡的故事魚送給你們，希冀你們見證我的年年有魚，字字珠璣。

第一章

陳大年在一陣劇烈的咳嗽之後吐了血，然後就在一屋子兒女的哭喊聲裡陷入昏迷。

他好像作了一個夢，夢裡到處都是一片白，刺眼的白把他的眼睛晃得睜不開，就在他疑心自己死了的時候，卻聽到一個渾厚蒼老的聲音。「大年，你怎麼能是我老人家的後代呢，怎麼我老人家的智慧你一點都沒繼承到呢？」

「你是誰？」

陳大年好不容易適應了眼前的環境，看清楚眼前站著一個穿著富貴的老頭兒，他瞥了陳大年一眼，哼哼了兩聲才說：「我是你太爺爺！」

我太爺爺？陳大年瞠目結舌。「我爹都沒了十多年了，我連我爺爺的面都沒見過，你說你是我太爺爺，有啥憑證？」

「好，好，我給你看憑證！」

富貴老頭兒陳牧原一下子氣了，見陳大年不信他，當即勃然，他手往身後一抓，只聽哎呀哎呀兩聲，陳大年的面前就多了個人，他定睛一看，嚇得忙跪倒在地。「爹，您怎麼也來了啊？」

他爹朝著他擺手。「時間寶貴，少囉嗦，聽你太爺爺的。」

陳大年忙又調轉方向，給太爺爺磕頭。

「村東頭破廟來了個乞丐，你娶了她，再跟她寫一份文書，你死後你的房子、你房子裡的全部東西都給她，條件只有一個，讓她帶著娃兒們把日子過起來！」太爺爺聲音冷厲地說道。

「啊？太爺爺，我眼看著都要來見您跟我爺爺他們了，怎麼還能娶妻啊？」陳大年又磕頭，問道。

「哼，你當老子願操這心啊？你好好聽聽吧！」太爺爺怒斥後，一腳踹在陳大年身上。

陳大年一疼，耳朵裡忽然聽到兩個女人在說話，一個說：「嫂子，咱爹這回可夠嗆啊，以後咱們家可怎麼辦啊？」

陳大年聽出來了，這是他二兒媳婦劉淑珍的聲音。

「還能怎麼辦？繼續過日子唄！唉，咱爹怎麼就……」大兒媳李芬有點哽咽說不下去了。

「嫂子，妳怎麼不想想，三叔、四叔、五叔他們可都得娶親吧？小姑子得嫁人吧？公爹一死，這些事、這些花費可都落在咱們倆大的身上了！哎喲喲，想想就覺得日子沒法過了……」劉淑珍越說越激動，都有點捶胸頓足了。

「咱爹存了些銀子的。」李芬是個憨厚的，老實地說：「就用咱爹留下的銀子，給他們幾個娶親吧！」

「我的傻大嫂啊！銀子都給他們花了，咱們家的娃兒怎麼辦？咱們娃兒就不娶親，不嫁人了？」

劉淑珍這話一說，李芬愣住了。

這個問題，她沒想過，以前有公公操持一家人的生活，仗著他們家兒子多，每年除了種地，收了莊稼後還能去鎮上找點零活幹，所以日子過得在村裡也算是中等偏上了！

可這回給公爹治病花了一些銀子，剩下的得拿出一部分給公爹辦後事，就剩不下多少了，那麼以後給小三、小四、小五娶親以及小六出嫁所需要的銀子，就得繼續努力攢了。可攢夠了他們的，那自己兒子、閨女呢？

「嫂子，公爹沒了，咱們就能分家，家裡的銀子按照人頭分，咱們兩家大人、孩子加起來每家都有四口，他們合起來才有四口呢，妳想想，拿了銀子咱們好好過日子，不比給他們這些累贅累死累活地攢錢強啊！」

劉淑珍的話說完，李芬再沒言語。

陳大年聽得心驚肉跳。

敢情他還沒嚥氣，兩個兒媳婦就盤算起自個兒的小九九了，真如她們說的那樣，他死了，家分了，陳家不就散了嗎？

「太爺爺，我該怎麼辦？」他跪在地上，涕泗橫流。

「娶了那個乞丐，她能把陳家的日子過起來！」

太爺爺的聲音變得虛無縹緲，但陳大年卻聽得清清楚楚。

「爹，爹，您醒啦？」

陳大娃看到陳大年睜開眼，驚喜地喊道。

陳二娃、陳三娃、陳四娃、陳五娃也都齊齊湊了過來。才六歲的陳六朵使勁扒拉開幾個哥哥，擠到前面，攥著陳大年的大手，奶聲奶氣地喊：「爹爹，你起來跟小六兒玩，好不好？」

「乖！」看著年幼的小閨女，陳大年鼻子一酸，眼淚湧了出來。但他很快就意識到，他如今這是迴光返照，說不定很快閻王爺就要派小鬼來抓自己了，該安排的事，他得抓緊時間安排。

「大娃，你去村東破廟裡把個女乞丐叫到咱家來！」

「爹，您這是啥意思啊？」陳大娃不解地問。

「快去！」

陳大年瞪了陳大娃一眼，可能是用力過猛，他又不住地咳嗽起來。

陳大娃嚇得忙說：「好，我馬上去，爹，您別焦急。」

村東破廟。

何月娘已經兩天沒吃啥東西了，她渾身無力，軟軟地靠著一堆乾草，唉聲嘆氣。

誰能相信，她前世去採藥，失足落崖後重生成一個乞丐？

「妳……妳跟我走！」

忽然，一個二十幾歲的男子急匆匆進了破廟，沒頭沒腦地說了這話後，兜頭用一條麻袋把何月娘裹了，扛到肩上就跑。

何月娘在麻袋裡邊掙扎，邊問候陳大娃的祖宗十八代，到最後，她都喊非禮了。

但喊出來的聲音卻比蚊蚋大不了多少，陳大娃扛著她從村東跑到村西，一路上還有人跟他打招呼。「大娃，這是從哪兒扛回來的糧食啊？」

陳大娃也不搭理那人，撒丫子往家跑。

他們到的時候，陳大年已經不咳嗽了，甚至還喝了大兒媳李芬沖的一碗雞蛋花。

陳大娃把人從麻袋裡放出來。

「爹，人我帶回來了。」

何月娘在麻袋裡給晃得一陣陣噁心，加上沒吃飯，她頭暈目眩，腳下一軟，就跌坐在地上。

抬頭映入眼簾的就是一屋子大大小小的人，都齊齊地用驚奇的目光看著她。

「你們……你們為啥綁架我？我沒銀子，也……也長得不好看……」綁架都是劫財劫色，綁一個乞丐，想劫啥？

何月娘沒力氣站起來，索性身體往後挪了挪，靠著牆。

「老大媳婦，去給她做碗雞蛋麵！」

陳大年看著眼前這個渾身上下髒兮兮的小乞丐，年齡也就十幾歲，太爺爺讓自己娶她，是開哪門子的玩笑啊？

李芬應聲出去了。

「你們也都出去。」

陳大年心情複雜地看著地上的小乞丐。

陳大娃是個老實孝順的，老爹發話了，他不敢不聽，忙抱起六妹，帶著幾個弟弟出去了。

「我可以讓妳吃飽飯。」陳大年語氣緩緩地說道。

「真的？」何月娘眼睛一亮，但很快又黯淡了。「什麼條件？」世上就沒有免費的餡餅。

「妳嫁給我！」

「啥？你說啥？」何月娘一下子就從地上跳起來，但身體太乏力了，她又一屁股跌坐回去。「你……你個不要臉的，都病成這副鬼樣子了，還想……老牛吃嫩草啊？」

她就知道，這貨沒安好心。

「妳不用擔心，我很快就死了，不……不能把妳怎樣！妳只要答應做我孩子們的後娘，帶著他們好好過日子，這個房子以及房子裡的所有東西都給妳！」陳大年苦笑著繼續說道：

「我也知道這是為難妳了，可妳想想，再有個三、五日的就入冬了，到時候，下雪天寒地凍的，妳不餓死也得凍死。妳到我家裡來，能吃飽，還能穿暖，更……咳咳，更重要的是還有幾個孩子孝順妳……」

「你真的要死了？」

何月娘動心了。當不當後娘她不在乎，可吃飽穿暖，對她太有吸引力了，當個便宜後娘還能得一棟房子以及一屋子的財產，這買賣簡直太划算了！

像是回答何月娘的話，一陣劇烈的咳嗽之後，陳大年又噴出了一口血。

何月娘被嚇白了臉，她看著陳大年拿了帕子一下一下擦著嘴角的血，哆嗦著問：「你既然有房子，有銀子，那就讓你兒子們好好過唄，為啥還要娶我？」

「我相信妳能帶他們過好日子，這個家不能散，兄弟齊心，其利斷金！」

陳大年說著不禁老淚縱橫。他不想死啊，他的傻兒子三娃，他聰明的小五兒，還有他可人疼的小六兒啊！

「那個，你得想清楚，萬一你兒子們要跟我分家呢？我沒啥力氣，可阻攔不了他們！再說了，你死後，他們萬一不承認我……是他們的後娘，把我趕出去呢？你的什麼房子啊、錢財啊，不都跟我沒啥關係了嗎？」

何月娘想了又想，越想越覺得這事像個陷阱。

「我可以寫份文書給妳，他們如果想分家，那這房子跟房子裡的所有東西都跟他們沒關係，他們淨身出戶！」

這個……倒是可行！

何月娘心裡暗暗又琢磨了一番，剛想再說點啥，卻聽到外頭院門砰的一聲給人踹開，緊跟著就湧進來幾個人，帶頭的是個婦人，那婦人扯了嗓子喊：「陳大年，你給我出來，你那傻兒子陳三娃調戲了我家的黃花大閨女，你說說，這帳怎麼算？」

「爹，不好啦！賴孀子帶人來鬧了，怎麼辦啊？」

李芬慌慌張張地端著一碗雞蛋麵跑進來。

「你三弟都那樣了，怎麼可能會非禮她閨女……咳咳，這個惡婆娘是……是知道我不成了，想來趁火打劫……咳咳！」

陳大年又氣又急，再次咳嗽起來，直咳得滿臉脹紅，雙眼往外凸，眼見著好像不把一顆心給咳出來不甘休似的。

何月娘扶著牆站起來，上前一步就把那碗雞蛋麵從李芬手裡搶了過來，接著一通扒拉，三口併作兩口一碗麵就下肚了。

她抓起陳大年放在一邊的外衫，胡亂地在臉上抹了幾把，接著朝著李芬伸手。「扶我出去！」

「啊？」李芬本就驚魂未定，這會兒聽她這一句話，迷糊了。

「妳爹娶了我，我就是你們的後娘，後娘身子骨兒弱，讓妳扶著點不應該嗎？」

何月娘看了病懨懨的陳大年一眼，心裡嘀咕：你若是敢騙我，到時候不死，我就親手弄死你！

「聽妳娘的！」

陳大年一句話猶如五雷轟頂，反倒是把李芬給轟得回過神來了。她戰戰兢兢地看了自家公爹一眼，心想不是病糊塗了吧？

「還不快去！」陳大年這話加重了語氣。

陳大年的臉色把李芬嚇得，忙一把扶住何月娘往外走。

外頭院子裡，賴氏扯著嗓子嚷嚷。「左鄰右舍，你們都給評評理啊！我家秀兒可是黃花大閨女，長得如花似玉的，我正盤算著給她找個好人家呢，誰知道，陳家這個傻三兒在我家門口鬼鬼祟祟的蹓躂，看秀兒出門，他拉著秀兒就跑，跑到村西的野地裡，動手動腳，我家秀兒啊都被嚇壞了！老陳家上梁不正下梁歪，爹不是東西，兒子也混蛋！」

她破鑼嗓一鬧騰，立時就招來不少人。

大家議論紛紛。

「三娃雖腦子不靈光，可看著不像是那樣的人啊？」

「就是，就是。」有人附和。

但也有人撇撇嘴，說：「我看啊未必，陳三娃也有十六、七了吧？這男人不管腦子好不好使，那方面……嘿嘿，到一定的年紀都不安分！」

「哎喲喲，你們看看，傻三兒又纏著我們秀兒不放了，這可是大庭廣眾啊，他就敢這樣調戲良家女子，我……我要去縣衙告狀，讓縣老爺把這個傻子抓進大牢，關他十年、八年的！」

大家順著賴氏手指的方向果然看到陳三娃拿著一塊酥糖，正往秀兒手裡塞呢！

秀兒羞得滿臉通紅，不住地小聲跟陳三娃說：「三娃，我不要，你別拉我，人家……都看著呢！」

「看……看就看，我才不怕，就要給妳酥糖吃！」陳三娃一臉單純的笑，他看著秀兒，眼睛亮晶晶的。

「狗子，你還不快動手，把這個不要臉的小混蛋抓起來，扭送縣衙！」

賴氏對著自己小叔子使眼色。

賴狗子抓著陳三娃的手臂就往外拽。

「不要拉我，秀兒，吃……吃酥糖，不……不給老虔婆！老虔婆壞！壞！」

陳三娃長得沒有賴狗子壯實，力氣不如他大，眼見著被他拽到門口了，經過賴氏旁邊時，陳三娃用憤怒的眼神瞪著她，嘴裡嚷嚷著。「老虔婆壞，老虔婆壞……呸！」他朝著賴氏狠狠啐了一口。

「好啊，你個小混蛋，敢對我撒野，看我不打死你！」

賴氏揚起手，對著陳三娃的臉狠狠打了過去。

「妳給我住手！」

一個女人的聲音響起之後，賴氏就覺得眼前人影一晃，然後她的手腕就被死死地抓住了。

後頭李芬呆愣原地，她詫異地看著正跟賴氏對峙著的那個……所謂的娘，明明她剛才還好像半死不活地要自己扶著出來，怎麼一會兒工夫就跟箭似的竄了出去？還攔住了賴氏！

「妳是誰？這是我們跟陳家的事，跟妳沒關係，滾一邊去！」

賴氏暗中使勁想要把手腕從這個看起來很瘦削的女人手裡抽出來，但試了幾次竟都沒成。

「我是陳三娃的後娘，妳有事說事，別欺負我家娃兒！」何月娘冷冷地說道。

「啥？妳是他的後娘？什麼時候的事？我們怎麼都不知道？」

不只賴氏驚了，在場的眾人也驚了。

「我是不是他的後娘關妳屁事？怎麼？妳眼熱，也想喊我娘？成啊！當著大夥兒的面，妳給老娘跪下磕個頭，老娘就認了妳這便宜老閨女了。」

何月娘的話激怒了賴氏，她眼珠子瞪著何月娘，像是要噴出火來。

兩人之間劍拔弩張，眼看著就要動手了。

「娘，咱們回吧，三娃真沒欺負我，他……就是想給我一塊桃酥吃，我不要，他就拉著我的手硬塞給我，就……就被您看到了……」秀兒忙過來解釋。

「滾！妳個不要臉的小賤人，陳三娃沒欺負妳，難道是妳跟他勾搭？我白養妳這些年啊，把我兒子剋死了，又想把我氣死，哎喲喲，我的命怎麼就那麼苦……」

「要號喪回家號去，妳閨女都承認我家三娃沒有欺負她，妳還在這裡囉嗦什麼？趕緊滾！」

何月娘不客氣地推搡著賴氏往外走。

「好啊。姓陳的，你們想這樣過去，門兒都沒有！三娃當眾調戲我家秀兒了，這大夥兒都看到了。今兒，你們不賠我閨女十兩銀子，我就去縣衙告你們全家！」

賴氏嚷道。

第二章

「十兩銀子？這點銀子對於我家來說……」

何月娘話是朝著賴氏說的，但尾音拉得好長，隔著窗戶傳進正屋。

「咳咳咳，有……但……」

屋裡的陳大年怎麼會不明白何月娘是在問他呢？他一陣暈眩，但絕對不是因為病情加重，而是被即將離他而去的十兩銀子肉疼的。

「我們當家的說了，十兩銀子我們出得起！」

何月娘一句話把賴氏給喜得眉開眼笑。「那就拿來啊！」

「姓賴的，妳以為妳是怡紅院的頭牌啊，動動嘴皮子，十兩銀子就到手？」

何月娘一臉不屑。

「你們這是想賴帳？」賴氏跳腳瞪眼，一副要跟何月娘拚命的架勢。

何月娘狠狠往地上啐了一口，她對著一旁淚眼婆娑的秀兒說道：「秀兒，妳進來，我有話跟妳說！」

「等等，銀子給老娘就成，妳扯上秀兒做什麼？」賴氏擋在秀兒身前。

「姓賴的，我們人在家中坐，禍從天上來，眨眼被妳賴去十兩銀子，怎麼我們銀子沒了，跟秀兒問問事情經過也不成？那好，妳去縣衙告吧，我就不信了，縣太爺單單聽妳一個人的？」

索性，何月娘擺出一副隨便妳怎樣我都奉陪的架勢。

賴氏被鎮住了。她不想打官司，告狀可是要費銀子的，她更不想眼睜睜看著十兩銀子就這麼沒了。要知道，別說他們這個小小的石坡子村，就是方圓百里，家裡能存下十兩銀子的，並不多見。

陳家之所以能有這樣不菲的積蓄，是因為陳大年是個會過日子的，他那幾個兒子又聽話，肯在農閒的時候去打零工，這才日積月累攢下了這樣一小筆的銀錢。

「死丫頭，敢胡說八道，回去後老娘扒了妳的皮！」

賴氏惡狠狠地威脅秀兒。秀兒的眼淚跟斷了線的珠子似的撲簌簌直落。

何月娘懶得再搭理賴氏，牽了秀兒的手往正屋走。

掀開簾子進門時，她瞥了一眼站在一旁個個一頭霧水的陳家幾個娃兒。「你們守住門口，若小人敢靠近，你們就打，專朝著她小腿打，疼死她還打不死！」

啊？一眾娃兒集體打了一個激靈。

這個要飯的女人真的要成他們的後娘？她動輒打人小腿，滿臉發狠的樣子完全不像是一個十幾歲的女子啊！

「聽你娘的。」

裡頭又傳來陳大年的話，聲音不大，嗓音沙啞，但卻是清晰地傳入幾個兒子耳中。
「是，爹！」陳大娃應了一聲，接著轉了個身，鐵塔似的站在正屋門口。
其他幾個兄弟見大哥這模樣，也忙兵分兩列，守住屋門。這會兒，別說賴氏了，就是隻蒼蠅想進去，也會被這幾個娃兒一巴掌拍死！

屋裡。
秀兒緊張地低著頭，兩手絞在一起，肉眼可見，她的身體在微微發抖。
「秀兒，妳別怕，今兒這事不怪妳。」
何月娘看了一眼躺在炕上的陳大年，他臉色不好，不知是因為剛才一陣咳嗽，還是因為銀子。
「姊……不，嬸子，三娃哥是好人，他對秀兒好，拿秀兒當人看。可秀兒害了他，是秀兒的錯，嗚嗚……」秀兒低低地啜泣著，說不下去了。
「妳不是賴氏的女兒？」何月娘溫和地問。
「我……」秀兒嗓子顫得說不出話來。
「秀兒是賴家的童養媳，七、八歲時，賴氏兒子死了，賴氏一直把她兒子的死歸咎於秀兒，說她是剋夫災星，所以，秀兒……唉，可憐啊！」陳大年說話了，出人意料的，他說了這長長的一段話，竟沒咳嗽。

「嗚嗚……」秀兒哭得更厲害了，但因為怕被外頭的賴氏聽到，她壓抑著哭聲，莫大的委屈與克制，讓她小小的身體不住地顫抖。

「秀兒，妳想不想過好日子？」

何月娘哀其不幸，但深知一個人想要獲救，就先得自己立起來。

驀然，秀兒抬頭，淚眼定定地看著何月娘，良久，她用力點頭。「我想。」

「很好。」何月娘笑了。「我可以給妳十兩銀子……」

「不，嬸子，我不要銀子！三娃哥對我好，我感激還來不及，怎麼能再要你們的銀子？嬸子，您放心，等等出去，我跟我娘說，銀子我不要，她打死我也不要！」

不知道哪兒來的勇氣，讓小小的秀兒用力甩了甩頭，眼角的淚珠都沒有了，但一抹堅定的光從她的眼底迸發出來。

「好姑娘！」

其實何月娘就比秀兒大兩歲，不過，因她自稱是陳大年媳婦，秀兒才稱呼她嬸子。

突然猛漲的輩分，讓何月娘有一點點不適應。但此刻不是她矯情的時候，她必須解救眼前這個可憐的女娃，同時也全了陳三娃的心願。

半個時辰後，在賴氏的催促叫嚷聲裡，正屋門簾再度挑起，何月娘跟秀兒一前一後出來。

賴氏目光掠過何月娘，落在秀兒身上，在看到秀兒高昂著頭，雖然臉上有淚痕，但眼神亮堂，氣勢強了不少，完全沒有過去那種在她跟前唯唯諾諾，大氣不敢出的受氣包模樣。

賴氏一怔，但她很快就用以往慣用的冷厲聲調對秀兒喊：「死丫頭，快點給老娘過來，不然老娘打……」

「打住！」何月娘截斷她的話。「左鄰右舍，諸位都在這裡看了一會兒了，也明白事情的原委，是賴氏說她閨女被我家三娃給非禮了，所以來跟我們討要說法！我呢，跟大年商議了一下，決定給賴家一個交代，賴氏索要的十兩銀子我們可以給……」

賴氏一聽頓時得意洋洋。「哼，算你們識相，拿來！」

「不過，銀子是給秀兒的，這是我們娶秀兒的彩禮，擇日不如撞日，我們兩口子決定明天一早就迎娶秀兒入門，秀兒是個好姑娘，我家三娃也是個善良的好孩子，雖然他頭腦受傷，沒有別人靈光，不過，他一定會對秀兒好，我也代表陳家表態，我們一家都會善待秀兒，讓她過上好日子！」

「什……什麼？妳再說一遍？」賴氏瞪大了三角眼，一臉不可置信。

「是妳說的，我們三娃壞了秀兒的名聲，那沒法子，我們只好負起責任來，把秀兒娶回家嘍！」

何月娘邊說邊捲起袖子，完事還扠腰跺腳，向賴氏丟眼刀子，那意思是：怎麼，妳不同意？那行啊，放馬過來，看老娘怕妳不？

院子圍觀的人也被這發展驚著了，你看我，我看你，都不知道說啥好了。

「好……好妳個小賤皮子，欺負到老娘頭上了，妳也不打聽打聽老娘在石坡子村的名頭！狗子，打這個不知道哪個犄角旮旯裡竄出來的賤人，打死了老娘去抵命！」

她跳腳攛掇賴狗子往前衝。賴狗子也是個蠢的，操著木棍就往何月娘這邊奔來。

何月娘一見不好，悄悄往後退了兩步，拿起了放在牆根底下的鐵鍬。

她想好了，賴狗子真敢對她動手，她就一鐵鍬拍他，拍死了，她去抵命，反正她一個沒前途的叫花子活著也沒多大意思，此舉就當是還了陳大年剛才給她吃的那碗雞蛋麵的人情吧！餓了這般久，死前能吃碗麵，值了！

「大娃，護著你們娘！」陳大年的聲音適時地響起，嘶啞中不乏為父者的威嚴。

何月娘一愣，接著心頭微微一暖。

陳大娃不喜動腦子，可這會兒腦子裡急轉了一圈又一圈，先是無緣無故多了個後娘，又是後娘做主讓三娃娶賴家死了丈夫的童養媳。村裡誰不知道，秀兒可是賴氏攥在手心裡的搖錢樹，她恨秀兒剋死她兒子，沒有把秀兒虐死，是盤算有朝一日把秀兒賣了賺錢。

但老爹的話大娃不敢違背。他一揮手招呼了其他幾個兄弟，說時遲、那時快，幾個壯小夥子各自抄起傢伙迎著賴狗子就衝了上去。

賴狗子一看陳大娃幾個凶神惡煞般的撲來，他一個人明顯不是對手，就先嚇得兩股戰戰，丟了手裡的木棒，轉頭就跑。

「狗子，你給我回來，慫貨！」賴氏氣得在後頭跳腳大罵。

見賴狗子跑了，陳大娃等人也沒繼續追，爹可是說了要保護後娘，所以，他們一個個就在何月娘跟前站成一堵人牆，擋住了賴氏。

「你們這些傻子，你爹都病入膏肓了，現在忽然蹦出來個後娘，這是名正言順地想要霸占你們的家產啊！」

賴氏打起挑撥離間的小算盤。

哪知道話音剛落，何月娘就語氣挑釁地說道：「賴婆子妳說得很對，只要陳大年一死，他的房子、他的財產以及他的兒女就都是我的，妳不忿有屁用？對不對，當家的？」

她的話很快就得到回應。

屋裡陳大年先是乾咳幾聲，接著有點氣喘地說：「賴氏，月娘是我娘子，我死後，我的一切自然都是她來承擔，這關妳屁事？滾、滾出去……咳咳！」

「好，陳大年，我不服，我比這個乞丐差在哪兒了？」

去年冬天她死了男人，趁著晚上偷偷跑來陳家，跟陳大年表白，要跟他好，結果呢？陳大年說什麼，我孩子還小，我不能給孩子找後娘，怕後娘苛待孩子！

她磨磨牙，怨懟地朝屋子裡瞪了一眼，冷笑著繼續說：「秀兒是我家童養媳，她嫁誰我說了算，她就算是守一輩子活寡，也不會嫁你們家傻兒子！」

「那可由不得妳！」

何月娘不耐地朝著賴氏翻了個白眼。「咱們大越國的法令中明文規定了，若是主家對童養媳毆打虐待，一經查實，縣太爺有權撤除主家跟童養媳之間的關係。如果主家不同意，繼續對童養媳施虐，一經查實，主家即刻要被抓入獄，最少判刑兩年以上或者流放！」

「我……我沒有虐待秀兒……」賴氏邊說邊朝著秀兒瞪眼威脅。

秀兒把頭扭向一邊，小臉上都是悽楚。

「妳真是不見棺材不掉淚！」

何月娘捋起秀兒的袖子，眾人頓時被眼前的一幕驚呆了。

秀兒白皙的手臂上，一道一道的傷痕，觸目驚心。而且這些傷痕有深有淺，有新有舊，一看就知道是有人年深日久地對秀兒施暴，才會讓秀兒的手臂傷痕累累！

「秀兒身上的傷痕，遠不只手臂！賴氏，妳把秀兒當牛馬使喚，從早到晚地折磨她，妳真不是人！」何月娘抬手輕輕把秀兒眼角溢出來的眼淚擦拭掉，輕聲勸慰。「秀兒，不哭，以後這種事不會再有了，妳相信……咳咳，嬸子我！」

呵呵……我不想給人當嬸子啊！明明人家還是一個二八年華的小佳人好不好？

但形勢如此，為了能順利地拿到陳大年死後的家產，讓自己過上吃得飽、穿得暖的日子，何月娘決定豁出老臉了。

「誰……誰敢擔保她這傷是我弄出來的？」賴氏就是個賴皮，怎麼可能輕易服輸。

「那誰又保證這不是妳弄出來的？賴婆子，實在不成，咱們去見官，妳告我家三娃對秀兒無禮，我告妳虐待童養媳，我倒要看看縣太爺怎麼斷？」

「妳……」賴氏怕了。

「還是那句話，三娃喜歡秀兒，我們也會對秀兒好，所以，秀兒我們明天娶定了，妳識相的話，回去好好準備準備，把秀兒嫁過來，那樣咱們兩家以後還能作為親家走動，過年過節，秀兒跟三娃對妳的孝敬是不會少的，不然，哼哼，秀兒好欺負，我們陳家卻不是好惹的！」

像是配合何月娘最後的那句話，陳大娃啪一聲把鐵鍬往地上一拍，把從跟前經過的一隻小強給拍得稀爛！

看著橫眉冷對自己的陳家娃，再看看地上那隻死得很慘的小強，賴氏一個激靈。

她訥訥地道：「那……那好吧，我好歹養了秀兒這些年，對她也有些情意，既然你們誠心迎娶，那我也不好攔著！不過，你們答應給秀兒的十兩銀子可得給她，不然就是拚著打官司我也不會答應！」

「那是自然。」何月娘點頭，轉頭看向秀兒。「秀兒，妳先跟她回去，明天一早我們抬花轎接妳！」

秀兒面頰上早就緋紅一片，她低垂了眉眼，輕輕點了點頭。

「秀兒，不走，不跟老虔婆走！老虔婆打人……」

陳三娃追著秀兒跑出門去，被何月娘一把拉回來，她看著三娃一臉對秀兒的不放心，笑著摸摸他的頭。「三娃，明天一早，娘就去把秀兒娶回來，你以後就可以跟秀兒在一起了。」

一旁的陳大娃他們眼睜睜看著，他們的心裡都有些異樣，這看似妙齡的何月娘身上，竟真有母親在世時對他們的那份溫情跟關切，不由得，他們的眼角濕潤了。

陳家要娶親，村裡不少跟陳大年關係不錯的都趕來幫忙。但他們來了看到的卻是陳家兩個兒媳正往飯桌上端菜，何月娘就盤腿坐在那裡，大快朵頤。

對面陳大年一眼不眨地看著她，像是要從她的臉上看出一點陳家未來的希望。

她已經吃了八個包子、兩碗粥，外加半盤子小炒肉、紅燒魚，以及一份從縣裡福運齋買來的桂花糕，這是陳大年託人買來哄小六兒的。

一家人就那麼瞠目結舌地看著，直到何月娘風捲殘雲般的把飯桌上一掃而空。

完事她還心有不甘地抹了一把嘴，嘟囔道：「不是說家裡存了十兩銀子嗎？怎麼就這點吃的？」

二兒媳劉淑珍實在是看不過去了，她氣呼呼地回了一句。「妳把我們一家幾口的飯都吃光了，還嫌不夠啊？」

「廢話，後娘也是娘，你們不該省點好吃好喝的孝順老娘嗎？」何月娘一瞪眼珠子，直衝陳大年質問。「你說的，我給你當媳婦，會多幾個孩子孝順我！」

「老二家的，給妳娘道歉！」

陳大年真想再作個有太爺爺的夢，好好問問他，沒搞錯吧，一個吃貨不把家裡吃窮就不錯了，還能帶著陳家過好日子？

劉淑珍不敢不聽公爹的話，彆彆扭扭地給何月娘道了歉。

「行了，都吃飽喝足了，快去為明天的婚事做準備吧！」

何月娘揮揮手，一副我大人不跟小孩計較的樣子，陳大娃他們都要哭了。

後娘這是啥意思？她一人吃飽全家都不餓了？

好在陳大年是個仔細的，早在一年前就把給三娃娶親的被褥啥的都準備好了，何月娘從箱子裡把東西翻找出來，拿到院子裡去晾曬，餘下要準備的明天婚宴上的一切用度，陳大年給了銀子，她就打發大娃跟同族的一個叫五叔的長輩趕了牛車去鎮上置辦了。

按照老規矩，晚上陳家開了兩桌席面，一是請來家族中主事的幾個長輩，共同商議明天的婚禮事宜，另外就是答謝今天下午趕來幫忙的親朋好友。

何月娘則在炕上陪著陳大年，說是陪病夫君說說話，解解悶。

實際上，這兩個時辰裡一直都是何月娘忙著吃點心，嗑瓜子，陳大年眼巴巴地看著自己的小娘子，看著看著，陳大年忽然說：「把衣裳脫了！」

第三章

「咳咳咳……」何月娘驚得連瓜子皮都吞了下去，噎得她乾咳不已。「你這個不要臉的，你想幹啥？你說了，你啥也不做！」

陳大年吭哧半天，憋得臉脹紅成豬肝色。「我……我怎麼說也是娶了妳的，我死後我辛辛苦苦攢下的一切也都要給妳，那我……我就是看看，不過分吧？」

看看？看你個頭啊！

何月娘差點就撲上去直接把這老小子給送去他來的地方，但她忍住了。東西沒到手啊……這會兒如果陳大年死了，那她就得繼續回去當乞丐！

「妳就脫……脫了上衣，我……我……」陳大年說不下去了。

他不是個壞人，但終歸是個男人，看著面前換了一身乾淨清爽衣裳的妙齡姑娘，他有心無力啊！就看看還不行嗎？

「不行！」何月娘斷然拒絕。

「那就算了，反正妳……」妳太能吃，我把家產留給妳也不放心。

陳大年腹誹。

何月娘咬住唇，眼睛死死地盯著陳大年，像是要在他臉上盯出幾個血窟窿。

緩緩地，她脫下了上衣，氣呼呼地閉上眼睛。「看吧看吧，看完了早點死！」

一雙豐盈就那麼躍然出現，像是一輪明月升起在無邊無際的夜空中，令人無限嚮往。

陳大年只看了一眼就轉過了頭。

他喉嚨發出咕嚕的響動，聲音沙啞地說道：「穿……穿上吧！」

但在他心底裡，卻深深印刻下來一枚梅花形的粉紅色胎記，就在那對豐盈中間的橫溝之中。

不多時，陳二娃氣喘吁吁進來。

「爹，狗剩跑來告訴我，賴婆子把秀兒捆在樹上打，都快打死了！」

何月娘跳下炕，邊往外走，邊對陳二娃說：「喊上你大哥、三弟他們，咱們一起去把秀兒救出來！」

賴家。

賴氏在大罵。「妳個賤人，陳家給妳的十兩銀子呢？今兒妳不把十兩銀子拿出來，老娘打死妳！」

「住手！」

院門被陳大娃一腳踹開，何月娘衝進去，一眼就看到秀兒被捆綁在梧桐樹上，全身被打出道道血痕，她無力地垂著頭，一動不動，也不知道是不是被賴氏打暈了過去。

何月娘的眼底迸發出憤怒的火焰。「大娃，二娃，打，打她小腿！」

啪啪啪！大娃、二娃拿了藤條，對準賴婆子的小腿狠狠抽打起來。

開始賴氏還能滿院子蹦跳著躲避打來的藤條，後來她小腿都給抽腫了，她摔倒在地……

「哎呀，打死人了啊，快來救人啊……」賴氏號哭著。

有左鄰右舍趕來制止。

「諸位，不是我何月娘不給你們面子，是賴婆子太不是東西了。秀兒給她做牛做馬這些年，再厚重的養恩也報答完了，秀兒跟三娃情投意合要成親，她不祝福孩子倆，我們也不怪她，可是，她不該還妄想霸占我們陳家給秀兒的彩禮。賴婆子我實話告訴妳，彩禮有十兩銀子不假，但只會等秀兒嫁進我們陳家，我才會給她！」

何月娘一番話在情在理，把來圍觀的人說得紛紛點頭，一個村子裡住著，賴氏什麼德行，誰不知道？大家紛紛指責賴氏不是東西，泯滅了良心。

「妳……妳把我打成這樣又怎麼算？」賴氏哭唧唧。

「給妳治傷的，拿去！」何月娘從袖袋裡掏出來一塊碎銀子，丟到賴氏身上。

「我養的丫頭可費神費力不少的，想帶走秀兒，就得再給我銀子！」賴氏不依不饒地叫嚷。「不然……我就去縣衙告你們搶親！」

「要銀子？行啊，十兩夠不夠？」何月娘嘴角微微上揚，勾出一抹嘲諷的弧度，她半彎著腰，與坐在地上撒潑的賴氏面對面。

「夠，夠了！」賴氏驀地一喜。她小腿給打得生疼，但如果被打一回能換來十兩銀子，這買賣還是划算的。

「我聽說，上夼村的趙六被人打斷腿，對方賠給他五兩銀子！我算算啊，一條腿五兩銀子，那兩條腿就是十兩銀子！大娃、二娃，再打，把她兩腿都打斷，打夠十兩銀子咱們再走！」

聞言，大娃、二娃拎著藤條一左一右朝賴氏走來。

賴氏被嚇得面如土色，一下子跳起來，三步併作兩步就進了正屋，緊跟著從裡頭傳來屋門上門的聲音。

「賴婆子，妳跑啥啊？我十兩銀子都給妳準備好了。喂！妳開開門……」何月娘狠狠踹了幾腳，但裡頭一點聲音都沒有。「十兩是妳自己不要的，那秀兒我帶走了，以後再見著她，妳最好繞道走，如果妳再糾纏為難她，我保證新帳、老帳一起算，不把妳身上的骨頭都敲碎了，我就不姓何！」

這事很快地傳了出去，當晚，石坡子村家家戶戶的大人教育小崽子時都滿面驚惶地說：「你們再不聽話，爹娘就把陳家的何氏叫來，讓她拿了藤條教訓你……」

「哇！娘，我不敢了，我以後都聽話……」小崽子們被嚇得哇哇大哭起來。

何月娘把秀兒安排進鄰居安大娘家裡，第二天一早，三娃就穿戴一新，抬著花轎去安家把秀兒迎娶回來。

喜宴進行中，發生了一件讓人很驚奇的事情。不斷地有人拿了銀子、雞蛋、米麵，甚至是一捆大蔥到陳家來，找了陳大年，好言央告他。「大年，這是我幾年前借的銀子，就一兩半，我還你的足足有一兩七，多出來的二錢只當是利息了，你可千萬不要讓你娘子到我們家討債啊，我一把老骨頭，承受不起那藤條的鞭笞啊！」

兩個時辰不到，陳大年床前的小几上就堆滿了村民還回來的東西。陳大年瞠目，要知道這些東西有的已經借了五、六年了，他要了幾次，對方都耍賴拖延，後來他一咬牙就對兒子們說：「某某借咱家的米麵咱不要了，吃一塹、長一智，以後你們離他家遠一點。」

究竟他那小娘子做了啥，讓這些人跟見了鬼似的，慌慌張張把欠的東西都送回來了。

何月娘撇撇嘴。「他們覺得你要死了，良心發現唄，關我什麼事？」

大娃老老實實地把發生在賴氏家裡的事說了一遍，最後小聲地說：「爹，我看他們是怕疼，藤條抽小腿好疼的！」

送走了賓客，陳大年把全家召集起來，開了個臨終會。

首先，照著事先說好的，何月娘把用紅包包著的十兩銀子給了秀兒，她溫和地對秀兒笑著說：「秀兒，三娃是個好的，他會疼惜妳的，妳也要好好照顧他！」

「娘，秀兒……記住了。」秀兒淚眼婆娑。

「爹，這不公平！都是嫁給陳家娃，為啥三弟妹就有十兩銀子，我們嫁過來的時候，就只是兩套鋪蓋！」

劉淑珍盯著秀兒手裡的銀子，恨不能衝過去，把銀子從那臭丫頭的手裡搶過來，全家幹了幾年才攢下的錢，憑啥都給了她？

「妳嫁過來的時候，老娘還沒來，妳要是氣不過也簡單，二娃，休了她，娘再用十兩銀子給你娶個年輕貌美的！」何月娘最不喜這種見不得旁人好的，當即撂下臉來。

陳大年給陳二娃遞了個眼色，陳二娃不由分說地拽著劉淑珍的胳膊把她拉出去了。

會議繼續。

陳大年發表臨終遺言後，把一串鑰匙給了何月娘，何月娘把炕櫃子打開，從裡頭拿出來一個小木匣子。

木匣子裡頭有幾塊碎銀子，還有房契、地契。

「給你們娘磕頭，今天起，她就代表我主持這個家，你們凡事都要聽她的，不然老子就是把棺材板給摳個窟窿也要回來教訓你們！」

這話說得，幾個娃兒不由得就是一哆嗦，哪還敢再說別的？紛紛跪在地上磕頭，正式認了何月娘這個後娘。等他們從地上爬起來，他們的爹陳大年已經駕鶴西歸了。

他們張嘴要哭，卻被何月娘攔住。「號什麼號？今兒是三娃成親的大喜日子，歡歡喜喜的日子，不許哭天兒抹淚的！」

「可是，我爹他……」二娃的眼圈再度紅了。

「他已經死了，咱們活著的還得繼續過日子！」

何月娘一句話把一屋子人的眼淚都止住了。

人死了，辦白事是很費錢的。陳家這會兒只剩下了不到三兩銀子。買一副中等的棺材就要七兩銀子，這是怎麼都省不了的。

陳大娃和陳二娃一籌莫展。

三娃則傻傻地笑著，秀兒去哪兒他就跟到哪兒，完全沒意識到他那老爹再也醒不過來了。

四娃和五娃一個十三歲，一個十一歲，跪在陳大年的床前，默默地流著眼淚。

小朵兒被何月娘送去了鄰居安大娘家裡，安大娘的小孫女寶妮七歲，在安大娘的暗示下，寶妮拉著小朵兒去玩扮家家酒了。

「娘，這銀子拿去給公公辦後事吧！」秀兒把紅紙包拿了出來。

「不成，說給妳的就是給妳的！妳好好看著三娃，其他的事不用妳管！」何月娘說著，扭頭看向大兒媳李芬跟二兒媳劉淑珍。「都這般時候了，妳們還不去做飯？」

啊？做……飯？

李芬跟劉淑珍跟聽見鬼叫似的，不可置信地望著這位新出爐的後娘，此刻胃口還是那麼好？

「廢話，這一家老小的，不吃飯都餓死給妳爹陪葬啊？」

何月娘眼睛一瞪，直把李芬嚇得一哆嗦，應了聲就奔廚房了。

劉淑珍不情不願地跟在大嫂後頭。

吃完飯，何月娘不滿地咕噥。「你們爹可說了，讓你們好生孝敬我，記住下頓別拿這種豬都不吃的東西來應付我，我是你們的後娘，後娘也是娘……」

眾人齊齊地站在那裡，面面相覷。

入夜，住在東廂房的老大媳婦李芬，跟住在西廂房的老二媳婦劉淑珍各自跟男人吹了半宿的枕頭風。「咱爹只在咱們跟前說她是咱後娘，又沒當眾宣布，咱們根本就不需要承認她的身分，就算鄰居們問及，咱們也可以說，爹是病糊塗說的胡話，不可能娶一個比自己兒子還小的女人當繼室。不承認她是後娘，咱家就沒了長輩。村規裡說了，長輩沒了，就可以分家！咱分了家，過自己的小日子，賺錢給兒子、閨女成親出嫁，多好啊！」

大娃跟二娃耐不住媳婦的軟磨硬泡，又想到自家孩子，答應了。

第二天天剛矇矇亮，東、西廂房的門就打開了，陳大娃跟陳二娃踉踉蹌蹌地從屋裡出來，兩人隔著院子互看一眼，接著都驚訝的低呼。「你也被打了？」

從對方被打得鼻青臉腫的慘相上可以看出來，昨晚他們的經歷是一樣的。

昨天半夜，大娃跟二娃剛迷迷糊糊地睡著，就覺得屋子裡多了一個人，在他們還沒明白過來怎麼回事時，身上就被招呼了一頓拳打腳踢，那人還邊打邊罵。「好你個逆子，你是怎麼答應老子的？家不能分，弟妹還小，還得你們照拂，結果呢？老子還直挺挺地躺在家裡呢，你個兔崽子就被女人蠱惑分家，老子先打死你，只當老子沒生過你……」

「不好啦，那女人捲了咱家的銀子跟房契、地契跑了啊！」

正屋傳來劉淑珍殺豬一般的尖叫。幾個娃一齊奔進正屋。

就看到正屋炕櫃子的小門被打開，裡頭裝銀子、房契、地契的小木匣不翼而飛，環顧屋裡，只餘木床上躺著早就嚥氣的陳大年，何月娘則蹤影全無。

一時，陳家陷入慌亂，聞訊趕來的里正陳賢彬弄清楚事情的始末緣由後也是眉頭緊皺。

何氏是個外來的乞丐，誰也不知道她來自哪裡，這下子任誰也無從下手去查。

「二爺，那個害人精何氏拿走了我們家幾……幾十兩銀子，那是我公公留給我們幾個活命的錢啊！」劉淑珍哭天兒抹淚。

李芬也眼圈含淚，她是個老實的，原本還覺得這個後娘不錯，肯為傻三弟出頭。

沒想到……唉！

「二嫂……娘許是去辦事了，咱們別冤枉……」秀兒覺得後娘不是壞人。

「妳少站著說話不腰疼！妳是好了，得了十兩銀子，我現在懷疑妳跟那賤婦是一夥的，合謀害陳家！」

劉淑珍一步躥到秀兒跟前，揚手就朝著秀兒的臉上打去。

「不讓打秀兒……」

陳三娃一把把秀兒扯到身後，啪一聲，他硬生生地受了劉氏一巴掌。

「放肆！」終於，陳賢彬火了。「人跑了就想法子抓回來，妳打三娃做什麼？」

「我……我不是故意的，是傻子非跳出來……」劉淑珍也沒想到，自己當眾竟就一巴掌打了小叔子。

「哼！」陳賢彬冷哼一聲，懶得搭理劉氏，招呼陳大娃。「你跟我去趟縣衙，我跟縣丞相熟，咱們先找他商議一下，看這事到底要怎麼弄。」

「是。」陳大娃已然六神無主，傻愣愣地跟陳賢彬往外走。

兩人還沒走到門口，就聽到外頭有人吆喝。「何氏拉了一口棺材回來了！」

陳賢彬緊走幾步出了陳家大門，只見一輛牛車上橫陳著一口柏木棺材。他心下一怔，柏木因含材脂，耐腐性、油漆後光亮性都極好，所以一般都是城裡富戶們重金購買了柏木再送去壽材店加工的。其價值雖然比不得楠木的，但卻遠在杉木之上。

現今，一副柏木棺材怎麼也得十五兩銀子吧？

「都愣著做什麼，還不快來幫忙？」

何月娘的臉色不太好，髮絲也有點凌亂，不過，一雙眸子卻是熠熠閃亮，透著犀利。

「嗯，好，好！」陳大娃激動得連連稱好。

陳二娃幾個也都趕忙湊過來，大家七手八腳地把棺材搬進院子。

何月娘就著李芬端來的溫水，洗了洗手臉，三兩下擦抹乾淨，再回頭，目光盯住劉淑珍。「妳剛說我拿走陳家多少銀子？」

劉淑珍一哆嗦，轉開頭，訥訥道：「我……我也不知道具體數目，反正公公在世時攢了不、不少！」

「呵呵，說得對。」何月娘忽然就笑了，笑得劉淑珍後脊梁颼颼冒冷風。

「大娃、二娃，你們要分家？」何月娘又問。

陳大娃低頭，不言語。

陳二娃剛想否認，劉氏暗暗在二娃的手心掐了一下，低低地咕噥。「你昨晚可答應過我的！」

二娃臉上的表情很是複雜，嘴唇開合了半天也沒說出來一個字。

「對，正好里正二爺也在這裡，我公公過世了，家裡沒了長輩，按照村規，我們可以分家的！」

劉淑珍咬咬牙，還是壯著膽子說了，末了還哭唧唧地央求陳賢彬。「二爺，我公公不在了，您可得給我們做主啊！」

「不用里正給你們做主，不就是分家嗎？太可以了，我同意了。不過，我有句話得說清楚，三娃、四娃、五娃以及小六兒還小，他們跟我一起過，大娃、二娃，你們現在就可以收拾收拾東西，帶著媳婦、孩子滾了。要記住了，你爹臨死前把這房子以及房子裡的一草一木都留給了我，所以，你們一根針都不能帶走。」

何月娘的話頓時把劉淑珍給惹毛了，她再也顧不得顏面，跳腳道：「妳算什麼東西，也敢霸占我們陳家的房產？陳家的一切都是我公公留給我們的，要滾也是妳滾！」

「劉氏，妳公公真說對了，妳就是一顆老鼠屎！」

何月娘不怒反笑，把一張紙遞給了里正。

陳賢彬大略看了一眼後，朗聲讀出了紙上的內容。「吾去後，家中一切都歸何氏月娘掌控，吾之子，若分家，淨身出戶。有朝一日，幼子、幼女成家立業，若何氏遠走，家產隨之帶走，旁人不可阻攔。最後的署名是汝父，陳大年絕筆。」

最末端一行小字清晰記錄，陳家剩下的全部家財是三兩二錢銀子以及房契、地契各一份。

陳賢彬將家產數額說出後，眾人鄙夷的目光紛紛看向劉氏。

妳不是說人家何氏帶走了幾十兩銀子嗎？原來妳家全部就只有三兩二錢銀子，即便人家何氏都帶走了，那也抵不過一副柏木棺材的價值，妳劉氏是不是要把買棺材不夠的十幾兩銀子給補上？

「滾一邊去！」

陳二娃低低地斥罵，劉淑珍噘著嘴，還想說什麼，被陳二娃反手甩了一耳光，她捂臉哭著回了西廂房。

陳大年風風光光地被發喪了。

按照規矩，中午，事主家是要留前來弔唁的親朋好友吃飯的。

趕牛車送棺材的壽材店小夥計也被留下了。三杯酒下肚，小夥計有點暈暈乎乎了。

陳賢彬悄悄問他。「這柏木棺材是何月娘買的？」

小夥計雞啄米似的點頭。「自然，自然……」

「她花了十五兩銀子？」陳賢彬又問。

這回小夥計的頭搖得跟撥浪鼓似的。「非也……非也……她拿了一枚百年的靈芝，我們……我們老闆的老娘病了有些日子了，正想買靈芝……補、補身子，就……就拿棺材換……換……」

他頭一歪趴在桌子上呼呼睡著了。

百年靈芝！陳賢彬瞪大眼，驚得說不出話來。

第四章

客人都送走之後，何月娘打了一個大大的哈欠，隨手抱起陳六朵。

「閨女，跟娘睡覺去！」

進山轉了一夜，好不容易採了一支百年靈芝，這會兒她睏得都要睜不開眼了。若不是她穿越來餓得沒力氣，哪至於一夕多六個孩子？不過這閨女真可愛。

「娘，我們……我們錯了，您就原諒我們吧！」

陳大娃拉著李芬，陳二娃拽著劉淑珍一起跪在了院子當中。

這一跪就跪到了第二天早上，出屋漱洗的何月娘很是嫌棄地看了這些礙眼的傢伙一眼，冷冷地道：「打今兒起，劉氏去村裡碾坊當一個月的幫工，再興風作浪，二娃不休妻，老娘就棄子！」

劉氏本來就跪得雙腿麻木，渾身疲累，這會兒聽讓她去碾坊幹活，頓時嚇得癱軟在地。

碾坊的活又累又重，不但要隨時幫著收拾碾好的糧食，而且一天之中有兩個時辰碾坊老闆要讓驢子休息休息，餵點草料，但驢子可以停，碾糧食的活卻不能停，所以這時候就得幫工套上繩子，跟驢子一樣拉著石碾子繼續碾壓糧食。

何月娘親自把劉淑珍送去碾坊，並跟老闆說好了，這一個月劉氏吃住都在碾坊，飯錢從工錢裡扣。

一聽這話，劉氏哭了。「妳……妳怎麼這樣狠毒？」

何月娘笑了，笑得無比陰險。「我狠？妳攛掇二娃分家，棄幾個幼弟妹於不顧，妳不狠毒？劉氏，別說我不給妳機會，不想幹妳可以跑啊，離開陳家，妳再嫁一個更好的男人，到時候我讓二娃給妳送賀禮！」

晚飯，桌子上放著一盤玉米麵饃饃，每個人面前還有一碗稀薄稀薄的野菜粥。

何月娘瞪眼睛。「老大媳婦，妳這是拿老娘當兔子養嗎？」

「娘，咱家就……就剩下這些東西了。」李芬不敢看何月娘的眼睛。

「啥？中午辦席面剩下的吃食呢？我記得光豬頭肉就剩了一大塊，妳就是偷吃，也不至於都吃了吧？」何月娘惱火地滿地轉圈圈。她答應死鬼陳大年照顧他的兒女條件之一就是吃好喝好，有一堆兒女孝敬啊！

「娘，剩下的東西都被林村的舅舅、舅娘拿走了，他們……他們來時就自帶了籮筐。」

陳大娃看自家娘子戰戰兢兢的，話也說不完整，只好站出來解釋道。

「都帶走了？」何月娘氣得七竅生煙。這是鬼子進村掃蕩的節奏吧？

「舅娘還說了，改日他們要來拿回親娘的嫁妝，這是嫁妝單子。」

李芬膽子很小，想想舅舅跟舅娘臨走時那凶神惡煞般的威脅，她不由地就哆嗦了。

何月娘接過所謂的嫁妝單子，一瞅就氣樂了。「六鋪六蓋，四季衣裳各兩套，銀首飾頭面一套，金鑲玉首飾頭面一套，祖傳玉鐲一對，板箱一對，梳妝檯一只，雕龍刻鳳大木床一架，米麵若干！」

陳大娃幾個的臉色也驟然變得慘白。

他們外祖家裡什麼時候行事如此闊綽了？

他們的親娘健在時，每年過年都要帶他們去外祖家裡拜年，幾個小的不太記得，但大娃跟二娃卻清清楚楚地記得，有一年，因為鬧旱災，地裡收成不好，到過年時，家裡已經沒什麼餘糧，更不要說，給孩子們置辦新衣裳，以及給外祖一家置辦年節禮了！

他們娘兒幾個到了林村，還沒到外祖家門口，就被拿著棍子的小舅舅打出了村。

他朝著他們大聲斥罵。「大過年你們空著手回娘家，真真是一群不要臉的貨，滾，滾！」

從親娘死後，外祖一家更是跟陳家斷絕了聯繫，還到處揚言說，陳大年借錢不還，他們惹不起。

「你們外祖一家這是想錢想瘋了。」

就這嫁妝單子已經不能用獅子大開口來形容了，該說他們林家的嘴巴已經大過天了。

何月娘的話說得大娃、二娃他們臉上微微一紅。怎麼說，林家也是他們親娘的娘家，做出這種事，他們都替外祖一家臊得慌。

「舅舅說，若我們拿不出嫁妝，那就拿房契和地契來抵……」李芬最後的話聲如蚊蚋。

「哈哈，這舅舅太有意思了，改日我定要登門去結識結識，都是親戚，陳家的就是他們林家的，不就是房契和地契嗎？給他們！大娃、二娃，我這個後娘大方吧？」

何月娘的眼神冰冷地看向陳大娃他們。

陳大娃兄弟倆撲通跪倒在地。「娘，把房契、地契給了外祖他們，咱們怎麼辦啊？」

「怎麼辦？我還要問你們呢！你們弟妹還小，那麼你們呢？你們做事之前又想沒想過，你們眼睜睜地看著外祖一家把咱們家的吃的、用的都拿走，你的娘老子我、你的兒女、你年幼的弟妹，我們又怎麼辦？都因為你所謂的不好意思拒絕外祖他們一家而餓肚子嗎？」

陳大娃跟陳二娃的頭深深地低下了。

下午舅舅他們如狼似虎地把所有吃的、用的搶走時，他們是想過要不要阻攔的，可舅舅低吼一聲。「臭小子，我是你們的娘舅，娘親舅大，你敢以下犯上？」

他們就瑟縮退後了。

「既然你們能把家裡的東西任由旁人搶走，那我為什麼就不能乾脆做個好人，把房契、地契也雙手奉上，反正這個家，你們姓陳的不在乎，我一個姓何的管什麼？」

何月娘越說越惱火，進屋去拎出陳大年留下的木匣子，砰一聲摔在兄弟兩人跟前。

陳大娃聲淚俱下。「娘，我知道錯了，以後我會守護好家裡的一切，不管是誰，他不想讓咱們好過，我……我就不讓他好過……」

「娘，您別氣了，我們真的錯了。」陳二娃也哭了。

「哼！」何月娘冷哼了一聲。「再有下次，老娘扒了你們的皮！」邊說著，她邊急匆匆地離開了家。

兩個時辰後，天已經完全黑透了。

何月娘一手拎著一包東西回村。夜幕中影影綽綽幾個高矮不同的身影佇立在夜風中。

一個稚嫩的聲音在夜色中響起，緊跟著一個小身影就撲過來，抱住了何月娘的腿。

「娘……」

「六朵啊，妳怎麼在這裡？」何月娘想抱抱她，怎奈兩隻手裡都拎著東西呢。

「我哥哥、嫂子帶我來的，我們害怕娘不再回來了！娘，妳會不會不要我們了？」陳六朵仰頭看著何月娘，大眼睛裡閃著星星點點的光。

「不會，六朵這樣乖，娘怎麼捨得不要妳！」何月娘的心軟得一塌糊塗。

「那娘也不要生哥哥們的氣了，好不好？」陳六朵一臉祈求。

「嗯，不生氣，娘誰的氣也不生。走，咱們回家。」

這一剎那，何月娘忽然覺得她這個後娘當得值得，當得應該。

大娃、二娃連忙接過了她手裡拎著的東西，她將六朵抱起來，用頭去蹭蹭小傢伙的小臉，她就格格格地笑起來。「娘，好癢……」

回到家，何月娘把捉回來的野兔丟給大娃一隻，讓他剝皮清理內臟，又著大兒媳李芬洗了一條白蘿蔔，切成塊狀，一會兒要用。
小半個時辰後，野兔蘿蔔已經下了鍋。
何月娘還在山中摘了一些野花椒，拿一塊薄薄的白紗布包裹了，丟進鍋裡。
「再加點白糖吧，白糖那東西提鮮！」
忽然，一個低沈的男聲在何月娘的腦海裡響起。她正拿鏟子翻著鍋裡的蘿蔔兔子肉，這詭異的聲音嚇了她一跳，手裡的鏟子掉在了地上。
「娘，您一定累了吧？進屋歇會兒吧，我一個人能做好。」
李芬聽她男人陳大娃說，這個後娘可是了不得，短短兩個時辰就在山中打了三隻野兔、兩隻野雞，順手還從野鴿子的窩裡掏了一斤多的鴿子蛋，就這能耐比當地最出名的老獵手老耿也高！
陳大娃還連連囑咐她。「一定要對後娘好，別累著她。」
「回屋，我跟妳有點私密話要說。」
那個奇怪的聲音再度響起，何月娘這回已經聽出來了，這個聲音不是旁人，正是剛被埋進土裡的先夫陳大年。
「我跟你有什麼私密話可說？」
何月娘條件反射似的蹦出來一句，把正低頭燒火的李芬嚇了一跳，她驚訝地看向何月娘。「娘，您說啥？」

「我……我有點累了，先回屋歇會兒，妳好好看著鍋啊！」

何月娘乾笑著走出了廚房。房門一關上，她就怒了。

「陳大年，你都死了還賴在家裡不走，這是幾個意思啊？」

「我不放心孩子們，央求了太爺爺，他老人家跟閻羅王身邊的人交好，特意走了一點門路，給我申請把一縷魂魄留在陽間一段日子。」

「說白了，你還不是不相信我，怕我會坑了你家家產，棄了你家孩子？」何月娘撇撇嘴。「疑人不用，用人不疑，既然你在下頭這樣有關係，那不如就再讓你太爺爺去求一求，把你放回來得了！這便宜後娘我還懶得當呢！一窩崽子，一個省心的沒有，哼！」

「妳這是真話？妳不喜歡小六兒？」腦子裡又傳來陳大年的聲音。

「小六兒是挺招人喜歡的……可你那兩個大的呢？」

「唉，我的孩子我知道，他們就是太善良了，而林家又太歹毒！」這話能聽出來是某鬼咬著牙說出來的，當然一縷魂魄到底有沒有牙可咬，何月娘就不知道了。

「要光是歹毒也不是沒法子治，以毒攻毒就好了，可他們貪婪得都讓人髮指了。」

何月娘說著就把嫁妝單子丟到了桌子上。

管他能不能看到呢！但事實證明，鬼眼通天，人家陳大年不但看完了嫁妝單子，還被氣得一陣狂咳。

「咳咳，他們……無恥……咳咳……不要臉……今晚我就去他們家，我要讓他們家雞犬不寧！」

「對，對，我看這個法子好！」何月娘忙投贊成票。

「可是，太爺爺說了，我魂魄留下的這段時間，只能管自家的事，打自家娃，不能對旁人下手！」某老鬼氣勢驟蔫。

「你完全可以不按套路做啊！」何月娘嘴裡又絮叨了幾句。「是可忍、孰不可忍，人家都欺負到你陳家門上了，即便你是一隻鬼，難道你就能嚥下這口氣？」

「違反規矩就不能輪迴轉世了。」陳大年情緒怏怏的，但隨後又斬釘截鐵地說道：「不行，我必須轉世投胎……」

「就跟陽間有誰稀罕你、等著你似的。」

何月娘翻了一個大大的白眼，接著不耐煩地道：「有事沒事？沒事趕緊滾，別耽誤老娘一會兒吃兔子肉！」

「林家不會罷手的，妳得提早做打算！」

陳大年說話的語速變慢，像是在思考什麼，很快，他跟何月娘說：「院子裡不是還有兩隻兔子，兩隻野雞嗎？妳拎去找里正，陳賢彬那人最是貪財不過，給他點好處，等林家來鬧時，讓他幫忙！」

「不給，那些都是我打回來自家吃的，孩子們都在長身體，我也得補補。」

何月娘把頭搖得跟波浪鼓似的。

「林家老大是林村的里正，他很狡猾又擅說辭，一旦他帶人來了，妳怎麼應對？把陳賢彬拉上，都是里正，諒林老大不敢太過分！」

「你不會是想眼睜睜看著林家人殺上門來吧？」何月娘氣呼呼地說道。

「我說過了，我不能對外人如何，一旦我真的做了，是會魂魄消散，永世不能投胎的。」

「陳大年，你……」

何月娘氣得想撓他。什麼重要？是趕著去投胎？還是為孩子們保住房子？

「妳聽我的，把那野鴿子蛋也拿上，他家兒媳婦生產時血崩，費了好人勁兒才保住了命，但已經在床上躺了幾個月了，野鴿子蛋對產婦大補，陳賢彬一家子都會感激妳的。」

「哼，感激我有屁用？我給小六兒掏的野鴿子蛋沒了。」

「娘子，謝謝妳，我就知道我沒看錯人。」

「喂，誰是你娘子？不要臉！」

何月娘臉上泛紅，不過，這一羞臊讓她忽然想到一個問題，忙問陳大年。「那我昨天洗澡，你……你在哪兒？」

「哎喲喲，又不是沒看過，至於這樣緊張嗎？我倒是不想看，可架不住妳……」架不住妳那對玉兔子實在是讓人移不開眼睛啊！

「混蛋死鬼，你以後再敢偷看，我就去廟裡找個高僧來唸經，把你超度了！」

何月娘恨得咬牙切齒。

想了想，何月娘還是決定聽死鬼一回，趁著夜色把那幾隻打來的獵物送去陳賢彬家裡。她去的時候，陳賢彬一家正因為小孫子的哭鬧而焦頭爛額呢。

孩子剛一個多月，可是親娘卻沒奶。

孩子餓得哇哇大哭，一家子人各種辦法都想了，無奈孩子太小，什麼輔食也吃不下。眼見著孩子小肚皮癟癟的，人也瘦了一圈，那慘兮兮的模樣揪住了里正一家人的心。

里正兒子成親三年，兒媳婦才生了這樣一個寶貝大孫子，剛生下來的時候，全家那歡欣自是不用說了，可偏偏又出現這樣一種境地，一家子是兒媳婦哭、婆婆急，里正的頭髮更是一縷一縷地掉。

「叔，這個是野鴿子蛋，一個的營養堪比好幾個雞蛋，你蒸熟了，搗成泥，給孩子餵下，能頂一陣，最起碼孩子不會餓成這樣。」何月娘說著又去檢查了一下孩子娘的雙乳，見其脹大得厲害，明顯是有奶但出不來。「這需要催奶。」

何月娘讓里正一家其他人都出去，她讓已經又急又疼，被折磨得面容憔悴的里正兒媳婦忍一忍，她五指併攏，由邊緣向中心方向順時針緩慢地按摩打圈，放鬆其周圍組織，然後一手從四周向中間輕輕拍打，邊拍打、邊按摩擠壓，並不斷變換位置，直到孩子娘感到輕微疼痛。

這一套催乳的技術是前世何月娘跟村裡一個接生婆學到的，接生婆得了她幾次的獵物，無以為報，就把自己祖傳的這一套法子傳給了她。

沒想到，重生在這裡，竟還機緣巧合地用上了。

她施展了一次，並沒有流出乳汁。

接著就又按摩了第二次，直到第四次，一直低頭看著的孩子娘驚呼。「出來了，出來了！」

何月娘忙把一旁的孩子遞了過去，小傢伙立刻就找到了方位，吧唧吧唧吃了起來。

何月娘一屁股坐在了凳子上，滿頭大汗。

外頭里正一家聽到了動靜，忙跑進來，就看到這樣一幕場景，里正娘子拍著手，直喊。「太好了，太好了。」

又轉頭看何月娘，忙讓閨女去倒了一杯茶來，由她雙手遞給何月娘。「妹子，這真是辛苦妳了，妳可是我們家的救星啊！妳放心，以後甭管妳有啥事，只要我們家老頭子能辦到的，絕對沒二話！」

「是，是，大年的幾個孩子就仰仗妳照管了，有啥困難都來找我！」

陳賢彬怎麼都沒想到，這個陳家突然從天而降的後娘有如此的手段。原本他從壽材鋪小夥計那裡聽說何氏有百年靈芝，還琢磨著她是從哪兒弄來的，畢竟她出現在村裡最初可是個乞丐啊，現在想來，許是這小娘子擅醫術，而且醫術絕對高超，這一出手就解了他家的燃眉之急啊！

有了這樣一個小插曲，何月娘帶去的野兔跟野雞，里正只收下了兩隻野雞，說是給兒媳婦燉了補充營養，野兔則硬是讓何月娘拿回去，還搭上了大半袋米，一罈子豬油，說是答謝何月娘的。

回去的路上，陳大年的聲音又出現在何月娘的腦海裡。「太爺爺說得對啊，我這是娶了個寶啊！」

「好啊，既然你承認我很難得，那就拿彩禮吧！嗯，我也不要旁的，一套銀首飾頭面，一套金鑲玉頭面，以及一對祖傳的玉鐲就好！」何月娘笑嘻嘻地說道。

「這個林家真可惡，他閨女嫁給我的時候，就一床舊被褥，外加一罈子醃鹹菜，哪兒來的那些好東西？氣死我了，老子今天晚上就找他們去，我嚇死他們！」

「怎麼？不打算投胎轉世了？」

「老子……老子嚇唬嚇唬他們，又沒真把他們怎樣！」

說著，聲音漸漸虛無縹緲。

這一晚沒人在何月娘耳邊聒噪，她攬著小六朵睡得很香甜。

早上醒來，李芬在院子裡處理兩隻野兔，看著手裡十分豐滿的兔皮，她一下子想到了小閨女三寶，剛一周歲多點，蹣跚著能在院子裡跟在她後頭喊娘，小臉可愛得讓人想捏一把。

她正愣神，從屋子裡走出來的何月娘淡淡一句。「左右兔皮丟了也可惜，妳閒著無事的時候，給三寶和大樹各做頂帽子吧！」

「娘……」李芬驀地從地上站起來，目光驚疑。「您怎麼……怎麼……」

怎麼看穿我剛才的小心思了？她剛剛的確就是那麼想的。

「囉嗦什麼？兔肉趕緊切出來，做成兔肉丁保存起來，別壞了。」

何月娘都懶得看她一眼，拉著小六朵去水盆邊漱洗。

「娘，大嫂忙著家務，要不小姪子、姪女的帽子我來做吧？」

秀兒無奈地看了一眼緊拽著自己衣襟的三娃。

「嗯。」何月娘知道三娃從秀兒嫁過來，就一直纏著她，秀兒是想幫著家裡做點事，都脫不開身。

早飯挺簡單的。

每人一碗粥，李芬也是個巧手的，用上里正家給的豬油，烙了一疊小油餅，賣相外焦裡嫩，看著就有食慾。

另外還搭了兩碟子的小鹹菜，爽口的蘿蔔乾，酸辣洋芋絲，乾脆爽口。

何月娘坐在正位上，看著一窩孩子，無論大的小的，都埋頭吃飯，心裡忽然就有種怪異的感受，就好像此刻她就是一位徐娘半老的老嫗，而這些都是她生的娃，她的娃再生娃，生生不息就這樣把陳家的香火延續下去，倒……也不錯！

轟！就在這時，一聲巨響，把她從自創的幻象裡驚醒回來。

一窩吃貨孩子紛紛抬頭，齊齊地看向她，那意思明顯是問：娘，怎麼了？您又把啥家什給踹翻了？

「看我做什麼？還不快出去看看。」何月娘頗有點氣憤。

啥意思啊？在你們的心目中，我這個後娘難道就是個隨時隨地砸鍋摔碗的貨？

不一會兒，陳大娃就滿臉驚惶地跑回來。「娘，不好了，大舅帶著一幫人來了，說……說是要來搬我親娘的嫁妝！」

第五章

「慌什麼？坐下把飯吃了，吃飽了才有力氣！」何月娘冷冷說了一句。

陳大娃跟陳二娃相互交換了一下眼神，兩人眼底都是同個意思：哥（弟），對方人多，咱們雖然不是對手，但也絕對要擋住他們，不能讓他們把咱們家吃的、用的都拿走！

於是，滿屋子只剩下喝稀飯、嚼油餅的聲響，連最小的大樹，剛剛還叫著要找他娘劉淑珍，這會兒也在三嬸娘秀兒的幫助下，小口小口地吃著。

陳家一家吃完飯，外頭院子裡已經鬧騰有一會兒了。

林新利對著聽到動靜趕來的村民們說：「諸位，我今天為啥要來陳家？只因為我姊，也就是陳大年的原配妻子，她為陳家生兒育女，操持家務，後來不幸過世，我們很痛心啊！但是陳大年呢，臨死還給我的外甥找了個小娘！他這是安得什麼心？既然他無情，那我們也就不顧情分了，我姊當初嫁過來的時候是帶了嫁妝的，如今她不在了，嫁妝自然得還給我們林家！」

「哼，我們早就該來把嫁妝帶走了！」

林新勇是林家老三，一臉不屑地看了一眼一直沒動靜的裡屋，冷笑道：「裡頭的聽著，裝死是沒用的，趕緊給老子出來！」

「老三，我看還是咱們進去把人給弄出來吧，這幫慫貨是怕了！」

林家老二林新民捋袖子，大嘴咧咧著往正屋走。

吱呀一聲，屋門開了，陳大娃撩起門簾，何月娘牽著陳六朵的手走了出來。

「來要嫁妝？成啊，哪位把嫁妝單子讀一下，不好意思，我不識字。」

她瞥了一眼林新利，緩緩開口道。

「這個……」

林新利有點猶豫，嫁妝單子本來就是胡謅的，還謅得很離譜，按照那上頭寫的，就是鎮子上的富戶們嫁閨女都未必拿得出那麼多貴重的彩禮，他的用意本來也不是想要原樣拿回彩禮，只是想逼著陳家把房契和地契交出來。

「大哥，我來讀，大字不識一個還敢跑到陳家來當後娘？膽子真肥！」

林老三一把將大哥手裡的嫁妝單子拿過去，朗聲讀道：「一套銀首飾頭面，一套金鑲玉首飾頭面，祖傳玉鐲一對……」

「啊？這……這是大娃娘的嫁妝單子？不對吧？當初大年跟她成親，我也在陳家幫忙，沒見著有這一些東西啊？」

一旁馬上就有人驚訝地小聲議論了。

「就是，林氏嫁過來時身上連套全新衣裳都沒有，哪兒來的這些昂貴的首飾、頭面？」

有婦人撇撇嘴附和。

「這是我們林家跟陳家的家務事，你們多管什麼閒事？小心老子去砸你們家窗子！」

林老三是個混不吝的，長得一副小白臉模樣，就是臉上的表情痞裡痞氣的，一看就不是個好的。

有認識他的偷偷說：「這林新勇太不是東西，在鎮上跟一些混混搞在一起，成天鬥雞走狗的，曾經因為賭輸了，大冬天被賭場的人剝光了衣服丟臭水溝裡，幸虧有人顧忌他大哥是林村里正，跑去告訴了林家人，林新利帶著人把他弄回家去了，也算是撿回一條命。」

誰都知道，但凡這種人都是不要臉、不要皮的，一旦給他黏上，指定是被折騰得家宅不寧。所以，一時再沒人敢說什麼。

「不對呀，昨天林老三來過我家，從我這裡拿走了一副金鑲玉的墜子，怎麼這嫁妝單子上沒寫明啊？」何月娘面色平靜，眼神有意無意地看向林老三的娘子齊氏。「林老三，你該不會把墜子給了你心愛的女人了吧？」

齊氏感受到何月娘的目光注視，原本還一呆，但很快就回過味來，她腦海裡立刻想起今兒早上在街上遇到孫寡婦時的情形，那騷娘兒們像是刻意把頭髮給盤得乾淨索利，好端端地把耳朵露出來，那對金鑲玉的墜子也就在齊氏的眼前晃啊晃。

「好啊，林老三，你這個混蛋，你得了好東西家都不回，先去了那個狐狸精那裡，平日裡你給她的小恩小惠還不夠？連金鑲玉的墜子你也捨得給她？老娘給你生孩子，操持家務，老娘什麼都沒撈著！」

齊氏是個潑辣的，明白過來怎麼回事後，當即就上手擰住林新勇的耳朵，嘴裡不停地叫罵，連著問候了林家的祖宗十八代。

「哎喲喲，臭婆娘，妳別聽她的啊，我昨天壓根兒就沒來陳家，我去了縣裡，妳知道的呀！」林新勇疼得哇哇亂叫。

「那金鑲玉的墜子是從縣上買的？」

齊氏更氣了，索性另一隻手也不閒著，在林新勇身上摸著哪兒就擰，直疼得林新勇忙不迭地點頭。「娘子，我錯了，我不該把在玉寶齋買的玉墜給了旁人，我……我回去就要回來。」

「混蛋玩意兒，你當老娘是撿破爛的嗎？那騷娘兒們用剩下的東西，你敢拿來糊弄老娘？」

齊氏真是個狠的，眼見著把林新勇的耳朵都快擰下來了。

「住手！在這裡逞威風，成什麼樣子？咱們是來做什麼的？」

林老大終於看不下去了，低聲斥責齊氏。

齊氏再混不講理，也得給這個大伯哥一點面子。

林新利是里正，她在村裡橫著走，仗得就是林新利的勢。

「哼，回去再跟你算帳！」她鬆開了林新勇。

「大哥，你可得幫我，你看看她把我擰的！」林新勇哭唧唧地跑到林新利跟前。

「閉嘴，回去再收拾你！」

林新利真是恨極了這個成事不足、敗事有餘的老三，若不是他答應過老爹，要照拂他這個老來生的兒子，他真想一拳打死他，省心。

「何氏，事妳挑了，熱鬧妳也看了，現在該說說嫁妝了吧？」

林新利能當里正，那就證明不是個蠢的。

他早就看清楚，何月娘就是故意挑唆他三弟兩口子。

「嗯，還不錯！」何月娘的嘴角露出笑來。「這幾日啊，我男人死了，家裡挺沈悶的，難得他三舅體諒，給我們演了一齣好戲，我呢，感謝之至！」

「哼！」林新利冷哼一聲，旋即沈聲道：「那就把嫁妝抬出來吧！」

「好啊，他大舅啊，麻煩你把嫁妝單子給我，我呢，也好對照著嫁妝單子給你找嫁妝啊！」

說著，她就走到林新利的跟前，就在林新利把嫁妝單子往她手裡遞的空檔，她低低地說了一句。「要是岳縣令知道那二十兩銀子是被誰拿走了，他會不會報復那人？」

「妳……妳說什麼，我不知道！」

林新利驟然像被人打一悶棍似的，表情驚愕，額頭上有汗沁出。

「你不知道啊，沒關係，我哪天閒了去縣衙找岳縣令，說道說道當年那樁事，幫他分析分析誰是那個無恥的小賊！」

何月娘冷笑，斜睨林新利，他已不是趾高氣揚的樣子，暗罵：你心裡沒鬼，鬼都不信！探查到各項秘辛的某鬼頓時打了一個噴嚏，心裡納悶：誰想我了？

「大哥，跟她囉嗦啥？把嫁妝拿出來，不然就用房契、地契抵！」

林老三已在混混中放出話去，今天他會有大進項，約好後晌去富貴坊賭個痛快。

斜眼他看到正拽著秀兒衣角的陳三娃。「傻子，你過來！」

陳三娃聽到這聲音，渾身一激靈，扭頭就看到一臉猙獰的林新勇，他啊一聲大叫，拽著秀兒的胳膊就跑。「打！打！疼……疼……別打我……我不吃、不吃……」

「三娃哥，你怎麼啦？」

秀兒給他拽了一個趔趄，險些摔倒。

「打……頭……好疼！嗚嗚，好疼……」陳三娃眼神迷茫，表情很痛苦，他抱著頭蹲在地上，嘴裡發出宛若被傷害的小獸般的嗚咽聲。

「哈哈，傻子，你不傻啊，這不是還記得老子嗎？」

林新勇一陣狂笑，欲要近前去抓三娃。

「別碰我弟弟！」陳大娃跟陳二娃兩人齊齊地擋在他跟前。

「臭小子，你們是在跟誰說話？老子是你們舅，你娘在，都不敢跟老子這樣說話，滾開！」林新勇揮出一拳，打在大娃身上。

陳大娃身體晃動了一下，一隻腳不受控制地往後撤了一步，但他咬著唇，沒退讓分毫。

「好啊，臭小子，還挺倔！」林新勇又揮起拳頭。

砰！一根木棍打在他手臂上，疼得他哎呀一聲，扭頭一看，竟是陳四娃。

快十四歲的陳四娃一臉稚氣，繃著倔強的小臉，直視林新勇。「不許欺負我哥哥！」

「好你個小兔崽子，敢打我?!」

林新勇飛起一腳就朝陳四娃踹去。

陳大娃跟陳二娃同時出手，一人一拳，打中林新勇。

轟！林新勇踉蹌著倒退十數步之後，後腦勺撞到工具棚的柱子上，暈了過去。

「哎呀，打死人了啊，快報官啊！」

齊氏撲在林新勇身上，一通乾號。

「何氏，這就是妳教出來的好孩子，小小年紀竟敢行凶殺人！這可怪不得我無情了，老二，把行凶的小子綁了送縣衙！」

林新利陰沈著臉，湊近何月娘。「妳最好別胡說八道，不然我保證會讓陳大娃在監牢裡蹲上一輩子！」

林新民帶著幾個人把陳大娃跟陳二娃圍在中間，眼見著就要抓人了。

李芬跟秀兒都急哭了。

何月娘轉身進廚房，再出來，拎著一把菜刀，她眼神冰冷地盯著林新民。「我剛買了把菜刀，正好拿你開開刃，是爺們，別哆嗦！」

雙方劍拔弩張，一觸即發，圍觀的人都被嚇著了。

「林里正，來我們村耍威風，你問過我這個里正了嗎？」門口的人分站兩邊，陳賢彬沈著臉走進來，身後跟著十幾個青壯年，個個虎目圓睜，氣勢洶洶。

「陳里正？」林新利沒想到陳賢彬會來，他是個無利不起早的性子，雖陳大年跟陳賢彬都姓陳，但兩人卻是出了五服的同宗，沒道理陳賢彬會蹚這渾水啊？

「陳里正，陳家跟我們林家的關係你是清楚的，我們今天來呢，是家事，就不勞你費心了。」

「林里正，陳家跟你什麼關係我不管，但你們到我陳家莊攪鬧，無緣無故抓人就不成！」陳賢彬一直沈著臉，根本沒打算給林新利面子。

「陳里正，你是非管不可了？」林新利臉色也難看起來。

「你們到陳家來敲詐，我作為里正必須得管！」

說著，陳賢彬展開手裡的一張紙，唸道：「林氏鳳娥嫁陳大年嫁妝明細，一套五成新被褥、一罈子醃鹹菜！當年鬧兵亂，朝廷鼓勵婦人拿出自己嫁妝來支援軍隊保家衛國，這是當時林鳳娥給出的嫁妝單子，這單子可是經過縣衙登錄備注的。」

「對，我想起來了，當初鳳娥帶過來的就是這些。」一個婦人喊起來。

「就是，鳳娥後來還跟我說，她感激大年，雖林家收了大年二十兩銀子的彩禮，只給些不值錢的嫁妝，但大年一直都沒輕看鳳娥，對鳳娥跟孩子都很好！」

鄰居安大娘是最瞭解陳家底細的。

兩張嫁妝單子放在桌子上，林新利的臉色黑如鍋底。

陳賢彬冷冷地說：「林里正，不然咱們現在去縣衙，請岳縣令斷斷這算不算訛詐？」

林新利使勁才壓住了到了頭頂的邪火，他怎麼都沒想到，會半路殺出陳賢彬這個程咬金，如今不但房契、地契拿不到，反倒還讓何氏那個賤人點出了他心中的隱秘。

那賤人是如何得知的？他恨得牙根癢癢。

但事已至此，真鬧到岳縣令那裡，有了陳賢彬這個證人，他也得不了什麼便宜。只好忍了這口氣，擠出一抹笑來跟陳賢彬說：「陳里正，今兒這事，也是我聽信了家裡婆娘的話，不知她從哪兒弄出這張嫁妝單子，才搞出這些烏龍來，是我考慮不周。不過，我這也是為了幾個外甥好，陳大年那廝糊塗，我們當舅的可不能糊塗，要了房契、地契也是替他們保管，怕歹人狠毒，騙了幾個孩子……」

「林里正，你想多了，何氏是個好後娘，對孩子都挺好！」

陳賢彬絲毫沒給林新利留臉，接著道：「今日既然林里正來了，那不妨就當著你們的面，我把話撂下。大年已去，何氏帶著幾個孩子不易，以後，不管是莊裡的，還是什麼旁的村的阿貓、阿狗，想欺負他們娘兒幾個，得先問問我陳賢彬答不答應！」

林新利臉都綠了，陳賢彬這老混蛋竟敢指桑罵槐他是阿貓、阿狗？

他有心想給陳賢彬點教訓，但看看他後頭那些虎視眈眈的青壯年，只能把火氣繼續往下壓，同時從牙縫裡擠出來兩字。「告辭！」

林家人狼狽離開後，圍觀的人散去。陳賢彬又說了幾句客氣話後，帶著人也走了。

何月娘回屋，腦海裡響起某鬼的聲音。「林新利這個混蛋，早晚得讓他知道知道我陳大年不是好欺負的！」

「那好辦，直接捨了投胎，今晚就去把他弄死！」何月娘撇撇嘴。「你敢嗎？」

「我不是不敢，只是……」

「又是投胎！陳大年，不是老娘說你，你急著投胎幹麼？」

「我……」陳大年語塞。

「對了，林新利跟岳縣令之間到底怎麼回事？你詳細跟我說說，他再敢來，老娘就把他的醜事抖出來，你怕不能投胎，老娘卻不怕！」

「妳又不是鬼，妳投啥胎？哼，妳純粹是站著說話不腰疼！」某鬼小聲嘟囔。

何月娘瞪眼。「陳大年，有本事，你大點聲說！我年紀輕輕一美嬌娘，莫名其妙當了個後娘，還得替你護著這一群崽子，我容易嗎？你不感激我就罷了，死了還來嚇唬我、欺負我，嗚嗚，我沒法活了……」

她捶胸頓足，聲音抑揚頓挫，外頭正收拾院子的李芬跟秀兒被驚到。「娘，怎麼啦？」

「呵呵，沒怎麼，我……練練嗓，下次姓林的再來，老娘罵也罵死他！」

何月娘面上微微泛紅，乾笑著解釋。

「娘，是我們拖累您了。」懂事的秀兒輕輕說道。

「娘，我……我會多幹活的，您有啥活就指使我！」

李芬是個老實的，好話也不會說，只是笨拙地表達她對何氏這個後娘的感激。

何月娘眼角有些濕潤，卻嘴硬地道：「少囉嗦，該幹麼幹麼去！」

「月娘，妳是個好女人！」

某鬼輕嘆一聲，說道。

屁話，誇人都不會，老娘是女人嗎？老娘明明連個拜堂儀式都沒有，更別說……銷魂的洞房之夜了，說來悲催，兩世為人，她何月娘竟還是個清清白白的大姑娘！

唉，這輩子看來也只能當大姑娘了。

不然怎樣，難道讓她這個堂堂的後娘去勾搭誰家的小白臉？

「少廢話，說正經的。」她忽然就很煩。唉！

作為鬼的陳大年，怎麼會不明白何月娘此刻所思所想，可他有啥辦法？只能說造化弄人，她如此好，他卻在這一世錯過了。

陳大年原本也不知道林新利跟岳縣令之間是同窗學友的。

昨晚，他氣呼呼地跑去林村，打算利用做鬼的便利，好好嚇唬林家人，卻萬萬沒想到，剛進村就遇到一個人，這人鬼鬼祟祟地從家裡出來，順著牆根底下走，跟隻偷吃糧食的耗子似的，從村東直奔到村西頭的一個小院。

小院門竟是虛掩著的，他進去後，又反身關上，藉著月光陳大年看清楚了，這人是他死去娘子的三弟林新勇。

不一會兒工夫，陳大年就聽到屋裡傳來一個女人的嬌笑。「呀，這可是金鑲玉的墜子，你哪兒得來的？」

「我今兒去了趟城裡，路過玉寶齋，我就想起妳這個小妖精了。怎樣？爺待妳好吧？」林新勇邊說邊在女人的身上胡亂摸起來，惹得那女人陣陣浪笑。

「嗯，好，太好了！」

「那還不趕緊把爺伺候舒坦了？」林新勇撲了上去。

陳大年從窗子外看到這一幕，狠狠朝地上啐了一口。

當然鬼是沒有口水的，自然也啐不出什麼東西來。

林新勇仗著一張小白臉模樣，成天不做好事，附近村裡的小寡婦都被他禍害了個遍。

這女人姓孫，男人死三年了。三年裡，林新勇跟她明鋪夜蓋，村裡沒誰不知道，就是齊氏也隱約感覺到些什麼，只是一直沒抓住把柄。

陳大年從孫寡婦家飄出來時，已半夜了。他又熟門熟路地去了大舅子林新利家裡。林新利竟還沒睡，依稀聽到他在跟他老爹林忠欽說話。

「爹，昨天我去了趟縣衙，跟岳大力說了想把在東馬山開煤礦的許可權拿過來，跟他聯手也成，他竟一口回絕了，還說，開礦許可權屬於公家，私人不能操控。您說說，他這是啥意思？會不會是當年的事走漏了風聲，他故意報復才不肯通融的？」

林新利給他爹倒了一杯茶水，低眉屈膝地問道。

「當年你拿他二十兩銀子的時候，一屋子住了七、八個參加科舉的呢，你的鋪位不是跟他緊挨著，他怎麼可能會想到是你用竿子把他的包袱挑過去，拿了銀子又挑回去了？這事你手法高明，他不可能知道！」林忠欽抿了一口茶，搖頭。

「那他怎麼會拒絕我的提議？這可是一本萬利的買賣，他跟我一起合夥的話，每年的賺頭最起碼也在三千兩銀子以上，比起他當縣令一年的俸祿，這數目是驚人的。」

「是不是他想拖一拖，在分成比例上占大頭？」

林新利一怔，很快他一拍大腿道：「爹，您說得對，一定是這樣的。」

「老大啊，凡事要多動腦子，別一丁點阻力就亂了章法，那怎麼成？咱家啊，就指著你了。」

林忠欽說到這裡忽然想到一件事。「對了，我聽說陳大年臨死還娶了個小媳婦？」

「可不是嗎，爹，您說他死就死了吧，還弄個女人來膈應我，我原來還打算著，只要他一死，我就去把陳家的幾個孩子哄過來，陳家的房子跟地也就落在我手裡了，到時候，我把房子和地一賣，錢就到手了。沒了房子跟地，陳家那幾個孩子還不由著咱們拿捏嗎？」

林新利這番話說完，某鬼已經氣得抓狂了。

虧他好意思說出口來！這種無恥的行徑，也就只有林家這種下三濫才做得出來。

「嗚嗚……」

一陣陰風從窗外吹起來，帶著詭異的呼嘯聲，從林家的窗戶縫隙鑽了進去，燈燭一下子就給吹滅了。坐在炕上的林家父子不由自主地打了一個寒噤，後脊梁颼颼地冒冷風了。

爺兒倆剛要說話，忽然就看到月光灑落在窗戶上出現了一個人影，那人影輕飄飄地懸在半空中，在風裡飄來飄去的，他的頭髮凌亂地散落下來，遮住了臉，卻在天空中莫名打了一道閃電時，他們看到有一條足足一尺多長的舌頭垂下來，在頭髮中不住地蠕動著，舌尖竟還答答地滴著鮮紅的血，那血被風吹的，直撲在窗戶上四處迸濺。

「啊！有……有鬼……」林忠欽驚呼一聲，昏死過去。

林新利想過去扶他爹，可他周身像是被人點了死穴似的，一動不能動，任由身下一股騷呼呼的尿湧了出來。

陳大年是在凌晨趕回的陳家。

託了個夢給何月娘，簡單說了林新勇給了相好的孫寡婦一對金鑲玉的墜子，以及林新利跟岳縣令之間那二十兩銀子的事。

「嘖嘖，沒想到，林新利偷東西還真是有一套！」

何月娘聽完笑著誇了一句。

「呸！他就是個不要臉的，我聽大娃他娘說過，當年林家並不富裕，拿出全部的錢，把林新利送去鎮上的私塾，指望他能發憤讀書，考取功名，為林家光宗耀祖。誰知道，他讀了六年，不但連個秀才都沒考中，還被私塾先生趕回來了，說他沒讀書的天賦，再讀也枉然！林氏還說，她也奇怪，她大哥被趕回來，都以為她爹會暴打大哥一頓，沒想到，她大哥把她爹叫到屋裡，兩人單獨密談了好一會兒，再出來，她大哥竟得意洋洋的。那年年尾，林忠欽就拿出錢收買族裡的長輩，把林新利推舉為里正了。現在看來，當年林家用來上下打點族長等人的銀子，就是林新利偷了岳縣令的！」

陳大年的魂魄氣得直跺腳，不過，在何月娘看來，他根本不是跺腳，而是扭動腰肢，妖魔亂舞呢。

「三娃的腦子是怎麼壞的？天生的嗎？」

何月娘想起昨天三娃的表現，好像是被什麼人刺激了一般。

「唉，三娃剛出生時好著呢，不到一周歲就會跑了，說話也機靈，比大娃、二娃都聰明，誰想到他五歲時就變了，變成了現在這樣。」

陳大年的聲音驟然悽楚。「這孩子最讓人心疼，好在他娶了秀兒，秀兒也是個苦命孩子，知道疼人！」

「他是無緣無故就變成這樣的？」

「不是，這事說起來怪我，我當年就不該答應林家，把三娃送過去。」

「啥？你曾經把三娃送人？」何月娘倏地站起來，扠腰怒目。

「唉！」陳大年重重的一聲嘆息，說道：「三娃四歲時，長得虎頭大腦的，相貌也比兩個哥哥好，有一天林老爺子過大壽，我們一家去祝壽，老爺子當眾就說要把三娃留在林家，留在林老三兩口子屋裡。林老三兩口子成親兩年一直沒孩子，有人就說領養一個孩子能給他們夫妻招來孩子，林老三就看上三娃了，當時我是不同意的，但老爺子說了，只要他們生下自己的孩子就把三娃送回來，只當是孩子住外祖家裡一年，最多不超過兩年。我也怕不答應，老爺子會難為林氏，就勉強同意了。誰知道，只過了一年，三娃被送回來就是現在這個樣子了，林老三給出的解釋是，孩子送過去之後就經常生病，有一回發燒把腦子燒壞了。我不信，孩子在家的時候那麼康健，怎麼去他們家就生病？但也沒啥證據說，是他們照顧得不好，林氏回去問過一次，被她爹打了，說她誣陷親弟弟虐待外甥，還揚言不再讓她回去，她回來哭了一夜，我顧念著她，想想孩子已經那樣了，就沒再追究。」

「你算什麼爹？」何月娘氣急，跳腳罵道：「好端端的孩子送過去，回來卻變成這樣，你不追究？混蛋玩意兒，你出來，出來我保證不打死你！」

一個虛幻的身影飄飄忽忽地從角落裡閃了出來。

何月娘上去就是一頓拳打腳踹，到後來累得一屁股坐在炕上，氣喘吁吁。

「對不住，讓妳累著了。」影子陳大年面露歉意。

「滾！」

其實何月娘這一番折騰，根本也沒打到實體上，此刻一縷魂魄的陳大年就是個半透明的影子，打他、踹他，不過是瞎費勁罷了。

陳大年神情沮喪，剛欲飄走，忽然就被何月娘叫住。「你想辦法弄清楚，三娃在林家到底遭遇了什麼？弄不清楚就別回來了，滾去投胎吧！」

「嗯。」陳大年垂著似有似無的腦袋，飄走了。

天還沒亮，房門就被敲得砰砰響。

何月娘扯了被子欲要再睡，一隻小手卻拉著她的手搖晃。「娘，是二哥！」

「陳二娃，你大晚上的不睡覺，發什麼瘋？」何月娘一把抱住陳六朵，衝著窗外罵。

「娘、娘，是大樹，他滿臉通紅，出了很多汗，怎麼叫都叫不醒！」

外頭傳來陳二娃急促的聲音。

第六章

事態緊急，何月娘撂下陳六朵，奔往屋外了。

大樹發燒了，燒得渾身跟火炭似的。

何月娘拿了棉布沾溫水，在孩子的頸部、腋窩、大腿根部擦拭了一盞茶的時間，接著又開始按摩孩子的外關穴。外關穴是八脈的交會穴之一，屬於解表退熱的穴位。這時候孩子的情況已經有些好轉了，小嘴不是死死地咬著，輕輕揉揉他的臉頰，小嘴微張，能餵進去一點點溫水。

「不能再耽擱，二娃你去里正家裡借牛車，馬上送孩子去鎮上的醫館。」

「可……娘，里正會借嗎？」

全村就里正家裡有牛車，平常誰都借不出來的。

「借不來，你就去跳河吧。」何月娘厲聲呵斥。「孩子病成這樣，你當爹的不去想辦法，等著老娘去給人家磕頭央求啊？還不快去！」

「好，好，娘，我這就去！」陳二娃連跌帶爬地跑了。

小半個時辰後，陳二娃趕著牛車回來了，訕訕地說道：「里正說了，除了娘借，誰都不借！」

這話說完，一窩孩子都用崇拜的眼神看向何月娘。

何月娘瞪眼。「都傻站著幹麼？李氏妳去準備早飯，大娃帶著四娃、五娃去田裡幹活，秀兒看著三娃跟六朵，二娃，抱上孩子跟我走！」

下晌，何月娘才抱著退燒了的大樹回來了。

鎮上本草堂的張老郎中把他自製的退燒膏藥，貼在孩子肚臍上兩個時辰，孩子就好轉了。

臨走，老郎中又開了兩帖退燒膏藥，囑咐何月娘說：「晚上可以給孩子再貼一帖，如果孩子退燒了就不要貼了，這膏藥用藥猛，不可多用。」

二娃趕著牛車緩緩往家走，何月娘抱著孩子昏昏欲睡。起太早了，又揪心了一天，這會兒孩子好了，她整個精神放鬆下來，睏意就席捲而來。

剛進村，忽然一個女人驚叫著撲了過來。「哎喲喲，我的兒啊，你怎麼了啊？是不是有人趁著娘親不在想把你害死啊！嗚嗚，我可憐的兒啊，看你這樣受苦，娘心裡痛啊！」

「妳號什麼？孩子就是發燒了，誰會虐待他？」陳二娃一看是劉淑珍，登時就把她扯過去。「娘為了給大樹瞧病，折騰了一天，孩子這會兒也好了，妳該幹麼就幹麼去吧，別惹娘生氣。」

「我……我要留下照顧大樹，我可憐的兒，就不該離開娘親！」

劉淑珍說著就往前湊，想從何月娘的手裡把孩子接過去。

「想留下，成啊！」何月娘慢斯條理地開了口。「就不說老娘的辛苦費了，只算本草堂開的三帖退燒膏藥，以及人家張老郎中的出診費，一兩半銀子，拿來吧！銀子拿來，孩子妳抱走，啥時候在碾坊幹夠一個月，你們母子再回來。」

「一兩半銀子？怎麼那麼多啊？」劉淑珍驚呼。

「怕大樹遭罪，娘給他用的是最好的退燒膏藥，晌午還去得月樓買了一碗蝦仁蒸蛋給大樹吃了。」

陳二娃的解釋讓劉淑珍覺得怒氣升騰，她使勁掐了陳二娃一把，道：「你到底向著誰啊？誰才是你屋裡的人，你個蠢貨，我看你是被人灌了迷魂湯，親近遠疏都分不清了。」

「二娃，劉氏說得對，還是你們夫妻親近，你呢，也別杵在這裡了，抱著大樹跟她一起走吧，想去哪兒就去哪兒，我不攔著。」

說完，何月娘下了牛車，緩步往家走。

回家後不久，陳二娃就抱著大樹回來了。

何月娘正喝水，她掀起眼皮看了陳二娃一眼，問：「你不覺得我對你媳婦太狠了？」

陳二娃搖搖頭。「我知道娘是想讓這個家好起來。劉氏太能作了。」

「你不怨我？」

陳二娃繼續搖頭。「不，大樹得有個好娘親！」

「今晚把大樹留我屋裡吧，還有一帖膏藥要貼！」

何月娘沒再繼續上一個話題，指了指自己屋，說道。

「還是我來帶吧，您也累了。」

「少囉嗦，你笨手笨腳的，弄疼了孩子怎麼辦？」何月娘臉一板，瞪著陳二娃。

陳二娃哪兒還敢多話，忙不迭地把孩子抱進正屋。正屋炕已經燒了火，被窩也早就烘得暖烘烘的，秀兒接過大樹，輕輕放進被窩裡，小傢伙退了燒，不那麼難受了，睡在被窩裡如同一隻乖巧的小貓。

「樹兒真好看！」秀兒輕輕把被角給孩子掖好了。

「稀罕孩子還不簡單？三娃的病好之後，你們多生幾個，娘給你們帶，保證也養得白白胖胖的！」何月娘洗完手進屋，正聽到秀兒的話。

秀兒的臉倏地就紅了，轉瞬她好像明白過來什麼，眼神急急地看著何月娘。「娘，您說三娃的病能治好？」

「廢話，只要是病沒有不能治的。」

何月娘上炕，拎過一包酥糖，遞給了一旁乖乖趴著看小弟弟的大寶、二寶、三寶。

三個小丫頭立時一張小臉就笑開了花。

大寶五歲，懂事地說：「謝謝奶奶。」

「嗯，乖！」

「謝謝奶奶！」

其餘兩寶也跟著姊姊一起喊。三寶只比大樹大了兩月，剛兩歲，奶聲奶氣的。二寶則扒著炕沿跟何月娘說：「奶奶，我的酥糖給大樹吃，娘說，大樹是寶貝，好東西都得緊著他吃。」

小丫頭邊說邊把在手心裡捏了好一會兒的酥糖又放在炕上，末了還砸吧著嘴，很違心地說：「二寶、二寶不喜歡吃酥糖！」

「二寶，奶奶告訴妳，大樹跟妳都是陳家的寶貝，好東西兄弟姊妹要一起分享，不能緊著一個人吃，那樣奶奶會打小饞貓的屁股的，記住了嗎？」

何月娘心裡罵一句劉氏，混帳理論，她自己就是女的，怎麼能說出如此輕賤女子的話來？

「娘……要打的。」二寶小嘴嘟著，怯生生地說道。

「她不敢，奶奶不允許！」何月娘摸摸她的頭，又拿出酥糖，一人分了一塊，接著很嚴肅地對幾個小丫頭說道：「妳們都要記住奶奶的話，好吃的要跟兄弟姊妹一起分享，誰敢吃獨食，奶奶就會很生氣，打人小屁屁！」

三個女娃相互看了一眼，然後很用力地點頭。「我們知道啦！」

看著仨女娃排排坐在外頭凳子上吃酥糖，小嘴都咂吧出聲了，秀兒眼圈泛紅。「娘，如果秀兒一直都是陳家的童養媳就好了。」

「現在也不晚，妳好好跟三娃過日子。」何月娘能猜得出秀兒曾經遭受的屈辱，親手剝了一塊酥糖塞到秀兒嘴裡。「好啦，甜甜嘴，不要再去想那些不好的，往前看。」

「嗯。」秀兒眼含著淚，笑了。

一旁歪著頭看秀兒的三娃拍手。「秀兒好看，秀兒好看。」

第二天早上李芬起來做飯就發現她家後婆婆不在家，炕上的被子都疊好了，六朵跟大樹還在熟睡，她輕手輕腳地出屋，又去把自己男人叫起來。「娘不在，會不會……」

「不會，別胡說！」陳大娃知道李芬是擔心後娘走了。

天快晌午，何月娘才揹著背簍回來了。她把兩隻野雞丟給李芬。「弄一隻燉了，妳也跟秀兒補補，妳那死鬼公公喜歡多子多福。」

李芬紅著臉接過了野雞，低聲訥訥地道：「我怕……再生個女娃。」

她跟陳大娃成親後，接連生了大寶跟三寶兩女娃，平日裡沒少給弟妹劉氏欺負，說什麼她那肚子就是個草包肚子，不然能全生丫頭片子嗎？為此李芬沒少掉眼淚。

「屁話，妳不是女的？女娃怎麼啦？老娘就喜歡女娃，妳使勁兒給老娘生，生一個老娘獎勵妳五兩銀子！」

何月娘語氣氣呼呼的，但話卻讓李芬驚喜。「真的？」

「燉雞去，吃飽了好好幹！」

「娘，聽您說的，這……這又不是種地，好好幹就……就能……」

李芬話沒說完，捂著羞臊的臉跑進廚房了。

「都生兩娃了，還害羞？當誰不知道那是怎麼回事似的？」

「妳知道？」

腦海中裡又蹦出來陳大年的聲音。

「大白天你一個死鬼出來幹啥？」

何月娘沒好氣地罵了一句。

「晚上我帶妳去一個地方。」某鬼說了這話後，再沒了聲息。

何月娘也沒多問，反正不管是哪兒，她身邊帶著一隻鬼，還會怕嗎？

她去了後院，把背簍裡的酸棗倒了出來，平鋪在乾淨的石板上晾曬。

幾個寶立刻就跑過來，吱吱喳喳地跟一窩小鳥似的。「奶，寶要吃棗棗。」

晚些時候，她吩咐秀兒拿了些晾曬過的野酸棗回屋，用熱水泡了，要三娃以後每天都喝這種野酸棗水。

秀兒不是個多嘴的，其實不問也知道，這東西一定對三娃有好處。

現在何月娘並不知道三娃腦子變得癡傻的真正原因，她採來野酸棗泡水給他喝，為的就是能安神補腦，日日喝，總歸是有好處的。

但是病就得治療，她打算明天進山去打些野味，拿到鎮子上賣了錢帶著三娃去本草堂找張老郎中好好給三娃檢查檢查。

晚飯吃燉野雞。李芬習慣性的又要把野雞肉都盛給幾個男人，卻被何月娘一眼瞪過去。

「我怎麼跟妳說的？」

李芬面上一紅，訥訥道：「我……我喝點湯就成。」

「哼！」何月娘拿過李芬的碗，麻利地給她盛了一碗。「妳操持家也累。」接著又往自己碗裡盛了一勺雞肉。「老娘也得補補。你們還愣著做什麼？等著老娘伺候啊？」

她白了大娃他們一眼。幾個娃兒立刻就各自盛了一碗，低頭吃起來。

入夜，六朵早早就睡了，小丫頭帶著幾個姪女在院子裡瘋跑了一天，衣裳都給撕破了，還是她三嫂秀兒拿了針線給她縫好的。

何月娘剛要睡，牆角半透明的陳大年就飄了出來，他沖著她招招手。「跟我來！」

何月娘有心想不去，但知道這死鬼一定有事，前天她跟他說了，查不清三娃的事就別回來，他敢回來，一定是三娃的事有眉目了。

一人一鬼沿著村前的河堤走進一片小樹林。

夜色很黑，但何月娘沒帶燈籠，因為給她帶路的某鬼周身都散發著一種綠瑩瑩的光，這光不是太明亮，但在夜裡照著路還是足夠的。

進了樹林，沒走幾步，何月娘忽然被嚇得一聲驚呼，就在前面距離她五、六步遠的地方，有一個身影正兩手朝前伸直了，兩隻腳併在一起，啪啪啪地朝前蹦躂著。

「別怕，有我呢！」

陳大年飄回來，大概想摸摸她的頭以示安慰，但他就是虛幻的，根本不能與何月娘真正的碰觸。一時，鬼臉落寞。

何月娘白了他一眼。「死都死了，還想占老娘便宜？」

某鬼委屈吧啦。「妳是我娶回陳家的娘子！」

何月娘不屑。「拜堂了嗎？洞房了嗎？」

良久，某鬼才從嘴裡蹦出來一句。「早晚會有的！」

「切！老娘才不玩人鬼情未了！」

一人一鬼正矯情，卻聽撲通一聲，前頭蹦躂著走直線的傢伙竟蹦進了深溝裡。

看著摔斷腿昏死過去的林新勇，何月娘跺腳。「他都這樣了，還怎麼問他三娃的事？」

某鬼咧嘴笑。

「別，你還是別笑了，連後槽牙都看到了，怪嚇人的。」

某鬼哭唧唧。「我老是老點，不至於難看到讓妳難以睜眼看吧？」

「你那是老點嗎？我爹才多大？如果我有爹的話……」何月娘邊說，邊走到林新勇跟前，踹了他一下。「喂，別裝死，快起來！」

陳大年嘆了一聲。「老玉米有嚼勁，老男人才知道疼媳婦，妳不知道？

「踹是踹不醒的。他是昏過去的，又不是睡著了。」

說著，他隔空朝著林新勇額頭虛點了一下，就見林新勇的呼吸忽然急促起來，而後吭哧吭哧地竟不顧斷腿從地上爬了起來。

陳大年再虛點一下，就從他身後的樹幹上探下來一條細長的柳條，裹住林新勇，一圈一圈把他結結實實地捆在樹幹上。

「說，你怎麼虐待三娃的？」何月娘厲聲發問。

「他來家裡，我媳婦也沒懷上，我……不養沒用的廢物，打一頓，丟河裡，快死了才撈上來。當晚他得了風寒，我媳婦把他丟豬圈裡，第二天抓出來時，就傻了……」

儘管在這種被鬼操控的狀態下，林新勇的聲音斷斷續續，聽起來刺耳難聽，但何月娘和陳大年還是都聽得咬牙切齒。

「這個無恥的東西，剛剛怎麼就沒摔死他？」

何月娘啪啪甩了林新勇兩耳光，她天生力氣大，林新勇的臉當即就紅腫起來。

「打，使勁打，打死了我去陰間償命！」陳大年氣得七竅生煙。

「償命？你不都死了嗎？」何月娘倒是被他一句話弄愣了。

「鬼也能死，鬼死了就是聻，聻很厲害，鬼都怕，可變成聻的鬼再也不能轉世輪迴了。」陳大年看著容貌嬌美的小娘子，年齡是小了點，但身上卻哪兒都不小，尤其是……

覺察他直勾勾地盯著自己胸，何月娘踹他。「滾開，老色鬼！」

陳大年飄來飄去地躲，何月娘追得氣喘吁吁，越是這樣，她胸前的風景就越好看，直把他這鬼看得口水直流，可惜他沒有口水。

第二天，林村有人去河邊樹林裡撿樹枝，發現里正家的老三給捆綁在樹上，一張臉腫得跟個豬頭似的，一條腿上血跡斑斑，那人好心把林老三喚醒，想問問他怎麼回事。

哪知道，林老三睜開眼就發出殺豬般的慘叫。「哎呀，疼死我了！」

林家趕來把林老三送去本草堂，張老郎中雖醫術老道，遠近聞名，苦於林老三的腿斷後幾個時辰才送來，失血過多，錯過了最佳接骨時間，張老郎中施展了平生所學才把林老三的命救回來，但治好後的林新勇成了一個瘸子。

林家沒報官，因為好了的林新勇堅持咬定害他的是一個飄在半空的白影子，這話把林家一家子都嚇壞了，以為他是鬼上身。

花了重金把元山寺的大和尚請來誦經驅邪，七七四十九天後，不但沒讓林新勇想起來害他的究竟是誰，反倒是讓他變得時而糊塗，時而清醒。糊塗的時候一頭鑽進豬圈裡跟大肥豬搶食吃，結果被肥豬把半塊耳朵都咬掉了；清醒的時候就跑去孫寡婦家裡，大白天咿咿啞啞地跟孫寡婦男下女上唱銷魂曲。

齊氏氣得拎了棍子上門去打，她是想打不要臉的孫寡婦，不料，孫寡婦是個機靈的，側身滾到一邊，棍子重重落下，正好把林新勇正高脹的命根子敲斷了。

得，從此，林家老三這一支算是徹底斷了香火。

消息傳來，何月娘狠狠啐了一口。「活該！」

當天，她去割了二斤肉，讓李芬跟秀兒包了一頓純肉餡餃子，一家人歡歡喜喜得吃餃子跟過年似的。

隔天，何月娘進山，打了不少獵物，她拿到鎮上得月樓賣了一些，剩下兩隻野兔她打算拿到市場上去賣，經過縣衙大門口時，有一個衙役從裡頭出來喊住了她，說是知縣大人要買，問多少錢。

何月娘暗忖，賣給得月樓一隻野兔五十文錢，知縣有錢，沒準兒還是跟林新利一樣的壞人，所以，不宰白不宰！

「一隻三百文錢。」她伸出三根手指頭。

「這麼貴？」衙役皺眉。

「官差大哥，您瞧著我這兔子很肥吧？其實我跟你說啊，這根本就不是肥，這兔子可能跑了，我穿山越嶺地追了幾座山頭才算把牠抓住了。牠這身上都是肌肉，肌肉你懂不？就是……嗯，我也說不明白，反正這肉吃起來，有嚼頭，下酒最適宜。」

看她說得頭頭是道，衙役看了看，當下也就沒再猶豫，花六百文把兩隻野兔都買了。

宰了縣太爺一回，何月娘心情格外舒爽，回去時，邁開大步，目不斜視地往家走。

不料，她剛走到街角那裡，就從樹影後頭走出來一個人，是林新利。

他目光如刀子般盯著何月娘的背影，暗暗咬牙，乾瘦的臉上表情猙獰可怖。這個臭娘兒們是不是跑縣衙告密來的？當年他偷了岳大力趕考的銀子，導致他錯過了那年考試，又學了一年才考中進士，被任命為安成縣縣令。

不行，這個臭娘兒們留不得了！

第七章

張老郎中給三娃檢查後，下了診斷，說三娃是被驚嚇過度，迷糊心智所致。

老郎中開了藥方，要何月娘回去後，除了給三娃服藥，還得多跟他說話，讓他心情放鬆，病情也就能維持，不再加重。

「不能徹底治好嗎？」秀兒問。

秀兒已從何月娘那裡得知三娃的病根了，她對林新勇的暴戾也是十分痛恨，好在現在的林新勇已經是廢人一個，也算是現世報吧！

張老郎中撫鬚想了一會兒，才幽幽開口道：「倒是有一樣東西能根治他的病。」

「什麼？」何月娘跟秀兒同時問。

「三百年以上的人參。」

前世何月娘是見過三百年人參的。

那一回她跟著一位老獵人去山中打獵，走了幾天，進入一片老林子的最深處，這裡常年人跡罕至，落葉在地上鋪了厚重的一層，人踩踏在上頭都是軟綿綿的。

老獵人當下說：「越是這樣的老林子，深處越容易捕獲很多獵物，但也容易有危險，尤其是遇到老虎之類的猛獸。」

沒想到，一語中的，他們走到一處深谷，深谷中茅草長勢很茂密，一簇簇、一叢叢遍布整個山谷。

兩人一前一後進谷，剛準備四下裡看看有沒有能上手的獵物，卻忽然傳來一聲低低的呼嘯，聲音宛若驚天雷一般，令人聞之瑟瑟。

「壞了，遇上大傢伙了。」

老獵手是個經驗老道的，話音未落，手中的箭就已經疾射出去。

再傳來的就是一聲淒厲的呼嘯聲，緊跟著一隻碩大的老虎就從蔭蔽的茅草深處躍了出來。

何月娘跟老獵人反應都夠快，嗖嗖嗖，接連十幾支箭射出去，悉數射中老虎。但彪悍的老虎並沒有倒下，而是不減來勢，依舊朝著離牠最近的老獵人撲過去。

只聽一聲慘叫，等何月娘回過神來，老獵人已經不見了。原來，他是被老虎壓在身下，活活壓死了，老虎中箭也死了。

何月娘很是痛心，老獵人一直教授她怎麼打獵，雖然並沒有拜師，但實際上她早把老獵人當成師父，師父因一隻老虎沒了，她怎麼能不傷心？

何月娘費力地把老虎挪開，想把師父揹出深山，卻意外地發現就在剛剛老虎出現的地方有一株人參。

她這才明白，原來老虎是這人參的守護神獸，他們無意中闖入山谷，老虎誤以為他們是來山中挖人參的，這才主動對他們發起攻擊。

回去後，她把這株三百年的人參賣了二百兩銀子，拿出一部分銀子給老獵人辦了後事，其餘剩下的銀子她都送給老獵人的家裡人。

現在聽張老郎中說，想給三娃治好病非三百年的人參不可，何月娘頓時犯了愁。挖人參是個技術活，前世能遇上三百年的參，其實也是運氣好，還搭上老獵人一條命才得到的。

「唉，現在世面上別說三百年的參了，就是百年以上的也難見，見了一般人也買不起啊！」老郎中無奈地搖頭。

「三娃太可憐了。」秀兒的眼淚順著臉頰滑落下來。

三娃看到她哭，嚇壞了，忙不迭地用袖子給她擦拭眼淚，嘴裡還不住地說：「秀兒不哭，不哭好看……」

聽得眾人心裡酸溜溜的。

心情鬱鬱地回到家，晚飯何月娘也沒吃，不是不餓，就是吃不下，腦海裡都是三娃那純真質樸的笑。孩子是好孩子，就是命不好，攤上了這種禍事，讓原本聰明的少年變成現在這癡癡傻傻的樣子，任是誰看了不唏噓？

歪在炕上躺了好一會兒，天都快黑了，她在心裡做了一個決定，打明兒起，她就往東馬山深處闖闖，即便是找不到三百年的人參，那也能打些獵物，採點藥材，拿到城裡去賣了，多賺點錢回來，若是有一日哪裡有賣人參的，她也能有銀子去買。

早上天不亮她就起來了。

輕手輕腳地出門，拿了背簍就要出門進山。

「娘，您吃了這個再去吧！」

李芬追出來，端著一碗粥，手腕上還掛著一個布包，布包裡是四個雞蛋，一壺水。

何月娘看了她一眼，想說，山中有山泉水，不用帶水壺，但看著自家大兒媳婦那懇切的目光，她二話沒說，幾口把粥吃了，拎著布包出門了。

何月娘傍晚才從深山中走出來，這一天還是有收穫的，獵了幾隻野兔、野雞，還找到一大片長滿金銀花的山谷。

金銀花全株都可以入藥，具有清熱解毒，抗菌消炎，保肝利膽的功效。

她問過本草堂的張老郎中了，他們那裡就收金銀花，價格還挺公道的，一斤晾曬好的金銀花值半兩銀子呢。

回去把後院的地翻一遍，來年春天，從山裡挖些金銀花苗子回去，種植金銀花比入深山採野生的要更快得到收益。

一路盤算著，她腳下步子就邁得快了些。

忽然，一陣陰風從背後襲來，她本能地猛一側身，身體緊緊靠在路邊的大石板上，順勢扭頭去看，就見三個拿著棒子的蒙面人，從樹後閃身掠出，蛇目陰冷地盯著她，三人呈品字形朝她包抄過來。

「你們是誰？想幹麼？」

何月娘沈聲問著，一隻手已經悄悄往後頭的背簍裡摸去，她是個老獵手，隨身帶著弓箭。

這幾個人好像瞭解她帶著弓箭，所以快速縮短跟她之間的距離，再有幾步就到她跟前了。

這個距離太近，根本發揮不出弓箭的威力，再怎麼也不能坐以待斃。

何月娘疾步往後退，同時把箭搭在弓上。「再往前走，我就一箭射死你們！」

她厲聲呵斥。

「有本事妳就射啊！」帶頭的男人陰惻惻地說道。

他的棒子朝前一伸，棒尖離何月娘的咽喉已不足一巴掌遠了。

「別一下子戳死了啊，這小娘兒們長得還不錯，老子先舒坦舒坦，再送她上路！」

左邊的男人是個公鴨嗓，聲音很難聽。

「就是，別浪費了，老子排第二！」

右邊的男人也陰邪地上下在何月娘的身上打量，嘴角都要流哈喇子了。

「行，反正她最後也是個死，臨死快活快活，只當老子可憐她了！」

帶頭的男人得意之下就忘記掩蓋自己的聲音，他的聲音聽起來有些耳熟，何月娘略一尋思，立刻就知道這人是誰了。

她知道對方這是來殺人滅口了，那天她跟他提及了岳縣令和那二十兩銀子的事，他狗急跳牆了。

「小娘子，妳就從了吧！」左邊的男人向她撲了過來。

何月娘穩住心神，飛起一腳，對著男人下身就踹了過去。

「哎呀！」男人被踹中，丟了棒子，兩手捂著襠部倒在地上打滾。

「竟還是個潑辣的！」

右邊男人陰森森的目光再度落在何月娘身上，他索性把棒子丟了，從腰間拔出匕首，邊朝著何月娘走來，邊威逼道：「妳老實點，不然老子這把刀子就在妳的小臉上劃上幾道，再把妳的喉嚨割破，到時候，妳還是老子的。妳乖乖聽話，老子就讓妳臨死也體會一把當女人的樂趣！」

「老五，你可小心著點，這女人不老實！」

帶頭的男人索性不往這邊逼近了，雙手抱胸，站在一旁等著看一齣活春宮。

匕首抵在何月娘的脖頸上，男人的大手死死地箝制住她的肩，他的嘴巴湊到她耳邊，囂張地叫著。「妳不是很厲害嗎？怎麼沒本事了？妳老實地讓爺快活一回，不然老子一使勁，妳那小脖頸可就斷了。」

「好啊，我保證不亂動，你那手也別哆嗦啊，我害怕啊！」何月娘很害怕的樣子。

「哈哈！」

男人哈哈大笑，朝後頭看熱鬧的男人說：「你還說這小娘兒們不好收服，現在怎樣，還不是……」

話音未落，他就覺得雙肩給一股力道死死地抓住，而後，在他還沒有來得及驚呼的同時，身體就飛起來，從何月娘的頭頂翻了過去，然後索利地砸在地上，後腦勺著地，一下子給砸暈了。

「該你了！」何月娘站穩當了，朝著那邊的男人勾勾手指頭。

男人愣了一愣，他沒想到，這小娘兒們怎麼有那麼大的力氣，眼見著都被利器制住了，卻還能用一個漂亮的過肩摔，直接把人摔暈過去。這……這上哪兒說理去？

「哼，老子可不是好惹的！」他咬咬牙，揮舞木棒就朝何月娘奔過來。

詭異的一幕出現了，只見他瘋狂地邁動雙腿，好一會兒，卻依舊沒有離開原地。

如今的他就好像是一個在原地跑的小丑，舉著木棒的手臂都痠麻了，兩腿也累得沒力氣，可他依舊邁不動一步。

緩緩地有一個半透明的身影從他身後飄了出來。

陳大年隔空輕輕朝男人的臉點了一下，男人臉上蒙著的黑布就掉在地上，露出林新利那張扭曲驚恐的臉。

第二天，三里五村的人都傳言，林村里正林新利在山路上打劫，把兩個行夜路的男人打了，那兩男人一個命根子被踹斷，一宿後便硬生生給疼死了；另一個肋骨斷了七根，據本草堂的老張郎中說，那人肋骨即便接上，養好了也是廢物，幹不了重活。

「你們聽說了嗎？那個林里正差點把兩個人都害死了，卻只打劫了十文錢！嘖嘖，林家這是窮瘋了嗎？為了十文錢，一死一傷。」

林新利被抓進了縣衙。

岳縣令本來看在跟林新利是同窗的情分上，想要從輕發落，判他一個流放的。

但當晚，岳縣令作了一個夢，夢裡有人給他講了一個關於二十兩銀子的故事。

早上起來，岳縣令再次升堂後，審問林新利，要他老實地把搶劫路人的事說出來。林新利一個勁兒地喊冤，還請岳縣令看在同窗好友的分上，拉他一把。

哪知道，他不提同窗好友還好，這一提，岳縣令勃然大怒，他冷聲斥罵林新利。「好你個卑鄙無恥的小人，當年你把我進京趕考的二十兩銀子盤纏偷去了，害得我只能放棄那次考試，回到家繼續研讀。第二年我娘把家裡唯一的田地賣了，才把進京趕考的盤纏給我準備齊全了。若非蒼天有眼，讓我考中進士，我跟我娘沒了地，不是要活活餓死嗎？」

這一番痛斥，直把林新利罵得渾身抖若篩糠，卻是一句話也說不出來，他知道，他完蛋了。

當天，岳縣令就頒布了判決書，林新利蒙面打劫路人，造成一死一傷的惡果，證據確鑿，罪犯無可抵賴，判死刑，秋後問斬。

林新利出事後，林家老爺子就中風了，嘴眼歪斜地躺在炕上起不來了。他剩下的兩個兒子，一個比一個躲得遠，林新民說是要去南方做生意，帶著妻子、兒女把家裡值錢的東西都捲走跑了。

林老三則更徹底，直接把老宅子都給賣了，將齊氏也休回了娘家，他拿著賣房的銀子去城裡花天酒地地過了一段日子。半年後，有人在街上看到一個衣著襤褸的叫花子，因為跟狗搶一個肉包子，被狗給咬掉了鼻子，滿臉的血，不成人樣子了。

林老爺子在買家來收房的時候，氣得一口氣沒上來，去見林家老祖了。

說起林家的衰敗，林村人無一不搖頭，道：「都是自個兒作的，活該！」

沒了林家來陳家攪鬧，陳家的日子也就慢慢地往前走著。

何月娘每天進山蹓躂一趟，哪怕啥草藥都沒採著，打點獵物拿去鎮子上的飯館、酒樓賣也是收入，若趕上運氣好，還能挖點草藥回來，曬乾了往本草堂一送，得來的可不是幾十文錢，而是一兩銀子！

譬如今天，何月娘把後院曬乾的金銀花送去本草堂，秤量了一下，足足二斤半，這可是一兩二錢五啊！那還是她一個人採的，山谷裡多得是。

跟她一起去的是四娃，這孩子回到家，跟大哥他們一說，那小眼睛裡閃爍著對他們後娘的崇拜，心道：真是太厲害了，我的後娘啊！

何月娘這個時候也是挺傲嬌的，從隨身帶回來的布包裡拿出來一斤桃花糕、半斤花生酥糖，豪爽地往桌子上一丟。「行啦，少在這裡閒聊，把這吃的拿去分了吧！我可告訴你們，長幼有序，怎麼分得聽你們大嫂的，敢耍賴、爭搶，老娘的巴掌可不饒人！」

「娘，我們都聽大嫂的！」大的小的，一個個齊齊點頭稱是。

李芬激動得分點心的手都在微微發抖，她一直都是二弟妹嘴裡的笨女人，上不得檯面，想不到，如今深得後婆婆的信任，把分吃這樣的大事交給她做主，她何其幸運，遇上這樣的好婆婆。

一家子正和諧安穩地分享勝利果實，卻從外頭院子裡傳來一陣急促的腳步聲。

「嬸子？您在家嗎？」

何月娘往外瞅了一眼，來人她認識，是里正陳賢彬家的閨女叫桂花的。

倏地一下，李芬就把桌子上的吃食劃拉進了抽屜裡，啪一聲將抽屜合上，一屋子孩子個個面上表情淡定，沒一個嚷嚷的。

何月娘點點頭，暗暗對這一窩娃兒的表現點了個讚。

「嬸子，您快跟我走一趟吧，現在我家小姪子也就您能救了！」

陳桂花擦了一把額頭上急出來的汗珠，也顧不得里正家千金該有的姿態儀表了。「我小姪子也不知道吃了什麼東西，拉了三天稀了，現在孩子都沒力氣哭了，眼見著……眼見著就……」

她落淚了。因為大嫂的不易懷孕體質，難得生下這個男娃，一家子恨不能拿孩子當眼珠子疼著護著，可是誰想得到，越是矜貴就越出問題。

三天前，孩子就開始拉稀，陳里正也沒耽擱，立刻讓兒子、媳婦抱著孩子去了本草堂。老郎中給診脈了，也開方子了，藥拿回來，里正娘子親手給熬的，可到了餵給孩子吃藥的時候，卻是怎麼也餵不進嘴裡，孩子太小了，根本就吃不下難聞的藥，急得一家子人都快找根繩子集體上吊了。

後來還是里正娘子想到了何月娘，說大年家的，雖然年紀小，可是手法對，沒準兒就能解了這難題，救了他們家的金孫。

如此，陳里正就派了小閨女桂花前來請何月娘。

何月娘稍稍有點猶豫，上回給里正家兒媳婦催乳，權當是試試手，能成就成，不成也就罷了。可這回是個小嬰兒，而且已經命在危急之中了，她出手能幫了孩子止住了拉稀還好說，若是不成，小孩子萬一有個啥閃失……

「嬸子，我爹說了，只要嬸子肯去試試，結果怎樣都不賴嬸子。」

陳賢彬畢竟當里正有年頭了，是隻不折不扣的老狐狸，當然能想到，何月娘會有所顧忌，所以特意交代了自家閨女一句。

那還有什麼好說的？救人一命勝造七級浮屠，能不能成何月娘都得去試試。

到了里正家，她也不客氣，直接上炕，把小兒身上包裹著的被褥拿開，又讓里正娘子找了一塊乾淨的棉布搭在孩子身上，她就開始輕輕按揉足三里，有個口訣叫膝下四肢兩肋間，就是足三里的所在。她的大拇指指肚按摩足三里兩百下左右，接著她又開始揉龜尾。龜尾就是尾骨的末端，揉龜尾穴能調理大腸，止瀉、通便。

最後，她開始推上七節骨。上七節骨穴位是以尾骨為起點，向上一到一點五寸的地方，按摩手法是將兩手張開，四指向外固定在腰椎兩側，四指交替向上推七節骨兩百次。

如此，她反覆做了好幾次，每次的手法都很輕柔，讓孩子感覺到舒適，也不再哭了，一家人終於長舒一口氣。

「月娘啊，嬸子都不知道說啥好了，我們家這娘兒倆都是妳救的，妳說說，這讓嬸子跟妳叔怎麼謝妳？」里正娘子拉著何月娘的手，眼圈都紅了。

「嬸子，我這也是試試，幸好能用得上。」

何月娘說的倒是實話，這一套給小孩子按摩推拿的手法，也是習自前世那位擅接生的婆子，婆子沒孩子，空有一身接生、處理產婦以及嬰孩的本事無人繼承。她晚年生活窘困的時候，何月娘打來的獵物多會分她一點，讓她跟著打打牙祭，婆子很感激，就把一身本事教給了她。

隔天，陳賢彬讓閨女桂花給何月娘送來一個消息，說鄰村吳財主家要雇人擴建暖窖，工錢一共是五兩銀子，意思就是說，不管幾個人，只要能在來年春天之前把財主家的暖窖擴大一倍，這五兩銀子就能賺到手。

這可是個好活。

一來，暖窖在地下，幹活也不冷，二來明年春天才到工期，活不急，人就不累。第三點也是最主要的，價錢不錯，五兩銀子啊，這可不是一筆小數目。

「那叔打算……」

何月娘的話還沒說完，桂花就客客氣氣地打斷了。「嬸子，您可別提錢，我爹說，都不知道怎麼謝您了，這點事不算啥的。以後若是有了賺錢的機會，我爹還會想著您家的。嬸子，若是您願意，那我就回去跟我爹說了。」

何月娘哪兒有不願意的，當下就應下了。

第二天，一家子就浩浩蕩蕩地奔往鄰村吳財主家了。

在跟管家瞭解了吳財主的意思後，陳大娃跟陳二娃就帶著幾個兄弟下了暖窖。

何月娘也想幫忙，可一拿過鐵鍬，就被李芬搶去了。「娘，您在旁邊給我們掌掌眼就成，別挖了。」

她只好又去拿籮筐，準備往外抬泥，結果籮筐又給四娃拿走了。「娘，我可是長了力氣了，不信，等一下您看著，我一個人就能把這一籮筐的泥都搬上去。」

「四哥、四哥，我也幫忙！」

十一歲的五娃也搶過去，跟四娃一起一人抬籮筐的一邊。

何月娘扠腰，不滿地嘟囔。「往常都是老娘偷懶，不想幹活，現在老娘想幫你們了，你們倒跟老娘客氣起來了，你們……你們這樣幹，不是讓旁人戳老娘脊梁骨，說老娘是壓榨繼子們血汗錢的老虔婆了嗎？」

「娘，您才不老呢，隔壁安奶奶都說，您是咱們村最好看的女人呢！」

六朵也來了，她沒力氣幫忙幹活，就是個搖旗吶喊的啦啦隊成員。

何月娘輕輕捏捏她的小鼻子，說道：「瞧瞧小嘴甜的，還真隨了老娘了。」

六朵十分傲嬌地挺起了小胸脯。「大哥，二哥，嫂子，我像不像娘啊？」

「像！」一下頭挖暖窖的陳家娃兒異口同聲地回答。

何月娘頓時得意。

看看，這就是老娘教出來的娃兒，撒謊都撒得齊整俐落，不錯，實在是不錯！

眼見著挖暖窖這邊她也幫不上忙，索性她就進山了。

她盤算著，孩子們幹一天活都挺累的，她怎麼也得打隻兔子回去燉了犒勞犒勞他們。

說來也是不順，她在山裡東跑西顛的整一天，就只打了一隻野兔，這可是她自從來到陳家以後，第一回收穫少得可憐。看天色不早，到了要做飯的時候了，她沒精打采地拎著兔子往家走。

拐過前頭的一道山梁，下了山就到了石坡子村後山了。

她加快腳步，剛要繞過山梁，卻突然在這時聽到一聲奇異的聲響。

哎呀……似乎是有人口中倒抽涼氣的聲音……怎麼回事？

何月娘彎下腰，藉著日漸西沈的霞光，她看到一個渾身是血的男人正蜷縮在路邊的草坡上，他像是發冷一般竭力地把身體往一處蜷縮，這且不說，還渾身不由地在發抖，嘴裡也發出輕微的呻吟。

「喂，你……怎麼了？」

何月娘問了這話，那人還沒回答，就聽到身後不遠處傳來一陣雜亂的腳步聲，夾雜著一個粗魯的男人低沈的聲音。「一定得抓住他，活要見人，死要見屍！」

第八章

其實後來何月娘回想當時她為什麼會救了人，她自己也說不清楚，可能就是討厭那個男人粗魯的聲音，聽了讓人想起鐵鍬在地上拖動的聲音，刺耳難聽。

何月娘是個行動力非常強的人，她打定主意要救那個受傷的男人也就在一瞬間，說時遲、那時快，她就把旁邊不知道是誰白天割下來的長茅草覆蓋在男人身上了。

還沒來得及檢查一下茅草是不是真的蓋住了受傷男人，那些追兵就到了跟前了。

「妳見沒見到一個受傷的男人，四十多歲的樣子，個子很高大……」

帶頭男人說話粗魯，眼神也粗鄙，他上下打量何月娘，幸虧何月娘在山裡奔波了一天，臉上髒兮兮的不說，一身衣裳更是給樹枝刮扯得有些破舊不堪，夜幕下模模糊糊裡就是個窮兮兮的鄉野村婦。

男人很鄙夷地啐了一口，從口袋裡掏出來一塊小小的碎銀子。「說出那男人的下落，這銀子就是妳的了。」

「是真的銀子嗎？」何月娘佯裝一副見錢眼開的模樣。

「哼，當然是真的，妳當老子身上會帶著假銀子嗎？」

粗魯男人冷哼一聲，態度更惡劣，顯然已經失去耐心了。

「他往那邊走了，好像很怕冷的樣子，一邊跌跌撞撞地走，一邊渾身打哆嗦，我問他怎麼了，他也不肯說，本來我還想把他帶回家暖和暖和呢，好心被當成驢肝肺，他還瞪了我一眼呢！」何月娘邊說，邊眼睛直勾勾地盯著粗魯男人手裡的碎銀子。

「妳沒說謊嗎？」後頭有個男人湊過來問。

「哼，就她？」

粗魯男人把何月娘當成是一個為了錢連自己親爹都能出賣的賤婆娘了，所以，他鄙夷地將碎銀子丟在何月娘腳下，往東邊一條曲曲折折的小路一揮手。「追！」

其餘七、八個人也都跟著一齊往小路上奔去了。

何月娘知道那條往東的小路是直通鎮子上的。

只要他們追到了鎮子上，見不到想抓的人也在情理中，他們會猜想受傷男人會不會是搭乘別人的馬車離開了。

何月娘把受傷男人揹回陳家時，陳家的娃兒們都已經回家了。

「大寶娘，去燒點熱水來。大娃，你去後頭把我晾曬的草藥拿來。」何月娘吩咐道。

一盞茶的時間後，受傷男人臉上和身上的髒污已經用溫水清洗乾淨了。

值得一提的是，在何月娘要為男人清洗的時候，大娃小聲地說道：「娘，這活還是兒子來吧！」

何月娘看了自家好大兒一眼，把溫水浸過的棉布遞了過去。

草藥也被煎上了。

大娃跟二娃兩人相互配合，一個用筷子扳開男人的嘴巴，一個拿了水杯給男人嘴裡灌了點溫水，男人已經昏迷過去，沒了知覺，不過，在一口溫水下肚後，他還是本能地舔了舔嘴唇，嘴裡發出哎呀的吃痛聲，像是他身上每一寸肌膚，包括五官，只要動彈一下都疼痛難耐似的。

「娘，這是誰啊？」大娃問。

「不知道。」

何月娘從男人剛毅的面龐以及健壯的身軀，更主要是男人掌心特殊部位的老繭能看出來他不是一般人，極有可能是個當兵的。當兵的常年手握刀劍，掌心虎口就會有一層特別堅韌的老繭。

不過，何月娘對這人的身分不好奇，她打算給他服下藥，天亮後，只要他醒過來就讓他離開。他們陳家現在可是孤兒寡母的，不能留這樣的單身男人在家，她隱隱覺得這男人的到來，不是什麼好事。

藥熬好後，她讓大娃、二娃給男人把藥灌了下去。

李芬這時也做好了晚飯。

燉了一鍋的蘿蔔兔肉，還煮了粥，把早上剩下的粗糧饃饃熱了熱，一家人圍坐在一起，開始吃飯。

吃完飯，收拾好碗筷，何月娘就讓大娃他們趕緊去休息了。明天還有暖窖的工作要做呢。

「那他……」大娃欲言又止。

「沒事，有娘看著呢，他藥勁起作用後，應該就能醒了，我再給他喝點粥，他有了力氣，能走動後，就讓他離開。」

何月娘知道大娃也是擔心這突然到來的男人會壞了他後娘的清譽，如果他娘的清譽還算好的話。

其實，就連何月娘自己都知道，她如今在陳家莊村民們的心目中可是個又懶又饞，還成天奴役繼子們給她打工賺錢的狠毒後娘。

不過，她可不在乎旁人怎麼看她，反正她的娃兒們崇拜她，尊重她就成了。

「那要是有事，娘就喊我們。」大娃道。

「嗯，快去睡吧，你們今兒也累了。」何月娘儘量把臉上的笑，笑出一副慈母樣子來。

一個時辰後男人醒來，他睜大眼睛看著坐在對面一臉冷靜看著他的小娘子，喃喃地問：「我……這是在哪裡？」

「我家唄，還能在哪裡？」

何月娘白了他一眼。「既然你醒了，那我就得把話給你說清楚，救你呢，我也不求你報答，順手的事，不過，明天天亮後，你就得離開，我家裡可不留人。」

男人略一遲疑，但還是點了點頭。何月娘端給他一碗粥，他強撐著想要伸手去接碗，但剛一抬手，就忍不住哼出聲，手臂也垂了下去。

「你的小手臂骨折了，我正準備給你上一個夾板呢！真是的……」

她不滿地咕噥著，還是親手餵了這男人喝了一碗粥。

再折騰了小半個時辰，她給男人骨折的小手臂上了一塊夾板。

「短時間內，你不要用這手臂，不然，你就等著當獨臂老人吧！」她囑咐了一句。

男人再度點點頭。

「好了，我可得去睡……」

何月娘話沒說完，腦海裡傳來死鬼陳大年的聲音。「外頭門口有人，還不只一人！」

「什麼？」何月娘悚然心驚。「你是說，那些人找來了？」

她這話是下意識對著腦海裡的死鬼陳大年說的，但沒料到，半靠在炕頭的受傷男人回了一句。「是，有七、八個人，他們是施展輕功來的，這會兒在門口，正打算從院牆上跳進來。這位娘子，妳……妳幫我一把，把我扶起來，找……找把刀給我，我出去把他們引走。」

「你？就你現在這半死不活的樣子，還能把他們引走？我估計你出去一息之內就讓人給滅了！」何月娘暗暗磨牙，早知道不多管閒事了。

她把那些人支到鎮子上了，他們怎麼這麼快就反應過來還追到自己家裡來了？

「現在說什麼都晚了，妳馬上把大娃、二娃叫起來，讓他們把家裡的碗盤都裝到筐裡，拿到牆頭上。」死鬼陳大年的聲音再度響起。

何月娘顧不得問他想幹麼，也知道，他是想要護著大家，所以忙不迭地去把兩個娃叫醒。

沒一會兒，大娃跟二娃兩人就用四隻手托著一個大木盆，木盆裡裝著的都是碗盤，甚至還有菜刀、鏟子、勺子，總之，陳家的廚房裡頭現在是一樣能用來做飯的什物都沒了。

砰！

就在一個黑影從平地彈起，想要從陳家的牆頭躍進去時，一個小青花的瓷碗正好就砸在他的左側太陽穴上，他甚至連哼都沒來得及哼一聲，人就從半空摔下去，昏死過去。

幾個黑影都呆了一呆。

有人低低地問：「頭兒，難道他沒受傷？」

「不可能！我親手射中了他！」又是粗魯的聲音。「老土，你去！」

隨著這聲，又一個黑影躥起來，這個黑影個子比較矮，長得也瘦削，騰起地面的高度比前面的那個黑影更高，都已經超過陳家的院牆了，但又是一聲異響，這回是嚓一聲，眾人見眼前白光一閃，那叫老土的慘呼一聲，血就從胸口處濺了出去。

藉著月光，幾個黑影一看，一把明晃晃的菜刀就斜插在老土的胸前。

餘下的黑影悄悄往後退。

其中一個問其他人。「你們看到了嗎？有人嗎？」

「沒有啊！」

他們都是丈二金剛摸不著頭腦，陳家牆頭上別說是人了，就連影子都沒有一個，而且，院子裡頭更是聽不見腳步聲，似乎……似乎他們在跟無聲無息的鬼打交道。

「不……不會是有鬼吧？」有個矮胖男人被自己這話嚇得一激靈。

「閉嘴，我們是什麼人？別說沒鬼，就是有鬼，那也是被我們直接送下去的，怕個屁！」

粗魯男人惡狠狠地罵他們。被頭兒一罵，他們倒是回過神來了。是啊，他們幹的多是這樣月黑風高殺人的勾當，殺個人而已，有啥好怕的？

「咱們一起上！」

帶頭的竟是個帶著腦子的，他想了想，覺得單打獨鬥對付不了暗處的高手，那就一起上，看他一個人怎麼抵得過他們這一幫人。

於是，六個黑影同時躍起，直奔陳家牆頭。

但他們高估了自己的運氣，就在他們都要攀上陳家牆頭時，又是從天而降的碗盤、鏟子、勺子以及一些磚頭瓦塊，跟雨點似的落在他們身上，直把他們硬生生砸回了地上。

他們拽著昏死的同伴，抱頭逃竄。

然而更讓他們毛骨悚然的一幕出現了，他們不管怎麼狂奔，就是跑不出陳家所在的這個小胡同，小胡同口那四四方方的亮光，似乎就在眼前，對於他們卻像是千里之遙似的，任憑他們把吃奶的力氣都使出來了，依然不能跑到胡同口。

天亮了，隔壁安大娘的兒子出來倒尿桶，迎面就跟一個跑得上氣不接下氣的男人撞到一起，那大半桶尿就直接撒了男人一身一臉，男人咂吧咂吧嘴，立時充斥嘴裡的是一股尿騷味，他險些被熏死過去。不過，這樣一來，他反倒是一步就跑出了小胡同口。

當站在胡同外頭，渾身沐浴著早上的晨光微風時，他渾身上下一絲力氣都沒有了，一個趔趄，人就癱軟在地。

他身後的幾個同伴也都齊齊地跌坐在地上，張大了嘴巴，跟隻狗似的喘。

「有鬼，快走……」

帶頭的男人發出低低的一聲，然後幾個人皆是四肢著地，艱難地爬出了陳家莊。

拎著尿桶的安家大兒呆若木雞。

他想說，俺不是鬼，俺只是出來倒個尿桶，真不好意思撒了你一身。

可看對方這架勢，見了他就像見了鬼似的，哪怕是用爬的也要從這裡離開，這……這些人莫不是瘋了吧？

早飯，李芬熬了粥，煮了幾個雞蛋，是按照人頭煮的，三個寶加大樹，再加一個何月娘，一共煮了五個。

一桌子人各自低頭喝著稀飯，大娃幾個壯勞力每人手還抓著一個粗糧麵餅，喝一口粥，咬一口餅，鹹菜是爽口的涼拌蘿蔔乾，吃得不亦樂乎，沒人覺得後娘跟孩子一起吃雞蛋有啥不對。

後娘也是娘，該孝順的還是得孝順，不然娘身體弱了，怎麼辦？

倒是何月娘自己覺得有點難為情了。

說來也怪了，前幾天她當著一窩孩子的面吃香喝辣的，也沒覺得怎麼樣，可自打這幫孩子把她當成親娘一般的順從、孝敬，她自己卻陡然慈母心爆棚，認為這種欺騙小孩子的行徑有些不太對了。

「那個大娃，你幹活辛苦，這個雞蛋……」

她決定有錯就改，把煮雞蛋放在大娃面前。

「娘，是不是我哪兒做錯了？您別生氣不吃東西啊！我不太會說話，但只要是您說我哪兒錯了，我一定改！」大娃嚇得粥都不敢喝了，眼圈都紅了。

「我……」何月娘語塞。

明明是她錯了，想改，娃兒們啊！你們就不打算給本後娘一個改正惡習的機會嗎？

事實證明，她的這窩孩子沒有這個打算。

所有的孩子都放下了吃的，眼巴巴地看著她。「娘，我們知道錯了。」

何月娘徹底放棄改正錯誤，從心眼裡決定一條錯道走到黑了。

「知道錯了，還不趕緊吃飯，怎麼還等老娘挨個兒餵你們啊！」她佯怒，呵斥。

嗚呼！咱們的好後娘又回來了。

這是一眾娃兒齊齊的在心裡感慨。

於是，喝粥的聲音再度響起，一窩娃兒跟一窩小豬似的吃得歡暢。

而他們的好後娘則悠閒地把雞蛋磕破，剝殼後一小口、一小口地吃著，邊吃邊琢磨，我這是上輩子積什麼德了，遇上這樣一幫好娃兒？

「不用謝他們，謝我就好，是我教得好！」腦海裡死鬼陳大年的聲音響起。

何月娘暗啐了一口，細聲罵道：「滾，要多遠給我滾多遠！」

「我滾也不是不可以，不過，那個男人妳打算怎麼辦？我不在家，他留在家裡可不成體統。」

死鬼的語氣有點幽怨。

「哈哈，死鬼，你這是吃醋了？」

「我吃啥醋？他一個土埋半截的老頭子！我是擔心追殺他的人會再來！」

「我也擔心。」何月娘棄了戲謔的心思。「我都有點後悔救他了。」

「做了就不後悔！妳放心吧，豁出去一切我也會護著妳跟娃兒們的！」死鬼承諾道。

「怎麼，不想投胎了？」何月娘撇嘴，不屑。

「想啊，可若是我投胎了，你們卻都……」那我投個啥意思啊？

鬼也是有小心思的，他沒把話說完。

「你少咒我們，我們一家子都長命百歲呢！」

呵呵，敢情就出了我一個短命鬼！

陳大年心中鬱鬱。

看著那男人把一碗粥喝光，何月娘指了指地上給他做的簡易木榻。「天亮了，你也吃飽了，走吧！」

男人看著她，目光有些猶豫。「妳真打算讓我走？」

「喂，你想耍賴？我可告訴你，我們家沒男人，但並不代表我就怕你。早上你瞧見了吧，我可有一窩兒子呢，你惹惱了我，我兒子們一人一拳也能把你打趴下！」何月娘扠腰，底氣十足地朝男人喊。

「妳誤會我的意思了，我是怕我走後，那些人再來，妳跟孩子怎麼辦？」

男人的解釋倒也說得過去，屋裡的氛圍稍稍緩和了些。

何月娘想到，作為一個好後娘，扠腰、瞪眼、跺腳，這些動作都是極其不雅的，會教壞小孩子的，所以，為了讓她家的好孫女們長大後是個絕對的淑女，她決定先從自我做起，做個優雅溫柔的女人。

當下掐著嗓子道：「好像昨天晚上也不需要你幹啥，那些壞蛋就跑了吧？」

「對了，我還想問妳，那些人都是殺人不眨眼的殺手，他們怎麼沒進院，還跑了呢？」

男人不解地問。

「要你管，我要是告訴你，我們家這個小院有神靈護院，你信不信？」才保持不到一分鐘的優雅，某後娘又炸毛。

「我相信，不過，我還是不太放心，你們一家救了我，我不能害了你們。」

「廢話，你留在這裡就是害我們！走走走！趕緊走，我們以後怎麼樣都不會找你的，只要你趕緊……」

何月娘的暴脾氣又上來了，她想喊三娃進來把這男人拖走，卻聽男人再度開口。「我叫裴城昱，是駐守邊疆的，這次因為家中有兒成親，才匆匆帶了幾個隨從從邊疆趕回，半道卻走漏消息被敵人追殺，我的幾個隨從都被殺了，只有我一個人僥倖被妳所救。我裴城昱是個頂天立地的男人，怎麼能為了自己活命，就把恩人一家的安危至於不顧呢？」

「啥？你是裴城昱，那個在邊疆駐守二十年，被皇上封為護國神武大將軍的裴城昱？」

何月娘的下巴都要驚掉了。她怎麼都沒想到，一個善念救了一個了不得的人物。

前世就是這位大將軍，在後來的一次聞名天下的黃蠟溝大戰中，以五千人馬對上敵人的三萬精銳部隊，結果呢，這位裴將軍藉著天時地利的條件，硬生生用五千人馬把三萬敵軍殲滅大半，剩下的人也都悉數俘虜了。

這次大捷後，裴城昱被讚是天神降臨，護佑國土。

「我就是裴城昱。」裴城昱溫和地笑著說：「小娘子妳才了不起，一個人撫養了這些孩子。不過，看妳的年紀似乎……」

「唉，老爺子……不，大將軍啊，您哪裡知道小婦人的苦楚啊！想我一個孤苦無依的人，淪落成乞丐，走到這陳家莊，險些被餓死凍死，幸虧陳大年仁義，把我救了。我……我也沒啥可報答人家的，就以心相許，臨危受命，做了這幾個孩子的後娘了。這不，他們爹死了，我也沒走，就忍辱受屈地當一個好後娘……」

某後娘邊說，邊使勁擠出幾滴眼淚來，以示她這個後娘多麼善良，多麼的不易。

「妳倒是想走，可走了就得忍饑挨餓，妳又不傻！」腦海裡，某鬼頗有點不忿，又酸道：「當著大將軍的面，妳可以繼續誇我怎麼仁義救了妳，臨死還做好事，為陳家積德，至於妳自己怎麼回事，妳心裡沒點數啊？」

「陳大年，你信不信，我立刻就去廟裡請高僧！」何月娘勃然，高聲回斥她的死鬼夫君。

「妳說什麼？」

裴城昱被她忽然沒頭沒腦的一句話弄傻了。

「哦。我沒說啥，大將軍，那您現在怎麼辦？要不我去請我們岳縣令帶人來保護您？」

何月娘盤算，這個大將軍既然是回來參加兒子婚禮的，那就不可能在他們這裡久待，說不定馬上就走，可是岳縣令不會走，他一旦知道是自己救了朝廷上威名赫赫的大將軍，那勢必會對陳家，對她另眼相看，以後再有點啥事，求縣令可比求里正有用多了。

「不行！」裴城昱搖頭，否定。「我這次被人算計，走漏消息的一定是朝廷上的人，這個人不查出來，其他人都不能信！」

「啊？那怎麼辦？」

何月娘心裡一咯噔，敢情即便知道他是個大人物，他們一家的小命還是不能保全了？

「妳放心，我出事的時候就已經發出暗號了，裴家暗衛一定會找來的，只要他們來了，把追殺我的人都處理了，你們一家也就安全了。」

裴城昱的話說得倒也有道理，何月娘想想，現下似乎除了等也沒別的法子了。

不過，既然要等，那閒著也是閒著，她可以做點特別的事，跟這位大將軍套套近乎，說不定自己能因此過上豪富的日子呢？

「等一下，妳要幹啥？何氏，妳想幹啥？對他投懷送抱嗎？妳可是我陳大年的媳婦，我生妳是，我死妳也是！」某死鬼急了。

「你有啥證據證明我是你媳婦？」何月娘給了他一個大大的白眼。「死了還想霸著誰不放啊？」

「我……」如果鬼可以流汗的話，這會兒陳大年已是滿頭滿臉的汗了。良久他才訥訥道：「我會投胎轉世的，妳……妳不能胡來，妳是我孩子的娘，孩子們都很孝順，妳不能……」

「行了，你再囉嗦個沒完，我就真照著你想的來了。」

「妳……人欺負鬼，還有天理嗎？」陳大年哭唧唧。

但人家何小娘子真就不搭理他，扭身去了廚房，再出來時，手裡端著一碗麵，還沒到跟前，滿屋都是香噴噴的味道了。

「是什麼？」

正閉目養神的裴將軍驀地睜開眼，眼前是一碗香辣臊子麵。

「這是怎麼做的？」裴將軍忙不迭地吃了一口，嘖嘖讚嘆，說這是他吃過的最好吃的麵。

吃完麵，何月娘又給裴將軍泡了一杯茶。

茶葉是昂貴的物件，也只有城裡那些達官貴人才買得起。

這茶是菊花茶。何月娘進山打獵時，順手摘了些野菊花，野菊花性平、味苦，其功效可以清熱解毒，瀉火平肝。野菊花曬乾，用熱水泡上一枚、兩枚的，再丟一顆冰糖進去，細品品，甜中帶苦，回味悠長，是居家旅遊必備的好東西。

裴將軍品了一口，眉開眼笑，稱讚道：「不錯，這可比龍井好喝多了！」

「呵呵，將軍，您可別這樣說了，山野俗物，哪裡比得上價格不菲的龍井。」何月娘表示。「您這是故意笑話我吧！」

「不，蘿蔔、白菜各有所愛，有人喜歡喝龍井，我就偏愛這山野之物，不錯！」

裴城昱言辭真誠，看不出有什麼嘲諷之意。

「那……好吧，等您走時，我會送您一些。」

何月娘話音剛落，就聽到外頭傳來秀兒的驚呼。「你們是什麼人？怎麼能硬往裡闖？」

何月娘倏地站起來。「將軍，您別出聲，我先出去看看。」

「若是殺手來了，妳不用跟他們對抗，把我交出去，左右我也吃了世上最好吃的麵，品了最好喝的茶，死而無憾！」

裴城昱說著，竟真的很豪邁地笑了起來。

這種氣勢哪是一般人能比擬的？視死如歸也就如此。

「將軍，您放心，無論是誰，想要對您不利，得先踩著我的屍體過去！」

何月娘咬咬牙，掀開簾子出去了。

裴城昱沒察覺的是，何月娘掀簾子時，對她家死鬼男人低低地說了一句。「你可是說過，豁出去不投胎也要護我們，現在到你表現的時候了。」

她家鬼丈夫苦笑。「不是殺手，是劉氏的老娘跟哥哥來了。」

劉淑珍？

何月娘一怔，馬上就明白，是有人去劉家莊通風報信，把劉氏娘家人找來給劉氏撐腰的。「你閃一邊去，對付幾個小人，還輪不到你這隻鬼。」

第九章

院裡，劉張氏滿臉橫肉都在發顫，她指著何月娘，問劉淑珍。「阿珍，她就是那個不知道從哪個犄角旮旯裡蹦出來的野丫頭？」

「嗯，我公公臨死前被這個狐狸精迷惑了。娘，她把女兒逼進碾坊，女兒硬生生地被人當成牲口那麼使喚啊！娘，女兒的肩膀都給繩子磨出血來了！您可得給女兒做主啊！」劉淑珍邊說，邊做出擦眼淚的樣子。

「哼，妳個廢物，就這樣一個沒三兩肉重的臭丫頭能把妳給治成這樣？劉淑珍，妳真丟咱們劉家的人，出去別說妳是我妹妹！」劉狗子斜眼瞪著何月娘。「臭丫頭，妳最好馬上給我妹子跪下道歉，不然等老子動手，妳就慘了！」

「這樣威風的？」何月娘冷笑，待劉狗子到了跟前，揚起手啪啪啪連甩了他一串耳光，邊打邊問：「還威風不？再威風一個給老娘瞧瞧？」

劉狗子被打了一個冷不防，他蹬蹬蹬倒退數步，一個站立不穩，一屁股坐在地上。

「趙剛，你個慫貨，還不過去幫你大哥？」

劉張氏一看兒子吃虧，擰著一旁大閨女女婿趙剛的耳朵，把他推到前頭。

「娘，疼疼……」趙剛一臉苦相，直喊疼。

「今兒你不幫你大哥，把這個賤人給弄服貼了，回去我繞不了你！」

劉張氏雙手扠腰，對著趙剛發威。

趙剛無奈，只好過去把劉狗子扶起來，兩人一左一右，逼向何月娘。

「兩個大男人欺負一個小婦人，你們就不怕王法嗎？」鄰居安大娘眼見何月娘要吃虧，忍不住招呼一眾的圍觀村民。「咱們可都是一個村住著，抬頭不見、低頭見的，能容別村的人來欺負人嗎？」

「就是，你們不能欺負人！」有人附和著。

「都給老娘閉嘴！老娘的閨女被陳家欺負，老娘來給閨女討回公道，礙著你們哪兒疼？」劉張氏跳腳大罵。

劉淑珍哭咧咧地在一旁裝可憐，訴苦說自己被何月娘逼成了驢子，一時間，圍觀村民不明真相，都不知幫誰好了。

「我看誰敢欺負我娘！」

院門大開，奔進來五個娃兒，正是去吳財主家挖暖窖的陳大娃他們。

他們顧不得擦額頭上的汗珠子，跑到何月娘跟前。「娘，您沒事吧？」

「我沒事，你們回來做甚？就這幾個貨，還不能把為娘的怎麼了。」

何月娘掏出帕子，心疼地給幾個兒子擦汗。

大冬天的，這渾身汗津津的，若被北風給吹了，會著涼的。

她的娃兒，她可捨不得讓他們遭罪。

「哎喲喲，你們大家可快瞧瞧吧！這就是狠毒的後娘啊，把幾個娃兒都折騰成什麼樣了。」劉張氏叫嚷起來。

大娃他們因為挖暖窖，身上不可避免有泥土，這一路跑來，汗水順著臉往下淌，正好就和了臉上的泥土，再被一抹，那樣子是有點狼狽。

陳家莊有人私下裡說陳大年臨死娶個小媳婦，就是個坑，坑了幾個孩子，家產也落入旁人手，這會兒再被劉張氏挑唆，果然就有人罵何月娘不是人了。

「我娘沒折騰我們，是我們想賺錢給三弟治病，去給人挖地窖，都是我們自願的。本來我娘也要去，是我們心疼她身子骨兒弱，才沒讓她去的！」

陳二娃這會兒真對劉氏的家人沒啥好臉色，一家的攪屎棍，看著就煩。

儘管劉淑珍暗中一個勁兒地給他擠眼，讓他當場倒戈，一起討伐狠毒的後娘何月娘，但他根本懶得理，甚至還讓三弟妹秀兒把大樹抱進屋去，免得看見他親娘這副討嫌的嘴臉，帶壞了小孩子。

「瞅瞅，我女婿多精明的一個人，被狐狸精的迷魂湯灌傻了。姓何的，我也不說旁的了，妳拿十兩銀子來給我閨女，把家分了，我帶著我女婿一家走，到我們家過好日子去，從此不在妳這狠毒的後娘手底下被搓揉！」

劉張氏把來的真正目的說出來了。

「我憑啥給妳閨女十兩銀子？」何月娘不怒反笑。

「妳給傻子娶妻花了十兩銀子，我閨女也嫁給陳家子，一視同仁，沒讓妳補二十兩銀子，已經是我們劉家仁義了。」劉張氏一臉理直氣壯。

「就妳那閨女還想跟秀兒比？秀兒善良，仁義，村裡誰不誇？妳閨女就是個攪事精，又懶又饞不說，還成天攛掇二娃分家。二娃一家拿了銀子跟妳過小日子去了，幾個幼弟、幼妹怎麼辦？我還是那句話，分家可以，淨身出戶，要多遠、滾多遠，這是我男人臨死留下的家訓！」

何月娘不屑地啐了一口。「少到老娘跟前耍潑，老娘可不怵你們，不信，妳放馬過來，老娘若一巴掌不打掉妳門牙，算老娘失手！」

說著，她不緊不慢地挽袖子，氣勢十足，把劉家娘兒倆唬得有點傻。

但很快，劉張氏就回過味，她低低地交代兒子。「必須讓二娃拿了銀子跟我們走。王二麻子說了，你去年欠下的賭債，今日不還，他要剁掉你一隻手。」

「她不給，那咱們就搶！」劉狗子也是狗急跳牆，惡從膽邊生，扯住趙剛擋在胸前，靠著趙剛做人肉盾牌，步步逼向何月娘幾人。

陳大娃幾個也不是怕事的，舉起鐵鍬就朝著劉狗子拍去。

「二娃，我給你生了兒子，我有功……」劉淑珍見陳二娃也去拍她哥，急呼起來。

陳二娃用行動回答了她，一鐵鍬拍在劉狗子肩上，疼得他哇哇大叫。

一時，雙方混戰，難解難分，卻有人從外頭跑進來，氣喘吁吁地喊：「趙剛，別打了，你媳婦淑敏上吊啦！」

「她……她現在怎樣了？」趙剛的聲音哆嗦，整個軀體也在微微發抖，看得出來，他的內心正在經歷一場艱難的掙扎。

「她倒是被救下了，只是，她堅持說，她已經沒有活路了，因為你、你要棄了她。」來人頗有點為難地說出這話來，這怎麼說也是旁人的家事，這種關乎到人家夫妻的隱私，他一個外人說出來，還是有些不太好的。

「好你個趙剛，你敢拋棄我閨女？我閨女怎麼對不起你了，你要做出這種狠毒的事來？今兒你不把事情說清楚，老娘就把你押送縣衙，請青天大老爺判你死罪！」

劉張氏頓時跳腳，跟隻被人拔了雞毛的老母雞似的，直撲騰著想要衝過去在趙剛的臉上啄上幾口！

但趙剛已經猜著她的這種舉動了。

趙剛當下錯開步子，避開她的咄咄逼人，反倒是不急反笑。「好啊，我也正好想請縣大老爺給評評理，到底我趙剛欠了你們劉家多少錢，要你們把我跟我娘子當成牛馬一樣的奴役！本來我是想一走了之，不讓我娘子為難的，可她心細如髮，早就猜出我的心思來。唉，她這又是何苦呢？我走了，她的好娘親、好哥哥還會再給她尋一門值得攀附的富貴親事，到那時候，她就能帶著她的娘家一起吃香喝辣，過上有錢人的自在日子了，總好過跟著我，因為沒錢給劉家，被劉家上下當奴才一樣呼來喝去！」

說到這裡，趙剛甩出一張紙來。「劉張氏，我已寫好休書，從此以後，不管妳的女兒嫁什麼金龜婿，都跟我無關！」

「好你個趙剛，你這是吃了熊心豹子膽，敢休我的女兒？」

劉張氏暴跳，剛欲上前去跟趙剛撕打，卻被她兒子一把扯住，同時低低地說道：「讓他走，再給大姊找一個好主兒。我認識城裡開糧食鋪子的梁掌櫃，人老是老了點，可架不住有錢啊，只要我姊一嫁過去，立刻就有仨孩子孝順，這且不說，梁老闆已經六旬，沒幾年好活了，只要他一蹬腿，他梁家的財產還不都是咱們劉家的？」

「可是你姊姊她未必願意啊！」

劉張氏看看趙剛，雖然衣裳半舊，但身量高大，長相也不俗，當初自家閨女一眼就相中了他，還不是因為他長得好。如今真要將她嫁給一個老頭子，恐怕是……

「娘，您聽我的，就是捆綁也要把她捆綁進梁家！您總不會想讓我下半輩子只剩下一隻手吧？」劉狗子的臉色不好看了。

「嗯，我哪兒捨得你遭罪啊！」劉張氏看了一眼自己疼在心窩窩裡長大的兒子，心裡最後那點對大閨女淑敏的憐憫也消失不見了。

「哈哈！娘子，這就是妳的親娘跟親哥哥！他們把妳當成搖錢樹了啊！當初妳嫁我，我家原本是殷實人家，不料，妳娘跟妳哥哥數次攛掇我們把家產變賣，到妳家去住，說那樣就能相互照顧。因我沒爹娘，一時信了他們的話，把家產變賣搬去了劉家，萬沒想到，他們把我賣房賣地的錢都搜刮了去，全給妳哥哥賭光了。我不能再留在劉家任人侮辱。唉！如今，也只能是各顧各了。娘子，若有來生，我會早早等著妳，把妳娶回家，咱們再好好過日子。」

說完，他看都不看劉家娘兒倆，疾步往外走。

「姓趙的，你不能走，這幾年你在劉家吃住，花費了劉家多少銀子，想走可以，給一百兩銀子，否則老子打斷你的腿，看你能不能爬出劉家大門！」劉狗子邊罵邊追了出去。

「兒子，還有他睡了你姊這幾年的錢！一百兩銀子怎麼夠？不能讓他走，讓他留在劉家，給咱們做牛做馬！」劉張氏氣急敗壞、又叫又罵地跟在兒子的後頭也跑出了陳家。

一院子人連帶著陳家一家子人，都被眼前的突變給驚呆了。

「哼，這就是妳的好娘親，好大哥？我告訴妳，劉氏以後妳再提分家，妳就給我滾！我們陳家這輩子，不！下輩子也不會分家的！」

陳二娃被驚出了一頭虛汗。想想前幾日，他還聽信了劉氏的攛掇，準備跟後娘分家，拿著分得的家財去劉家莊投奔劉張氏呢。如今想來，那就是一個見不到天日的大坑，劉家這個大坑眼睜睜已把他的連襟跟大姨姊給吞沒了。

想想趙剛剛才那番話以及他臉上那種悲愴的表情，陳二娃不寒而慄。

「我……我娘最疼我，不會那樣對我的。」

劉淑珍自從大姊夫說出那番話後，一顆心就開始顫抖，抖得她後脊梁颼颼地冒冷風。

「娘，謝謝您，若不是您堅持不分家，我……我現在都不知道是什麼樣子。」陳二娃撲通就給何月娘跪下了，言辭懇切地說道。

何月娘也被劉家娘兒倆的歹毒給驚著了。

不都說虎毒不食子嗎？這個劉張氏她真真是連禽獸都不如啊！

「劉氏，妳還愣著做什麼？娘這是救了咱們一家，妳還不快來跟娘認錯！」

陳二娃怒斥劉淑珍。

劉淑珍哆哆嗦嗦地跪倒在陳二娃的旁邊，她低著頭，腦海裡不停地重複她娘跟她數次說過的話——只要妳跟二女婿來劉家莊，我就把劉家的財產都給妳。妳哥哥是個不學好的，娘不放心把家產給他，娘信妳，妳來吧！跟二女婿一起來，娘會好好疼妳的！娘……她難道真的是說謊哄騙自己，目的就是為了錢？

她不想信，另一邊卻是趙剛那聲聲淒厲的傾訴，不由得她不信。

「妳快說啊！」陳二娃真想踹這娘兒們一腳。這都撞了南牆了，怎麼她還不願回頭？真不知道她的娘跟哥哥給她施了什麼咒，讓她糊塗至此！

「娘……我……我知道錯了，我以後不會再犯了，您就……就讓我回家來吧，我想大樹，那是我的親兒啊！」劉淑珍聲淚俱下。

「妳就不想二寶？」

何月娘冷了臉。這貨跟她娘一樣重男輕女，早晚會為了大樹牽累二寶。

「我……想啊，怎麼不想，都是我身上掉下來的肉。」

劉淑珍也意識到自己說錯話了，忙改正。

「哼！」何月娘冷哼一聲，接著說道：「都起來吧，二娃，帶上她去趟劉家莊，出事的畢竟是你們的大姊，能幫的還是要幫一點。不過，我還是那句話，陳家只要有我在，任憑是誰想要折騰散了這個家，我都饒不了她！至於分家……」

這兩字就像是被燒紅的火炭，一下子燙得劉淑珍渾身一個激靈。「不，娘，我們不分家，再也不分了。」

「妳知道就好。」

何月娘深深看了她一眼，劉氏的臉上雖有悔意，但眼神之中還是有些不甘心，這種不甘心就是她腦子裡的劣根性，實在是不好清除。

二娃跟劉氏是在傍晚回到了陳家，兩人的臉色都很難看。

後來還是二娃說出了在劉家看到的淒慘的一幕。

趙剛還是不管不顧地走了，劉淑敏哭得撕心裂肺，他都沒回頭。

他走後，劉淑敏義無反顧地跳進了大河中，連掙扎都不曾，身影就消失在河面上了。

劉淑珍哭得傷心欲絕，而她親娘跟親哥哥卻氣得跺腳，當著那麼多人罵大姊是白眼狼，是不要臉的騷貨，養了她一場，她連一文錢都不給娘家人留下，真真是十惡不赦的逆女！

晚飯劉氏也沒吃。

何月娘盛出一碗飯，讓二娃送進西廂房。「勸勸吧，人死不能復生。」

陳二娃點點頭。「謝謝娘！」

轉身，何月娘又給裴將軍端了飯菜進去。

裴將軍嘆息。「想不到，這世上真有人如此愚昧，為了一個逆子，把閨女倆都往火坑裡拽，實在是可惡至極！」

何月娘不好意思說，您是大將軍，您家中富貴，從沒有為柴米油鹽著急過，哪兒會知道市井小民，他們一年賺的銀子還不夠你們這樣的家庭吃一頓飯的。

所以，古人說，窮是煎熬，餓是爭吵，這話實實在在的不假啊！

因為心情不好，何月娘早早就去屋裡歇著了。

睡到半夜，她忽然被一種奇異的聲響驚醒，猛然從炕上坐起來，透過窗子往外看，只見裴將軍一手拄木楞，一手握著一根鐵鍬，身影傲然挺拔，氣勢如虹，絲毫沒有因為受傷而有一絲絲的怯懦與畏懼。

他的對面，是十幾個黑衣人個個持刀劍，呈包圍趨勢將裴將軍圍在當中。

「老夫的命就在這裡，有本事你們就過來拿。不過，這戶人家是普通百姓，因善意收留老夫，你們不可傷及他們的性命，不然老夫就是一死也要爾等陪葬！」

裴城昱這聲音鏗鏘有力，勢如破竹，恍如一道劃破暗夜的雷電，不可抵擋。

黑衣人都蒙著面，看不到他們的表情，但從他們中有人微微向後退了一步，能看出來，他們是打心眼裡畏懼這位振臂一揮，就能操縱著千軍萬馬，殺敵軍於瞬息間的神武大將軍。

該來的還是來了。這些人明顯是跟那些刺殺過將軍的人一夥，那些人回去了，恐怕這回派來的只會比前面的一批更強吧。

何月娘的心提到了嗓子眼。

「陳大年，陳大年，你快點出來！」她低低地咕噥。

「唉，雙拳難敵四手，我只是一個鬼，他們那麼多人，想要一舉拿下，我沒啥把握。」

一個半透明的身影果然從角落裡飄了出來，正是死鬼陳大年。

「我去收拾碗盤。」

何月娘想到昨天晚上，死鬼正是用一籮筐的碗盤把前面一批殺手給打跑的，法子雖然笨點，也極其浪費，但勝在好用，故技重施吧！

她看向陳大年。

陳大年又搖頭。「這些人的能耐明顯比上一批強，那點小伎倆怕是對付不了他們了。」

「那到底要怎麼辦啊？難不成我們就這樣看著將軍給他們殺死？」

裴將軍功夫自然是不俗的，但他現在腿上、手臂上都有傷，還沒有順手的兵器，怎麼打

「我娶妳，只希望妳對娃兒們發善心……」

從本心講，陳大年是不希望何月娘多管閒事的，畢竟家裡沒個男人，這些孩子還小，何月娘一個婦人家，太過出頭，就會招禍上門。

「陳大年，你個笨蛋，你怎麼不想想，如果裴將軍死在這裡，邊疆的敵人一定會大舉進犯，到那個時候，我就是有一百顆善心想對咱們的娃兒好，兵荒馬亂的，我也得護得住他們啊！」

覆巢之下焉有完卵？

何月娘氣急，真想一巴掌打醒自私的死鬼。

但她也知道，她打人可以，打鬼，呵呵，白費勁！

「我就想好好投個胎，怎麼就那麼難啊！」

某鬼低低地發出一聲哀嘆，而後身影疾速從窗子一穿而過。

第十章

院子裡忽然平地颳起一陣旋風，風大得像是從天而降的漩渦，聚集著滔天的浪花，想要把世間的一切都席捲進漩渦之中。

乒乒乓乓！

一陣奇怪的聲響之後，旋風漸漸放緩，早就被風沙迷得睜不開眼的十幾個黑衣人，費好大勁兒睜開眼，這一看，不由地大驚失色，他們原本牢牢攥住的刀劍都不翼而飛，而對面的將軍卻不知道什麼時候，手裡的鐵鍬換成了一把閃著寒光的寶劍。

「你……你怎麼做到的？」帶頭的黑衣人聲音瑟瑟地問道。

「哈哈，如果我說，這個小院有神靈護佑，你信不信？」

裴城昱朗聲大笑，哪怕是面對強敵，都絲毫不減他神武大將軍的豪邁氣勢。

何月娘嘴角揚起一抹弧度。這話是她說過的，將軍這明顯就是現學現賣。

「你……你少在這裡裝神弄鬼！還真當自己是從天而降的大將軍？那不過是你糊弄老百姓的說辭，我……我們才不會信。」帶頭的黑衣人明顯說話沒底氣。「你如果真不怕死，那就把兵器還給我們，我們決一死戰！」

「那麼你呢？你怕不怕死？堂堂殺手堂的頂級殺手，難道連跟老夫單打獨鬥的勇氣都沒有？」

對方指望著將軍在盛名之下，會自負地以一對十跟他們混戰。但將軍能馳騁沙場幾十年，早就把性子磨鍊得能屈能伸，他才不會上當被對方激將去跟他們十幾個人拚命呢！

「我們一起上，他只有一把劍，我們卻有十幾個人！」

終於，帶頭的黑衣人沒了耐性，喊了一嗓子，就衝向了裴城昱。

也就在這時，院牆外躍進來十幾個人，他們個個都是勁裝打扮，進來就動作俐落地傷了幾個黑衣人，撕開了包圍圈的一道口子後，他們齊齊地聚在將軍身前，其中一人對將軍施禮道：「將軍，屬下來遲，還請將軍責罰！」

「來得正好！」裴城昱朗聲。「留下一個活口，讓他回去告訴唐百中，今日之事，是我裴家跟他們殺手堂的恩怨，至於無辜百姓，他們若是敢傷及分毫，就別怪老夫無情，帶人殺進殺手堂，滅了他們的堂口！」

「是，屬下遵命！」

男人應聲後，帶人殺向黑衣人。

一盞茶的時間後，十幾個黑衣人真的就只剩下一個被硬生生削掉了雙臂的，他已經嚇得瞠目結舌，站在那裡只有渾身哆嗦的分了。

「滾！」

男人一聲低吼，那人踉蹌著就往外跑，因為沒了雙臂，他平衡感很差，數次摔倒，但又數次勉強爬起來，繼續逃。

天不亮，裴家的暗衛就護著將軍離開了。

臨走，何月娘給將軍裝了滿滿一布袋的野菊花茶。

裴將軍沒有囉嗦什麼感謝之類的話，只道了一聲「珍重」，就跟手下離開了。

裴將軍離開前，安排斷後的手下把小院裡的死屍以及迸濺在院子裡的血跡都擦抹乾淨了，天光大亮後，何月娘開門，看著整潔的小院，忽然有種疑惑，昨晚這裡是發生了一場生死決鬥嗎？那會不會是自己的一場夢？

李芬也開門出來，看到早起的何月娘，有點詫異。「娘，您餓了嗎？我先給您沖個雞蛋花喝喝？」

「啊？我那個……」

何月娘真心惆悵，難道她在這一窩娃兒們的心目中，她何月娘就是個吃貨？

「妳昨晚睡得好吧？」她擔心昨晚的殺戮會嚇著李芬他們，忙問。

「好啊，我還作了一個夢呢，夢裡公公跟我說，妳一定得好生孝順婆婆，她可是咱們家的救星！」

「對呢，我也夢見爹了，他也這樣跟我說過……」

李芬的話剛說完，東、西廂房的門都開了，大娃跟二娃齊聲說道。

這個死鬼，算你知道心疼娃兒！

何月娘明白了，一定是死鬼怕嚇著孩子們，所以用了鬼法子，讓娃兒們睡得很沈，就是打雷都驚不醒的那種，所以他們壓根兒不知道昨晚發生的事。

「娘，我去做飯了。」李芬往廚房走。

「把劉氏也叫上，我們陳家不養閒人，想吃飯那就得幹活！」

何月娘立刻惡婆婆上身，扠腰、瞪眼，氣勢洶洶。

西廂房的門吱呀一聲開了，劉氏從裡頭走出來，她低著頭，跟在李芬的身後也進了廚房。

「唉！」何月娘的腦海裡又出現陳大年的聲音。「這個劉氏……生性難改啊！」

「看在大樹跟二寶的面子上，我就給她個機會，能不能把握住，就看她自己的了。」

何月娘當然看見了，在劉氏跟她擦肩而過的時候，她銀牙緊咬，還很是怨毒地瞥了何月娘一眼，這個表情可不像是知錯要改的。

陳家的日子又恢復到平靜的狀態。

陳大娃帶著幾個兄弟給吳財主家挖的暖窖，竟沒用上一個月就完成了，這還離過年早得很，活又幹得格外好。吳財主對此很滿意，財大氣粗地一揮手，就給了陳大娃他們六兩銀子，多出來的一兩說是獎勵給他們兄弟幾個的。

拿了這六兩銀子，陳家幾個娃幾乎是踩著風火輪地回了家。

進院子四娃就喊：「娘，娘，銀子，我們賺了好多銀子啊！」

彼時，何月娘正帶著兒媳婦們在做晚飯。

街上有人來賣小鮮魚，比巴掌大一些的河魚，一條條竟還都在水桶裡活蹦亂跳的，賣主是外縣的，說是一網子從坡於大河裡打的，坡於大河遠近聞名的就是產魚，那裡的魚肥美鮮嫩，一般人家辦喜事、開宴席，大多是要趕上幾十里山路，去坡於大河置辦鮮魚回來的。

何月娘覺得幾個兒子挖暖窖太辛苦，所以一口氣買了五斤小鮮魚，花了幾十個銅板。

洗完處理好之後，她讓李芬把五斤魚分成兩份，一份直接下鍋熬小魚貼粗糧饃饃，另一份放小桶裡掛在外頭屋簷下，防備野貓偷吃，李芬還把籃子的蓋子都拿繩子給繫上了。

李芬不聰明，這一點何月娘看得出來，但卻是個辦事穩妥的，又沒啥歪心眼，前陣子少了劉氏在一旁攛掇，時間長了，何月娘對她就挺倚重的，有啥事都讓她去做。

對此，劉淑珍看在眼底，心裡恨意日深。

但何月娘都視而不見，妳是好是壞，對這個家懷著真誠還是假意，誰看不出來？沒點明，只是顧念著一家子的面子，但若是她敢跟之前那麼得色，何月娘也絕不會由著她。

吃飯前，何月娘給幾個娃兒開了個小會。

炕桌上放著五兩半銀子以及一堆銅板。

她給五個兒子每人分了五十個銅板，連三娃都給了，雖說三娃沒去挖暖窖，但三娃在家跟著秀兒也幫著幹了不少家事，現在的三娃就聽秀兒的，秀兒讓他做啥，他都是毫不猶豫去做，雖然有些活他做不好，還是得秀兒幫他。

分給三娃銅板的時候，劉淑珍嘴皮子張了張，想要說話，但被一旁挨著她坐的二娃按住了。她回瞪了他一眼，用嘴型罵他是個傻子。

但二娃只當沒看見，還說：「娘，三娃最近長進不少，都是三弟妹的功勞，我看也得有三弟妹的份。」

這話立馬就惹起劉淑珍的不滿了。「娘，論起幹活，我跟大嫂可是主力，家裡、田裡啥活不是我跟大嫂去幹的？三弟妹也就在家看看孩子，守著三娃，她……她可沒我跟大嫂辛苦！」

二娃恨得直想找根針把自家婆娘的嘴縫上，不讓她多嘴，她就是管不住自己那張破嘴怎麼的？

三娃能娶上秀兒這樣一個媳婦容易嗎？

「我眼睛不瞎。」

何月娘掀起眼皮睨了一眼劉淑珍。「劉氏，妳記住了，這個家只要有我在一天，活怎麼分配，錢怎麼攢，日子怎麼過，那都得聽我的。不想聽也可以，分家另過，我不攔著你們小夫妻去奔好日子，但也絕不容什麼人在我的家裡興風作浪！」

這話可不是敲打，而是直接警告了。

「我……我也沒說啥。」劉淑珍訕訕道。

「那就閉嘴！」何月娘厲聲呵斥。

「娘，我不要錢，家裡有吃有喝的，要錢也沒啥用，您攢著吧，四弟跟五弟還得娶媳婦，咱家以後用錢的地方多著呢！」李芬老老實實地說了一句大實話。

何月娘點頭。「嗯，李氏說得在理。不過呢，咱們賺錢也得花錢，不然就沒了賺錢的動力了。妳們呢，也都成家立業了，手頭也得寬鬆些，偶爾見了什麼賣花、賣胭粉的，也需要給自己添點裝扮裝扮，都是女人，我支持妳們！」

說著，她就給三個兒媳婦一人也分了五十枚銅板。

轉頭又看到仨寶跟大樹好奇地看著這邊，小眼神不住地在那些銅板上轉悠，只有大寶略微懂事點，知道那是能換來好吃的錢，其餘幾個都是懵懵懂懂的，根本不知道那些圓鼓鼓的小板子能幹啥。

「來，我的小寶兒們也得有份！」

一人分了十個銅板，剩下的六十個銅板給了六朵。

一時間，家裡人人歡喜，除了劉氏眼光不捨地追隨著何月娘把五兩半的銀子鎖進了櫃子裡的小錢箱子外，其餘人都笑逐顏開的。尤其是大娃跟二娃，這會兒都各自施展當爹的小技術，去哄自己的閨女、兒子把銅板給他們保存。

最小的三寶最禁不起誘惑，一塊酥糖就把十個銅板丟一旁了。

大寶費勁點，陳大娃許諾了一根紮小辮的紅頭繩，這才把十個銅板哄到了手。

大樹把銅板給他爹也挺痛快的，他爹抱著親了一口，說明天給他買肉肉吃，他就乖乖交錢了。

二寶也是乖乖交錢的，不過是在她娘劉氏丟過來一個眼刀子後，嚇得把錢當即交給劉氏了。

看到這一幕，何月娘心裡更不待見劉氏。

冬日，天越來越冷，陳家住的房子是茅草房，雖然也是標準四合院的結構，正屋四間，左右兩側廂房，但房子是陳大年爺爺一輩傳下來的，屋齡比陳大年的爹歲數還大呢，所以，房子真的是很破舊了。

陳大年在的時候，的確是謀劃過要翻蓋房子的，也一直在為這事攢錢，但因為家裡孩子多，各種花費多，孩子們也小，他一個人又當爹、又當媽的，過得著實不易，所以到死也就攢了那麼點銀子，距離翻蓋房子還是差了一大截。

破房子四處透風。大冬天的，夜裡下雪，西北風颳得呼呼作響。

東、西廂房裡冷得滴水成冰的，風不斷地從木格子窗戶颳進來，薄薄的被子根本一吹就透，往往一宿都是蜷縮著身子，根本不敢伸腿，因為腳底下更是颼颼透風。

陳大娃每天傍晚都要給何月娘住的正屋炕燒火。

家裡大半的乾柴都用來給何月娘燒熱炕了。

李芬還特意把她當初的陪嫁，一條沒捨得用過的床單拿到正屋，掛在窗戶上，遮擋著刺骨的北風。

何月娘說不感動是假的。

她是人，心也是肉長的，幾個娃兒對她的孝順，她怎麼會不明白？

天冷的夜裡，她就讓大娃、二娃把仨寶加大樹一起送到正屋炕上睡，炕不大，原本是睡不了這樣多的人的，但冬天冷，擠在一起睡更暖和。

大娃跟二娃都說孩子鬧騰，別影響了娘歇息，不肯把孩子送過來。

「怎麼你們還等老娘自個兒去你們屋裡抱啊？」何月娘佯怒。

兩娃立刻認錯，並分分鐘改正，把孩子們抱來了正屋。

當晚下了一夜的雪，早上起來，雪都埋過門檻了。

大娃帶著幾個兄弟出去掃雪，連三娃都拉著秀兒一起出去幫忙，一窩孩子幹得也快，不出小半個時辰，院子裡以及大門口的雪都給清理乾淨了。

李芬跟劉氏做的早飯。

劉氏其實就是怕何月娘罵，不得已才磨磨蹭蹭去了廚房，一屁股坐在小木墩子上，說是給大嫂燒火，其實就是托著下巴睡回籠覺呢！

而李芬是個老實的，也不叫她，自己又是忙著燒熱水給一家人漱洗，又是把米淘好了，倒鍋裡，添上清水，就燒火熬粥。

不一會兒工夫，粥熬好了，昨天晚上的饃饃還有，她也一併熱了，再打開鹹菜缸，切了點鹹菜絲，一切都做妥當了，這才把睡得口水直流的劉氏叫醒，讓她把盛好的粥端到正屋去。

天太冷，吃飯都是在正屋炕上。

吃完飯，何月娘一推飯碗就說：「三娃，你去借一下里正的牛車，跟我去趟鎮上。」

山路不好走，牛車也慢，娘兒倆到鎮上已經快晌午了。

何月娘去了趟本草堂，把草藥賣了。

張老郎中是個心善的，早就聽聞何月娘帶著一窩娃兒過日子不易，所以一向給的價格都很公道。

這一回，何月娘拿來五斤金銀花，賣了二兩半銀子。

不過，這次張老郎中也委婉地說：「鋪子裡不能一直收金銀花一種草藥，用不掉，來年怕生蟲，那就白費了。」

何月娘也明白這個道理，人家本草堂是開醫館做生意的，那也是要賺錢養家的。

但村前的那座山上她只找到了一大片的金銀花，至於其他的草藥，她竟是什麼都沒看到過，這也讓她挺鬱悶的。三娃還等著野山參治病呢，可她連根參鬚都沒見過。

「實在不成，妳去趟知州城，那裡可是大越國跟北蒙國相交的地界，有一個很出名的藥材市場，妳有大量的金銀花，說不定能在那裡找到買主，賣的價格也可能會更高。」

這是張老郎中給她的建議。

何月娘表達了謝意後，帶著二娃出來了。

「娘，咱回去吧，緊著點走，能趕上吃飯。」

藥材賣了二兩多銀子，陳二娃歡喜得眼角眉梢都是笑，但這娃是個務實的，跟他爹一樣，都覺得有銀子得攢起來，攢得越多越好。

「先不回，去趟布店。」

何月娘也不上牛車，漫步著去了醫館斜對面的布店。

布店老闆是個三十歲上下的婦人，都守了鋪了一上午了，也沒個客人來，見何月娘跟二娃進店，忙熱情地打招呼。「大妹子，想買點啥？」

何月娘說要扯三塊花布給仨兒媳婦做件過年的衣裳。

老闆娘上下打量她，眼神之中，對她說的仨兒媳婦十分好奇，看何月娘也只有十七、八歲的樣子吧？這樣的年紀就有仨兒媳婦？

不過，這是別人的家事，人家不說，她自然也不好多問。

只順帶著誇道：「有妳這樣知冷知熱的好婆婆，是妳兒媳們的福氣啊！」

何月娘猜得出她心裡的疑惑，但也懶得跟別人解釋她家複雜的關係，所以只是含糊幾句，把話題岔開去。

「老闆娘，一下子買妳這樣多的布料，妳不得送點添頭啊？」

何月娘邊說就邊往櫃檯底下瞅。

一般的布店總會剩下些布頭的，多半是一疋布上裁剩下來的大小不一的布頭，這樣的布頭三兩塊組合在一起，就能給小孩子做身挺不錯的衣裳。

老闆娘也不是笨人，當即笑著說：「大妹子這是想給孫子、孫女們也做身衣裳？」

何月娘笑著說：「可不嘛，小孩子也得好好打扮打扮，看著也喜慶不是？」

「成，看大妹子這樣好，我就大方一回，這筐裡的布頭啊，我送妳三塊，其餘的妳再想要，三文錢一塊！」老闆娘把一筐的布頭拿出來給何月娘挑。

「送我五塊吧，兩文錢一塊，都是些布頭，家裡孩子大些的根本就用不上，妳放這兒礙眼，不如便宜點賣給我，這都是格外賺的呢！」

何月娘的話惹來老闆娘的笑，她誇說：「怪不得妹子妳年紀不大就當了婆婆，敢情這精打細算的勁兒啊，比那上了年紀的老婆婆都還要厲害呢！」

一共選了二十來塊布頭，四個娃兒做衣衫是用不了的，何月娘是看秀兒平常喜歡繡個鞋墊、做個布鞋什麼的，多出來的就給仨兒媳婦做繡活用了。

她還跟老闆娘討價還價買了幾斤棉花，幾個孩子的冬衣都是大人的衣裳改的，裡頭的棉絮早就不暖和了，看著孩子們凍得小手冰涼，她可心疼了。

至於幾個兒子跟閨女六朵，她沒想在鎮上買，聽了張老郎中的話，她打算年前去趟知州城，想想那裡的布店多，也省了一回把料往鎮上送的路費，布料價格一定比鎮子上的便宜，如此又能省下一筆。

從布店出來，何月娘這才準備去置辦這次來鎮子上的最重要的東西。

她要買糊窗戶的白紙。

「娘，咱們小門小戶的哪兒用得起那樣貴的好東西啊！」

聽說她要買白紙糊窗戶，把陳二娃驚得連連擺手。「娘，咱們村上也就里正跟兩、三家村民家裡糊了窗戶，咱們別買了吧？我們不冷。」

「我冷，孩子們冷。」

何月娘瞪了二娃一眼，二娃不敢再說話了，眼睜睜瞧著他娘拿一兩半銀子換回來一大卷的白紙，這把他心疼得額頭上冷汗直冒。

何月娘看在眼裡，也不管，又徑直去包子鋪買了十幾個肉包子。

她自己吃了一個，又遞給二娃一個，二娃使勁吞嚥了一下口水，但還是說：「娘，我不餓，您吃吧！」

「你不吃？那好，我餵狗。」

迎面正走來一條流浪狗，何月娘作勢要把包子丟給牠，這把陳二娃嚇得，一把搶過包子，三兩口就吃了。

何月娘看了忍不住笑得眉眼彎彎。

回到家，一屋子的歡喜不亞於過年。

幾個小不點忙著吃包子，媳婦們忙著看布料，娃兒們則忙著熬漿糊，糊窗戶紙，人人都樂呵呵的。

就只有劉氏噘著個嘴，翻看著手裡的一塊青花色的布料，小聲嘟囔。「肯定我的是最不值錢的，大嫂的都比我的好看，比我的質料好。哼，娘更偏袒老三，瞧她那布料顏色鮮亮不說，摸上去也滑溜，像是緞子面的……」

何月娘正悠閒地嗑著瓜子，看著一屋子孩子折騰，偏偏就耳尖聽到老二媳婦這一番屁話，當即瓜子皮啐了劉淑珍一臉。「愛要不要，不愛要老娘自己做身衣裳。」

劉氏不情不願地閉了嘴。

「二嫂，不然咱們……」秀兒真是怕了這個二嫂了，總有埋怨的理由，但她的話沒說完，就給何月娘堵了回去。

「秀兒，老娘給妳們買的都是一樣的棉布料子，價格也都一樣，之所以花色不同，是根據妳們的年紀，妳剛成親自然穿戴得喜慶，以後老娘不會再為這種事解釋。我早說了，這個家我說了算，妳以後若是還想做濫好人，別怪娘罵妳爛泥扶不上牆！」

馬善有人騎，人善有人欺，想要別人尊重，那就得自立，一味地忍讓，只會讓小人更囂張，沒啥好處。

「娘，我知道了。」秀兒低下頭，應了。

糊好了窗戶紙，外面的風吹不進屋來，家裡果然暖和多了。

一窩孩子都對後娘崇拜至極，爹是他們的親爹，可親爹在的時候，他們也沒過過這樣不受凍的日子啊！

入夜，某鬼噘著嘴，捧著腮，小聲嘀咕。「妳這樣亂花錢是不對的，下頭還有兩娃兒要成親，六朵、六朵還得準備嫁妝呢！妳這也花得太大手大腳了，咱們家又不是有錢人家，憑啥能糊窗戶紙過冬啊？」

「放你的臭狗屁，怎麼有錢人比咱們多長一個鼻子、兩個眼睛啊？都是人，憑啥他們糊窗戶紙就理所當然，我糊窗戶紙就是亂花錢？告訴你，陳大年，現在這個家我說了算，我明兒就是一高興，把房子燒了，那也是我的事，跟你無關。你的遺囑上可寫了，房子跟家產都是我的，我愛怎麼處置就怎麼處置。」

這話把某鬼嚇得一激靈，半透明的身影直接就淡去，消失不見了。

夜空中傳來一聲嘆息。「唉，我惹不起，還躲不起嗎？」

隔了幾天，何月娘找了個有太陽的日子，收拾了全部的金銀花，跟二娃去了知州城。用的自然還是里正家的牛車，上回去鎮上回來，何月娘就挑了三塊布頭給了里正娘子，說讓她給小孫子做幾件肚兜，里正娘子歡喜得很。

娘兒倆在知州城找到了藥材市場，也很順利地把金銀花賣了。

出乎意料地賣了一個好價錢，足足比賣給本草堂貴上一倍的價格，十五斤金銀花賣了十五兩銀子。

出了藥鋪，娘兒倆對視一眼，彼此眼中都是歡喜。

有了這筆錢，何月娘再買其他東西，陳二娃也不心疼得直皺眉了。娘兒倆除了買了一些過年用的吃食，還給幾個娃兒一人置辦了一身衣裳，何月娘自己也買了一身，布料跟鎮上布店是一樣的材質，但價格每尺布便宜了五文錢，算算也省下了不少，陳二娃直誇。「還是娘經驗多。」

何月娘傲嬌。「那是，不然為啥我是娘，你是我娃兒呢？」

實際上，人家陳二娃都比她大一歲呢。

兩人把東西買齊了之後，又在街邊吃了碗熱湯麵，暖和暖和身子後，趕著牛車就往家走。

這會兒已申時，冬天天短，天很快就黑了。

出了城，一路往西走，娘兒倆誰都沒察覺他們的身後緊緊地跟著一個人，從他們進藥材鋪賣金銀花，以及後來賣了多少銀子，他們又採買了些什麼，娘兒倆歡歡喜喜的神情，悉數都落入他的眼底。他雙拳緊握，銀牙緊咬，一副恨極了的樣子。

第十一章

娘兒倆出城走了十里官道，就拐入一條山路，山路一直延續二十幾里路，直到陳家莊。又走了幾里山路，到了一個叫葫蘆口的地方，他們剛從葫蘆口進去，忽然身後傳來一聲尖利的呼哨，緊跟著就從前頭的樹林裡竄出來五、六個手持鋼刀的黑衣人。

二娃本能地駕車想調頭往回走，但牛車還沒轉過來，就發現葫蘆口那裡也出現了三個人，站在中間的那個人陰冷的目光瞅著他們。「何月娘、陳二娃，你們也有今天！」

這聲音……有點怪異，但也有點耳熟？

娘兒倆齊齊地一驚，同時都想起來說話這人竟是林新勇。

「怎麼老三，這兩人你認識？」這邊帶頭的黑衣人問林新勇。

林新勇繼續用怪異的聲音說道：「老大，他們身上有十五兩銀子，這架牛車也值不少錢，牛車跟銀子我都不要，這兩人得給我，冤有頭，債有主，我這債主今兒要跟他們清算清算我丟了鼻子的損失！」

何月娘這才明白，傳言都是真的，林新勇的鼻子的確是給狗咬掉了，所以說話聲音才那麼怪異。

不過，他丟了鼻子跟自已有屁個關係？他們林家不算計別人，能家破人亡嗎？

「娘，等一下我攔著他們，您就往樹林裡跑。」

見他們兩邊夾擊，漸漸逼近，陳二娃悄悄跟何月娘說道。

「你跑，回去跟你大哥好好帶著弟弟、妹妹過日子，別讓你們爹失望。」

何月娘隨手就把新買的一把菜刀拎在手裡。

她知道陳大年不會出現幫忙的，他的殘魂不能離開陳家莊五里地之外的地方，這是禁忌。所以打定主意了，砍死一個夠本，砍死倆賺一個，今天就今天了，她何月娘也要做一回視死如歸的女英雄。

「娘，我不能……」

陳二娃還要說什麼，何月娘狠狠瞪了他一眼。「怎麼娘的話你都不聽了？」

他沒再言語，卻也悄悄地把趕車的鞭子拿在手裡。

「你們老實地把東西交出來，我就不會把你們怎樣，至於你們跟老三之間的恩怨，那是你們的事，我可管不著。但若是你們捨命不捨財，那就不要怪大爺我心狠了！」

帶頭的黑衣人手裡舉著一把閃著寒光的大刀，樣子很是凶悍，三角眼裡也射出毒蛇一般的冷森森的光。

「牛車……不是我們的，我們不能做主給你們……你們放了我娘，我……我可以給你們做工……」

二娃其實是個機靈的，他邊跟這幫人周旋，邊偷眼往來路上瞅著，只盼著這個時候能有人經過，也好解了他們的危機。但天都黑了，誰沒事會在這個時候從知州城裡出來？

「娘，咱們倆不能都折損在這裡，您快跑，弟弟、妹妹們還指望著您呢！」

「當娘的再怎麼也不能撇下自己的娃！」

何月娘一句話說得陳二娃熱淚盈眶。這些天跟後娘的相處，雖他是恭順的，但說是發自內心地當這個年輕的女人是自己的娘，他還是沒有的。只是覺得他爹臨死前做這樣的安排一定有他爹的道理，他是不能忤逆他爹的。

但這一刻起，他打心裡把這個比自己還小的後娘當成是自己的親娘了！

想到這裡，他豪氣橫生，奮力一甩，鞭子甩得啪啪作響。「你們來吧，老子若是怵你們，老子就不是我爹的種！」

何月娘忽然就笑了。她想起那天晚上，裴將軍一個人獨對十幾個黑衣人時渾身上下散發出來的那股勇敢與正氣，正如她家二娃一樣，她很欣慰。

那些黑衣人被二娃這舉動激怒了，他們不由分說就對著娘兒倆衝過來了。

一甩鞭子，陳二娃把一個衝在最前面的悍匪的肩膀抽出了一條血痕，疼得那貨哎呀一聲，手裡的刀就脫了手。

但那人旁邊的另外一個瘦子卻也同時到了，高舉著大刀朝二娃砍去，二娃急忙往旁邊閃避，但還是晚了一點，手臂跟刀鋒擦著掠過，手臂立時傳來一陣刺骨的疼痛，破裂的衣裳裡面，有血湧了出來。

「二娃！」何月娘驚呼一聲，旋即不顧一切揮舞著菜刀就對著那瘦子砍去。

何月娘是有一把力氣以及好身板，可瘦子是個會功夫的，自然身形比何月娘靈活，他避開了菜刀，又側步往前，大刀直接朝著何月娘的脖頸揮去。

如果，這一揮何月娘避不開，那無疑就危險了。

千鈞一髮之際，一支冷箭刺破寒風裡的夜色，準確地射中了瘦子拿著大刀的手腕。

「啊！」

瘦子大叫，大刀噹啷落地。

陳二娃一把將何月娘扯到自己身後，嘴裡急促地問：「娘，您沒事吧？」

「嗯，沒事。」說這話時，何月娘的聲音都在發抖。

真是命懸一線啊，剛才若不是這一箭，她的腦袋就不保了吧？

冷風吹來，後脊梁涼颼颼的，何月娘後背衣裳都給冷汗濕透了。

箭到人到，三個騎馬的男子衝進黑衣人中間，如砍瓜切菜般的，十幾個回合就把黑衣人都撂倒了。

三人中的兩人忙著把倒地的黑衣人捆綁得結結實實，第三個人走到何月娘跟二娃跟前，何月娘跟二娃感激得要給他跪下以謝救命之恩，被那人攔住，他說道：「我等都是軍中兵士，保一方平安本來就是我們的職責所在，不須言謝。不過，你們這是去哪兒？怎麼會在這裡遇上悍匪？」

「我們是去知州城買了些過年的東西，正在回家的路上，就被林老三帶人給劫道了。」陳二娃說著，四下尋找。「林新勇呢？他怎麼不見了？」

「他必定是趁亂跑了！那個惡人早晚會遭到報應的！」何月娘忿忿地說道。

「你們放心，等一下我會著人去知州城縣衙尋了捕頭來把他們帶回縣衙審問，到時候一定能把漏網之魚給抓住。」那人說道。

「那真是太謝謝你們了。」何月娘這話是由衷的。

「我說了，不必謝，這都是我們的職責。不過，我想問問兩位，你們知道陳家莊怎麼走嗎？」

「你要去陳家莊？」何月娘驚喜。「我們就是陳家莊的，你們可以跟我們一起走。」

「那可太好了，再打聽一下，陳家莊有沒有一個叫何月娘的婦人，她帶著幾個娃兒一起過日子。」

這話一說，何月娘更驚詫了，她上下打量這人，腦子裡急速搜索，她前世、今生都沒有跟這個人有什麼接觸，那麼他找自己做什麼？

「哦，妳不必怕，我們是受人所託來給她送些東西的。」看出了她的憂慮，那人指了指馬背上的兩個大布包。

「是誰託你們來的？」何月娘不解。

「妳是？」那人倒奇怪她問這麼多了。

「我娘就是何月娘。」

陳二娃也沒想到，在這裡能遇到往自己家裡去的人，這人還救了他們的命，真比說書唱戲還要來得巧上加巧啊！

「大嫂，我們是奉裴將軍的命令來給您送些東西的，不想在半道就遇上了。」

那人馬上拱手施禮，報出身分，他叫王武，是裴將軍身邊的親兵頭目。

可能之前將軍已經把陳家的情況跟他詳細說了，所以，在看到這個小娘子不過才十幾歲就當了後娘，王武一點驚異之色都沒有。

隨後，王武親自護送著娘兒倆回陳家莊，他的那兩個手下，一個在原地看守那些悍匪，一個去知州城縣衙報信。

回到陳家莊後，王武把裴城昱送來的包袱打開，裡頭盡是些好東西，什麼珠寶首飾，什麼錦緞布疋，一看就知道是些價值不菲的東西。

劉淑珍的眼睛都看紅了，她扯了扯李芬的衣袖。「大嫂，有了這些東西，咱們也能過上鄰村吳財主那樣的富貴日子吧？這可太好了！」

「這些東西那麼貴，咱們怎麼受得起？」李芬倒是搖搖頭，表示不能接受。

「妳就傻吧！好東西送上門來豈有不要之理？妳不要，你們那份都給我們二房，我們要！」劉淑珍真想罵李芬，都窮成這樣了，還裝啥清高？

「王大哥，麻煩你回去跟裴將軍說，他的好意我們心領了，但東西不能收。」何月娘慢悠悠地說著，就把布包又給繫上了。

「大嫂，這……將軍說了，您冒死救了他，這點東西是他的一點謝禮。」王武說道。

「我救了將軍就要謝禮？那麼將軍在邊疆駐守這些年，保了一國百姓的平安，他又收受過誰的謝禮？王大哥，麻煩你轉告將軍，他是大英雄，我何月娘這輩子能跟他有個一面之緣，那是我們何家祖上積德了，將軍為了我們流過汗、流過血，我們若是再跟將軍索要錢物，那不是讓英雄流血又流淚嗎？不，這絕對不能收，請拿回去，代我謝謝將軍。」

何月娘這番話說得王武虎目中泛起晶瑩，他語氣略帶著沙啞地說道：「末將在這裡謝謝大嫂子了，有您這番話，改日若是我等血灑沙場，也絕不會後悔！王武，謝謝您了！」

說著，他很是恭敬地給何月娘施了一禮。

何月娘也帶著幾個娃兒一起回禮。

「不過，大嫂子，這個東西您一定得收，這是將軍千叮嚀、萬囑咐的。」

王武說著，從懷中掏出一個木匣。打開木匣，裡頭竟是一支人參。

「這是三百年的人參，是當今聖上獎賞給裴將軍的。將軍說，他偶聽您家裡兩位兒媳說起過，三娃的病只有三百年的人參才能治好，回去後，將軍就把人參找出來，讓屬下帶來，讓您無論如何也要收下。」

「這……」何月娘猶豫了。

她的確是非常想要得到一支三百年的人參，可是，這樣的人參價值非同一般，又是皇上賜予的，他們小門小戶的怎麼擔得起這種人情？

「大嫂子，將軍說了，您若是不收，那就是瞧不起他。」王武又說：「裴將軍愛兵如子，在他的手下的兵士們，哪怕是最末等的軍銜，只要有了困難，將軍都會傾其所有來幫他，這也是眾將士們誓死追隨裴將軍的原因。所以，大嫂子，您就收下吧，這是為了救人，也不是您個人拿來享用。」

「那……好吧，我就收下了，請代我謝謝將軍，以後將軍若是有機會路過此地時一定來家裡，我做最拿手的臊子麵招待將軍跟諸位軍士們。」

何月娘雙手接過木匣。

「好，我們一定會再來的！」

王武很快離開了，連頓飯都沒吃，說是有軍務在身，不能耽擱。

「哎呀，夫君，你這手臂是怎麼了啊？」

劉淑珍眼見著那麼些好東西又都被王武拿走了，恨得直跺腳，可她沒法子，這會兒見著陳二娃手臂上的傷，當即就不樂意了。「都是一樣的兒子，憑啥就我們家二娃遭罪啊？遭了罪了，能得點好也好，就那些滋補品哪怕是留下個一樣、兩樣的，給二娃補補也是好的呀！人家大老遠誠心送來了，就這樣又帶走了，人家將軍回頭知道了一定會說咱們不知好歹！他爹，你流了不少血吧？頭暈不暈啊？若是難受就在家裡多躺幾日，好好休息休息吧！好東西你撈不著吃，躺著養養傷總沒人說啥吧？」

這夾槍帶棒的一番話，誰聽不出來，是朝著何月娘這個後娘去的。

一句話，後娘不知疼繼子唄！

「躺著休息啊，可以啊，別說讓二娃躺上幾日了，就是躺上一年兩載的，老娘也養得起這個娃。不過，老娘可不是好惹的，妳劉氏有話直說，有屁趕緊放，再說些鹹的淡的，老娘一怒把妳掃地出門也不算啥事。」

何月娘一拍桌子，扠腰直懟劉淑珍。「我不怕告訴妳，劉氏，我何月娘就這個脾氣，該拿的我一文錢不會少拿，不該拿的，就是面前堆座金山銀山，我也不稀罕！妳趕緊從我眼前消失，不然老娘保不齊甩妳幾個耳刮子，讓妳知道知道，馬王爺幾隻眼！」

「真多事！」陳二娃也氣得臉色鐵青，硬把劉淑珍給拽了出去。隔著窗子，他還說道：「娘，是二娃沒教育好她，以後她再敢這樣起賊心，二娃就休了她！」

「哎喲喲，沒法活了啊！陳家欺負人，陳二娃無緣無故要休妻啊，我劉淑珍給你生了一個大兒子，給你們老陳家延續了香火，我沒功勞也有苦勞呢，你就這樣對待我啊？陳二娃，我跟你……」

她還要說，卻嗚嗚咽咽地說不出來了，顯然是被陳二娃給堵住嘴拖進西廂房了。

一屋子娃兒都用帶著歉意的目光看何月娘。

何月娘臉色不好看，是被劉淑珍氣的。

「娘，朵兒有酥糖，給娘吃！」六朵跑過來，舉著小手，把酥糖塞進何月娘嘴裡。

「娘，吃吧，可甜了！朵兒一吃糖就高興了呢！」

「嗯，還是我六朵乖，娘高興了呢！」

何月娘笑著摸摸小閨女的頭髮，說道。

「娘，不然就把二娃分出去吧，讓他們單過，那樣您就不會被氣著了。」

陳大娃悶著頭想了好一會兒，悶悶地說了這話。

「我不分家，我說啥也不分家！」二娃掀開門簾走進來，表情堅定。「我就是把劉氏休了，也絕不分家。」

「爹……」二寶輕輕喊了一聲，大眼睛裡已聚滿眼淚了。

見姊姊哭了，大樹先是懵懂地看了看何月娘，又看看他爹陳二娃，繼而張開嘴哭了起來。

「別胡說！」何月娘壓下心頭怒火。「沒事，娘不生氣。行啦，都累一天了，回去歇著吧！二娃，你那手臂上的傷王大哥雖然已經給你上藥包紮了，但還是要躲著點水，別感染了。明天去本草堂找張老郎中換藥。」

陳二娃低低地應了一聲，垂著頭走了。

他心裡太憤懣了。他陳二娃到底前世造了什麼孽，今生會娶了劉氏這樣一個拎不清的娘子？

「娘，娘……」

一大早，陳二娃就滿面驚惶地跑進正屋，何月娘被他急吼吼的聲音驚醒。「怎麼啦？二娃，不是讓你早起去本草堂嗎？」

陳二娃的臉色越發得蒼白，嘴唇蠕動了好一會兒，卻一句話也說不出來。

何月娘腦子裡閃過一絲不妙，她披了外衣坐起來，伸手從炕邊的小几上拿過一杯水遞給陳二娃。「把水喝了……」

咕嚕咕嚕！眨眼間，一杯水就見了底。

總算陳二娃的情緒穩定了下來，他拿了袖子狠狠地擦了一把嘴角，磨著牙說道：「娘，人參沒了，劉氏也不見了。」

「什麼？」

何月娘一下子就從炕上跳到地上，直奔西廂房。

果然，炕上沒人。昨晚她親手把人參給了二娃，讓他去本草堂時，請張老郎中給瞧著配一副給三娃治病的藥。

萬萬沒想到，千防萬防，家賊難防啊！

一屋子娃，都一臉不安地看著滿地不停轉悠的後娘。

陳大娃急得直搓手，想要說句：娘，您別急，也許弟妹沒有拿。

可沒拿的話，人參呢？他嘴笨，實在是想不出安慰何月娘的話來。戳戳媳婦李芬，李芬也窘，她這嘴也不成啊。

兩口子齊齊地把目光看向三弟妹秀兒。

秀兒心裡更難過，那人參來之不易，一旦沒了，三娃的病怎麼辦？

她瞥見了大哥、大嫂對她殷切的目光，她知道氣壞了婆婆，家裡日子更不好過，暗嘆一聲，輕輕說道：「娘，您別氣壞了身子，當下最緊要的是找著二嫂。」

「都出去找，別聲張人參的事。」何月娘吩咐道。

懷璧其罪，別人參沒找到，先找來禍患！

末了，她又把二娃叫住，悄悄在他耳邊說了幾句，二娃聽完後，急速離開了家。

一家人找了一上午，劉氏還是不見人影。

晌午，二娃回來了，他跟何月娘說，沒去劉家，去了劉家後街的董嬸子家裡，董陳氏娘家就是陳家莊的，跟陳大年還是未出五服的同族，她家的門口正對著劉家堂屋的後窗，古人沒有掛窗簾的習慣，自然劉家有點啥事，董嬸子站門口，稍稍瞅一眼，就能知曉了。

董嬸子說劉淑珍沒回家。

倒是昨兒劉家出事了，劉狗子去年欠下的賭債，一直沒還。昨天鎮上來了一幫人，凶神惡煞似的，把劉狗子抓到院子裡剁豬食的菜板旁邊，手起刀落，硬生生把人切掉了兩根手指頭。

來人說了，一個月後，劉狗子若還不還錢的話，那就再剁兩根，直到把兩隻手的手指頭都剁光了，這還不算完，再從腳趾頭開始繼續剁。

劉張氏哭得撕心裂肺的，邊哭邊號。「來人啊，殺人了啊，救命啊！」

但劉家的人緣太壞了，劉狗子又是村裡偷雞摸狗的慣犯，一村的人都給他得罪光了，誰肯出面幫他們？

「二娃啊，讓你媳婦少回來，劉家這娘兒倆不是好東西，別再攛掇著你媳婦跟你鬧。」

這是董嬸子小聲囑咐陳二娃的。

何月娘眉頭皺緊，是她讓二娃偷偷去趟劉家莊的，而且不要聲劉氏不見了的事，劉家正巴不得抓著陳家的把柄，好來訛錢呢！若是讓他們知道了劉氏這邊出了狀況，恐怕又要來攪鬧不清了。

何月娘倒不是怕他們，主要是當下緊要事是找到劉氏，其他的沒工夫搭理。

劉氏沒回娘家，那會去哪兒呢？

整整找了一天，劉氏蹤影全無。

晚飯，何月娘不想吃，幾個娃兒就眼巴巴地看著她，誰也不動筷子，就連懵懂不知的三娃都拿了一個饃饃往她手裡塞。「娘，吃飯。娘不吃，秀兒也不吃，三娃就不吃！」

娃兒簡單的思想就是，一切看娘，他看秀兒的。

「是娘不好，把你的救命藥弄沒了！」

何月娘眼角濕潤，她的確心裡懊悔，她其實是瞭解劉氏的，知道她不是個好的，可還是一時疏忽，把人參拿到西廂房裡了。她真的沒想到，劉氏膽子如此大，能把自己三叔救命的東西偷走。

陳二娃頭都要低到桌子底下了。「不怪娘，都是二娃的錯，二娃就不該娶她，打一輩子光棍也不該娶回這樣一個女人！」

唉，現在說這些一點用都沒有。

「娘子，你跟娃兒們吃飯，我去想法子。」腦海裡忽然傳來陳大年的聲音。

何月娘眼淚瞬間就從眼眶裡湧了出來。「死鬼，你還知道回來啊？家裡出大事了！」

「我……」陳大年欲言又止，但猶豫了一下，還是咬著牙說：「妳放心，人參我一定給找回來。」

一直等到夤夜時分，陳大年虛幻的身影才從角落裡飄了出來。

「怎麼你……」何月娘發現了一點不同尋常的端倪，驚問。

「我沒事。」

陳大年苦笑。「妳不是一直希望我滾走嗎？現在看來，我離滾走不遠了，妳該高興了吧？」

他沒說，自己的影子越來越淺淡，最後淡到無，那就是他必須離開陽間的時候了。

「對，我不再被一個死鬼纏著，不該高興嗎？」她沒好氣地說道，接著想起來。「劉氏呢？找到了嗎？」

「我去查訪了別的遊蕩在陳家莊附近的鬼，有鬼說，他曾在昨天夜裡見到過劉氏，見她急匆匆地往村東頭走去，但鬼跟她也只是擦肩而過，並沒有跟蹤她，看她到底去哪兒了。陳家莊村東頭就是大河，往東再沒別的村子，劉氏不可能出村了，可西頭有七、八戶人家，我不確定她去哪兒了，今晚就在東頭等，看能不能發現什麼。」

陳大年的話讓何月娘來了精神。「你一定發現什麼了，對不對？」

他的身影出現這樣的變化，一定是有原因的。

「嗯，我後來看到陳耀祖了，他正是住在村東胡同最末端，他跟我們同族，是族長陳通的第二個孫子，他大哥在鎮上惠通貨棧當掌櫃的。我瞧著他一路悄悄地離了村子往鎮上去，我就跟著去了。」

「等等，你不是說，你的魂魄不能離開村子五里地之外嗎？」

陳家莊到鎮上可遠遠不止五里的距離。

陳大年苦笑。「不然怎麼辦？我即便是魂魄消散也不能放棄給三娃治病啊！」

他在半空中飄著的身影似乎又淺淡了幾分，不仔細看都看不出來了。

「你……痛嗎？」何月娘的眼圈紅了。

她雖然處處表現得很霸道、狠戾，但實際上，她不是個狠人，而是她不知道對於鬼來說，如果做了違背禁忌的事會是什麼後果。

陳大年又笑了。「別胡說了，鬼哪會疼啊！我沒事，頂多就是一個滾走，合了妳的心願罷了！」

「我沒有非逼著你……」

何月娘的話沒說完，陳大年就阻止了她。「我跟著陳耀祖去了鎮上，他果然是去找他大哥陳耀明的，兩人在一起嘀嘀咕咕說了半天，聲音很低，隱約能聽到劉氏怎樣怎樣的話。劉氏是他們外祖家的表親，她能嫁給二娃，還是族長娘子當時給介紹的。唉，我也是覺得族長德高望重，他家娘子的親戚不能錯了，沒想到……」

「他拿出人參了嗎？」何月娘急急地問。

陳大年搖頭。

「也沒見劉氏跟他一起？」

陳大年又是搖頭。

何月娘急哭。「那怎麼辦？拿賊拿贓啊，咱們現在都不知道劉氏跟人參在哪兒。」

「我等一下會去陳耀祖家，他這會兒應該已經睡著了，我會在夢裡問他的，妳不用等我，先睡吧！」

飄忽的身影消失不見了。

這一晚，陳大年再無說話。

何月娘壓低了嗓音問了幾次，都沒見回應，就知道他沒回來。

他不會是因為犯了做鬼的禁忌，被下頭的大老怎樣了吧？

她隱隱的擔心著。早上起來，她漱洗妥當，就拿了一包點心出門了。

村東頭，陳耀祖家。

隔著門縫，俞氏看到何月娘，嚇得一個激靈，她男人從窗戶那裡探出頭來，問：「誰？」

「哦，是六叔家的六嬸來了呢！這可真是稀客啊！」

俞氏說話間，對著她男人做了一個要小心的手勢，接著就把院門打開了。

陳大年在陳家同族的兄弟中排行老六，同族的小輩都喊他是六叔。自然，何月娘就是剛走馬上任的六嬸了。

「我是有點事來求耀祖幫忙的。」

何月娘進院的同時，就把手裡的點心包塞到俞氏手裡。「一點吃食，給家裡孩子當零食吃。」

「六嬸，這怎麼好意思呢！您是長輩，有事吩咐就行了，怎麼還用拿這個呢！」

俞氏面上的表情略略有點尷尬，但很快就恢復了正常，喚自己兒子大壯過來，把點心給他。「臭小子，還不快點謝謝六奶奶！」

大壯人如其名，胖墩墩的一個小子，眼睛盯在點心包上都拔不下來了，嘴裡咕噥了一句。「謝謝六奶奶。」

說完就去拆紙包，拆開了也不顧旁人，徑直拿了點心就吃起來。

「六嬸，真是謝謝您了，我爺爺跟我們說了幾回了，說您是六叔家的救星，若不是您啊，六叔家的幾個孩子都不知怎麼辦了。」俞氏話說得心不在焉，眼神時不時地飄向窗口處。

「耀祖，我是真有點事要求你。」

何月娘沒心思跟俞氏在這裡瞎聊，說話間就撩開簾子走進正屋了。

陳耀祖家是一個連三間，一明兩暗的格局。

陳耀祖坐在正屋的炕上，炕對面擺著一對木椅，一個茶几，算是會客廳。

「六嬸，有啥事我能幫上？我這個人呢，也沒啥大出息。」

陳耀祖開口就是婉拒的語氣。

不，你出息大著呢，不然敢惦記一株三百年的人參嗎？

何月娘腹誹，但嘴上卻說：「耀祖，我家裡呢，有一件，怎麼說，算是多少值點錢的物件，想拿出去賣了，可我又怕人坑我，所以就想請你幫我問問你大哥，那物件是什麼行情。你放心，只要能幫我賣上個好價錢，我不會忘了你們兄弟倆的。」

「真的呀？那六嬸，我能問問，那好物件是啥不？」

陳耀祖的眼皮不自覺地跳動了一下，這表情變化落在何月娘的眼底。她知道，這個人心裡絕對有貓膩，她緊緊地盯著他的臉，一字一句地說道：「我有一株三百年的真人參……」

她在「真」字上加重了語氣。

陳耀祖的臉色倏然變了。

第十二章

「您是說，您手裡的才是真人參，那……」

俞氏大驚之下，就說溜嘴了。

「咳咳！」陳耀祖一陣乾咳，又狠狠瞪了俞氏一眼，總算讓俞氏回過神來。

俞氏意識到自己剛才失口了，訕訕道：「哦，六嬸，我的意思是您手裡還有人參那麼矜貴的東西啊！」

何月娘已經可以完全確定，劉氏偷走的人參就在陳耀祖手裡，不過，她現在不能點破，因為沒證據，這兩口子一定會抵賴的。

「唉，那算是我的陪嫁吧！當初我來陳家莊是以乞丐的身分來的，沒法子啊，身上帶著那麼一株寶貝，被人瞧出破綻來，我一個孤女可是保不住那寶貝。幸好你們六叔誠心誠意娶了我，幾個娃兒也對我很孝順，我這才打算把人參拿出來賣了，換點銀子養娃兒。」

何月娘的解釋似乎合情合理。

既解釋了她當初的乞丐身分，也說明了，她是懷著巨寶嫁到陳家的。所以陳大年立下遺囑要把陳家所有財產都留給她，也是應該的，陳家一個破四合院，賣了也不值一株人參的錢啊！

「六嬸可真是仁義啊！」陳耀祖隨口誇了一句，接著說：「六嬸既然想賣人參，不然就把人參拿來，我帶去鎮上給大哥瞧瞧，他當掌櫃的也有年頭了，啥稀罕物件沒見過？真假的一眼就能瞧出來。」

「就是，就是，六嬸，您說您那是真人參，但別人沒見著，是騾子、是馬不得拉出來遛遛嗎？」俞氏幫腔道。

「這個可不成！耀祖啊，你也體諒體諒六嬸，好東西哪有隨便拿出來示人的？人參呢，我保證是真的，若不是真的，我可以把陳家的財產都賠給你們。」

「真的？」陳耀祖眼睛一亮，但很快又鎮定下來，他佯裝對錢財不在意，擺擺手說道：「六嬸，您這話就見外了，咱們都是陳家同族的，再怎麼我也不能貪你們的財產啊！不過，若是我大哥給人參尋好了買主，人家買主一瞧，六嬸的人參是塊蘿蔔，那我大哥的信用就毀了，做生意最講究的就是信用，別說一株人參了，那就是千金也不能換的。」

「我明白，所以，耀祖，你跟你大哥說，不是真人參，我願賠上陳家的家產。」

何月娘表示認同陳耀祖的話。

「那好吧，我今兒抽出點空來去趟鎮上。」陳耀祖說道。

何月娘從陳耀祖家裡出來，沒回家，徑直去了里正陳賢彬的家裡。

小半個時辰後，她從陳賢彬家出來，回了家。

下晌，四娃跑回來跟何月娘說：「娘，我跟狗剩他們在村頭躲貓貓，看到里正跟陳耀祖先後出了村，往鎮上的官道去了。」

「嗯，好，大娃，二娃，四娃，咱們也走。」

何月娘囑咐李芬跟秀兒在家裡看好家，她帶著幾個娃就離開了家。

鎮上。

何月娘打聽了惠通貨棧的所在後，帶著幾個娃兒悄悄地趕了過去。

惠通貨棧是鎮上最大的一家貨棧，經營這家鋪子的老闆據說是京城裡一位手眼通天的人物，人家老闆太有錢，所以心血來潮在這裡開了個鋪子，也根本沒在意，尋了一個掌櫃的日日盯著鋪面不出啥亂子就好，至於賺不賺錢的，人家財大氣粗的老闆壓根兒不在乎。

「小二哥，你們掌櫃的在嗎？我手裡有點矜貴的東西想賣給你們鋪子。」

何月娘先讓四娃去貨棧裡瞧了一眼，沒見著陳耀祖跟陳耀明。一分析，覺得陳耀明一定是把他弟陳耀祖叫到後頭院子說話了。

沒準兒兩人還在研究那株人參呢！

雖然在村頭監視的四娃沒見著陳耀祖拿了啥東西進城，但何月娘能確定，他就是去城裡讓陳耀明給辨別人參的真假了，她早上演的那齣敲山震虎的戲碼，果真奏效了。

「我們掌櫃的家裡來了弟弟，這會兒正在後院說話呢，妳有啥東西要賣，再等等吧！」

門口張羅生意的小夥計眼皮子淺薄，看何月娘一身粗布衣裳，腳上的鞋子都洗白了，估計也是個沒錢的主兒，這樣窮得叮噹響的人家能有什麼值錢的好玩意兒？

所以，他犯了狗眼看人低的病，跟何月娘說話的語氣也是帶了嘲諷。

「哦，那好吧，我等會兒再來。」

何月娘好像沒聽出小夥計的冷嘲熱諷，很自然地應了一聲後，轉身走了。

在外頭，她看到有兩個著衙役打扮的人從貨棧後院的院牆跳了進去。

不一會兒，就聽到院子裡頭有人高喊著。「冤枉啊，你們憑什麼抓我？」

「憑什麼？憑這人贓俱獲！」有人吼了一聲。「老實點，衙門辦事，再亂動，老子手裡的寶刀不小心刺你個透心涼，你可別後悔！」

「差爺，我……我們兄弟二人沒做啥不好的事啊！」陳耀祖的聲音帶了顫抖。

「沒做壞事，這人參哪兒來的？少囉嗦，陳家二兄弟，有人把你們告下了，縣太爺著我們抓你們回去審案！」

鋪子的大門被砰一聲踹開，從裡頭走出來兩衙役，一人拽著一個拖回衙門。

縣太爺岳大力是一個三十多歲的男人，身材頎長，樣貌也算中等偏上，加上他是科舉出身，整個人看起來都透著那麼一股子的儒雅之風。

「陳耀祖，陳耀明，你們可知罪？」

啪！岳縣令一拍驚堂木，接著就厲聲呵斥道。

「大……大老爺，草民不知道錯在哪裡啊？」

陳耀明小眼睛骨碌轉了幾圈，磕頭如搗蒜般。「青天大老爺，草民冤枉啊！草民是惠通貨棧的掌櫃的，昨日我們鋪子裡剛進了一批藥材，其中就有一株三百年的人參。趕巧今日我二弟到鋪子裡找我，他聽聞此事，很好奇三百年的人參長得什麼樣，所以，草民就拿出人參給他看，沒想到，他剛拿在手裡，官差就衝進屋子，把我們兄弟二人給抓了起來，大老爺，我們冤枉啊！」

「大老爺，我們冤啊！」陳耀祖也跟著大哥一起大喊。

「冤枉？」岳大力冷笑。「既然你說，這人參是你們貨棧昨日剛進的貨，那可有貨單？」

「這個……」陳耀明一怔，額頭流下豆大的汗珠子。

他們貨棧根本就不經營藥材，怎麼會進人參之類的貨物？

他的猶豫，讓岳大力非常惱火，他怒斥道：「分明是你們兄弟二人見苦主的人參珍貴，想要霸占，這才想出此等禁不起推敲的理由。既然你們拿不出貨單，就證明你所說的都是謊話。來人，把這二人先拖下去每人打上三十板子，讓他們知道知道，這世上還有公理二字，更不容他們這等肖小見財起意，坑害好人！」

有衙役過來，拖了陳家兄弟就走。

陳耀祖跟陳耀明大驚失色，不住地喊著。「大老爺，饒了我們吧，我們……」

他們的話還沒說完，卻聽到一個朗朗的聲音道：「且慢！大老爺不是想看貨單嗎？這份就是昨日惠通貨棧進貨的貨單。」

只見一個穿著錦緞的中年矮胖男人從外頭走進來，手裡拿著一張紙，紙上密密麻麻寫了很多字。

「你是何人？」岳縣令頗有些不滿。「本官在審案，無關人等不容進入，你不懂嗎？」

「大人，在下乃是惠通貨棧總鋪的管事趙富貴，這次是專程從京城往這邊送貨的，其中貨物之一就有大人堂上的那株人參。」

他言之鑿鑿，一臉的坦然。

岳縣令微微皺眉。

本來何氏狀告陳家兩兄弟偷了她家人參這等小事，岳大力是不想管的。是縣丞一個勁兒在他耳邊嘀咕，說何氏一個年輕寡婦帶著一窩娃兒著實不易，這回是拿了人參給她癡呆的繼子治病的，沒承想就被陳耀祖兩兄弟瞧上了，於是夥同陳家二兒媳婦劉氏把人參偷了出來。

岳大力給他聒噪得惱火，丟給他一句。「拿賊拿贓，等你拿到了賊贓再來跟我說！」

說完，縣令就拂袖而去。而縣丞王中海跟陳賢彬商量一番，就派衙役去惠通貨棧翻牆進入，正好發現兄弟二人拿著人參擺弄呢，於是，人贓俱獲。

王中海又到縣衙後院找岳縣令，想著贓物已然拿到，他再巧言遊說一番，岳大人一定能管了這事。

他還沒開口呢，午睡醒來的岳大力就問：「你怎麼還沒去把陳家兩兄弟抓起來？這事板上釘釘是陳家兩兄弟見財起意，欺負人家孤兒寡母，本官乃是一縣之父母官，絕對不能助長這種霸凌的風氣！」

王中海目瞪口呆，看著滿口慷慨的岳大人，不知道說什麼好了。

「還愣著做什麼？快去抓人啊！」

「大……大人，人都抓來了，贓物也起獲了，只等您……您去升堂審問了。」

「那還等什麼？」岳大力說完，邁開大步就往前頭公堂走去了。

在他的後頭，王中海喃喃自語。「這……這是撞鬼了嗎？」

他猜得還真是不錯，他家岳縣令就是在睡夢中撞鬼了。

那鬼警告岳大力。「你要是不給何氏主持公道，我天天來光顧你的夢裡，讓你日日不能寐，寢食難安！看你敢不敢不為百姓做主，只想升官發財了！」

他本來還想辯駁幾句的，但那鬼根本不容他分說，上來就是幾個耳刮子，直把他打得一陣頭暈目眩，踉蹌退後幾步後，一屁股跌坐在地上。

鬼最後說了，他晚上還會來。

醒來的岳大力摸摸自己臉頰，觸手的疼痛是清晰的。

一想到，鬼晚上還會來找自己，他渾身毛骨悚然。

現在，岳大力看著手中的那份貨單，日期是昨天的，上頭的物品也是羅列清楚，其中還真有一株三百年的人參。

若說這貨單是陳耀祖兄弟提前準備的，那也不對，衙役說了，他們是突然從院牆處跳進去抓住陳耀祖他們的，所以，他們兄弟二人不可能有時間準備貨單。

那麼會是何氏撒謊，她壓根兒沒有人參？

也不會，鬼都找上門來了，何氏若真想要意外之財，根本不必賴陳家兄弟的人參，隨便讓鬼光顧光顧城裡的富戶，搬運出去幾箱金子，還差人參這點錢嗎？

那麼就是這個叫趙富貴的造假出來的。

啪！岳大力拍了一下驚堂木，怒斥道：「好你個大膽的趙富貴，分明是你得知了消息，才急匆匆地弄出這一份貨單來，這貨單是你們本家出的，上頭只有你們本家的印章，怎麼能證明就是真的貨單？」

「大人，草民這份貨單可是經知府大人瞧過了的。」

趙富貴一句話，嚇了岳大力一跳。啥？這裡頭還有知府的事？

他不由地結結巴巴問道：「你、你一個商戶的貨單，知府大人怎麼會去看？」

「呵呵，大人有所不知，我們家趙大老闆跟知府趙大人是同族的堂兄弟，這回小的奉命往這邊送貨，路經知府大人府上，小的曾去送過京城的特產，順便把貨單給知府大人看了，大人還誇讚說，我家趙大老闆是個擅經營的，這貨物準備得很齊全呢！」

岳縣令一瞬間傻眼。

白天頭頂有知府大人壓著，晚上夢裡有鬼暴揍，他……他到底要聽誰的啊？

「大人，既然貨單您也看了，是不是小的可以把我們鋪上的陳掌櫃帶走啊？您也知道，貨棧生意忙，一刻也離不了這位陳掌櫃的！」趙富貴一臉的洋洋得意，說道。

「哼！」

岳縣令冷哼一聲，想斥責這廝太狗仗人勢。一個商戶家裡的管家，敢在他這個七品官跟前擺威風，簡直是找死！可他能不顧趙知府的面子，把趙富貴給打一頓嗎？

恐怕打一頓容易，想保住烏紗帽卻難了。

可晚上那鬼再來怎麼辦？

實在不行就去廟裡請高僧回來做法事，超度怨鬼，一天不成，那就一個月，最壞只好把高僧留在府裡當活菩薩供養起來唄！

想想還是鬼好對付，知府不能得罪。

所以，他穩了穩心神，再度拍了一下驚堂木，不過，這回拍得一點也不響亮，就跟沒吃飯似的，透著一股莫須有的心虛。

「這個……何氏，陳家兩兄弟沒拿妳的人參，他們的人參是剛從京都進貨來的，這次是你們冤枉陳家兄弟了。本來無故誣告他人是要責罰打板子的，本官念妳一個寡婦養活幾個娃兒不易，這板子呢，就免了，且回家去，再好生找找，或許妳的人參在家裡什麼地方呢！」

岳大力這一番話說出來，何月娘不由地冷笑。「大人，您還是怕了！」

「胡說，本官怕什麼？本官公事公辦，妳沒證據證明那人參是妳的，人家卻有貨單證明人參是他們剛進貨的，這是非曲直很明顯，本官也是秉公辦理，妳一個小婦人再胡攪蠻纏，休怪本官無情，把妳亂棍打出去。」

「好，你最好把我打死，不然你這裡告不下，知府那裡官商勾結，小婦人就去京都告御狀，就不信這朗朗乾坤之下，都是無恥小人，總有那青天大老爺，能給小婦人做主！」

何月娘怒目相視，銀牙緊咬，一番話把岳大力說得面色脹紅，惱羞成怒，大喊一聲道：「來人，把這胡說八道的小婦人打出去。陳家莊的里正何在？」

陳賢彬忙不迭地跑出去，跪在地上。「草民就是陳家莊的里正陳賢彬。」

「好，你給本官聽好了，回去後好生把這小婦人給管束起來，不許她離開陳家莊一步，否則唯你是問！」岳大力道，心裡還是顧忌著夢裡的鬼。

「是，草民一定看管好他們。」陳賢彬急忙說道。

他一招手，就有兩個陳家莊的青壯年去拖何月娘。

「放開我，你們這些趨炎附勢的小人，我就是死，也要去打官司，把公道討回來！」何月娘邊掙扎，邊憤怒地大罵這些人。

岳大力被她罵得火起，厲聲道：「本官本來想饒了妳這次，看起來妳是根本不知錯，還敢辱罵本官，咆哮公堂，本官若不嚴懲妳，豈不是讓他人仿效？來人，打，給我狠狠地打，打到她閉嘴為止！」

衙役如狼似虎地朝何月娘走去。

公堂外頭的大娃、二娃他們一見不好，都不顧一切地往裡闖，四娃哭喊著。「不要打我娘！娘，娘，娘……」

「大老爺，草民願替我娘受罰，求您別打我娘，我娘身子骨兒弱，禁不起打啊！」陳二娃跪倒在地，哭著嘶喊，央求。

「二娃，站起來！」何月娘聲音冷厲。「咱不求這等昏官，他今日除非打死為娘，不然為娘只要有一口氣在，也要找地方伸冤，不告倒這些無恥的昏官，為娘絕不甘休！」

「娘……」幾個娃兒都是滿面淚水。

「娘沒事……不哭！」

話是如此說，但眼淚還是順著何月娘雪白的臉頰滑落下來，她不是怕被打，而是心疼那株人參，眼見著是要不回來了，被昧了良心的陳家兩兄弟給奪去了。

三娃，是娘沒用啊！她心中仰天嘆息，任憑臉上淚水橫流。

圍觀的人心軟得都陪著他們娘兒幾個掉眼淚，心硬的也唏噓感嘆，說道：「陳家這幾個娃兒有這樣的後娘也是祖上積德了啊！」

就在衙役把何月娘捆綁在一個長條的木凳子上，高舉起殺威棒準備行刑時，公堂外頭傳來一陣急促的馬蹄聲，緊跟著就有人高喊。「棍下留人！」

眾人齊齊地循聲看去，就見三個身著軍士制服的男子快步走了進來，他們的身後跟著一個低著頭的女人。

這女人衣衫髒污，頭髮凌亂，額前散落的頭髮把她的整張臉都給遮蔽住了。

岳大力真被氣得夠嗆，敢情他這個縣衙的公堂是誰都能隨意亂闖的？先是一個趙家的管家，這下又來了幾個壯漢，一個比一個氣勢足，壓根兒沒把他這個縣令放在眼裡！

「你是何人？敢咆哮公堂，可知王法嚴苛？」

「你也知王法嚴苛？」

那帶頭的壯年漢子竟反斥了岳大力一句，直把岳大力氣得一佛出世、二佛生天，他拍了一下驚堂木，大喝道：「眾衙役何在！還愣著做什麼？把這咆哮公堂的亂棍打出去！」

「打我？哈哈！」

那人竟不怒反笑，同時手裡多了一把閃著寒光的寶劍，只見他隨意的一揮，砰一聲，在縣丞腳跟前的一個木凳子，竟齊齊地從中間給削開，刀口整齊，可見那寶劍的鋒利程度。

「你……你想造反？」岳大力嚇得話都說不俐落了。

「大人，屬下覺得這人一身軍士裝扮，應該是軍中的，就是不知道是誰的手下，在沒弄清楚他身分之前，大人還是……得禮讓一些。」

王中海眼尖，看得出來，這男子眼底隱含著殺氣，那殺氣可是久經沙場，刀口舔血凝聚而成，連忙勸道。這樣的男子一旦暴怒，恐怕他們縣衙這幾個衙役根本就不夠看。

岳大力忙堆出一臉的乾笑。「你……你是誰，是在哪個軍中任職？」

「哼，我們老大乃是裴將軍的貼身護衛長，瞎了你的狗眼，竟敢跟我們頭兒動武？我們頭兒在邊疆殺敵立威的時候，你還不知道在那個犄角旮旯裡讀死書呢！」王武身後的雲荒說道。

「頭兒，跟他客氣啥？直接抓了他去京城大理寺，交給大理寺少卿好好審一審，就他這德行的多半是貪官。」雲海不屑地啐了一口，說道。

「好，等一下就帶這老兒一起回京城。」

王武斜睨了岳大力一眼，岳大力只覺得三魂六魄都嚇飛了，若不是礙著眾人在場，他都要給王武跪下求饒了。

「不過，在這之前，咱們得先好好掰扯掰扯這人參的事。」王武說著，朝著身後唯唯諾諾跟著的女人沈聲說道：「妳最好說實話，不然我不管妳是女人還是男人，一樣打！」

「我……我說實話，我說的都是實話。」那女人嚇得渾身顫抖，她撲通跪倒在地，不過，跪的方向卻不是朝縣老爺，而是衝著何月娘。「娘，娘，救命啊！嗚嗚，是我一時小心眼，想……想銀子想瘋了，才把人參偷偷拿到我表兄陳耀祖家裡的。」

這聲音一出，何月娘連同陳家幾個娃兒都明白了，這狼狽得不如要飯的女人正是劉氏！

陳二娃上去就是一腳。「妳個賤人，妳敢偷三弟的救命人參，我今兒就打死妳！」

說著，他又要上前去打，被大娃攔住。「二娃，人參的事還沒說清楚，你且等等！」

陳二娃氣得目眥盡裂，在原地直跺腳，好不容易才把火氣給壓了下來。

劉淑珍臉色慘白，手捂著胸口一通嗚咽。「夫君，是我的錯，我知道錯了，你再給我一次機會吧？不看別人，就看在大樹……」

「妳給我閉嘴，妳還有臉提孩子？孩子有妳這樣的娘，一輩子也抬不起頭來！」

陳二娃火氣又升了上來，好在大娃眼疾手快，把他扯住了。

「二娃，且聽她說。」何月娘一個眼神過去，暴躁的陳二娃便冷靜了下來。

「是，是，我說，我說……」

原來，劉淑珍的確是見了人參起了賊心了，她盤算著這三百年的人參怎麼也值上一百兩銀子吧？她手頭如果有了一百兩銀子，那就能穿金戴銀了。都是何氏那女人偏心，憑啥這樣值錢的好東西就便宜了三房那傻貨啊？

於是，她當晚趁著二娃熟睡，就把人參偷了出來。

她沒敢回娘家，因為她知道，只要她在劉家莊出現，就會很快被陳二娃給抓回去，於是她趁夜去了遠房表親陳耀祖家裡。

把事情一說，陳耀祖兩口子看到人參，眼珠子都亮了。他們跟劉氏一拍即合，商量著只要人參賣了錢到手，他們三七分，劉淑珍七，陳耀祖他們三，這才有了陳耀祖去鎮上跟大哥陳耀明打聽人參價格的事。

也是這次，死鬼陳大年跟了他過去，從中確定人參是劉氏給陳耀祖的。

「嗚嗚，前天晚飯時，俞氏非說要跟我提前慶祝一下，燒了幾個菜，還裝了一壺酒，要我也喝。我……我也是想著錢要到手了，所以就聽信了他們兩口子的話，沒想到，這倆天殺的，在酒裡下了蒙汗藥，等我醒來就發現在一輛疾駛的馬車上，馬車上還有幾個跟我一樣的婦人，她們說，她們都是被人牙子賣了，這會兒是要被送去窯子裡呢！我……我叫天天不應、叫地地不靈，心裡萬分後悔，可是悔之晚矣！若不是半道在茶棚裡，人牙子讓我們下來喝口水，我也碰不上王……王大爺，王大爺認出我是陳家的，把人牙子抓起來送官，我們幾個婦人這才得救了。」

「妳……妳活該！」陳二娃氣得都不知道罵她什麼好了。

劉氏哭得跟個淚人兒似的，直給何月娘磕頭。「娘，是我錯了，求您不要把我趕出陳家，我以後一定好好做人，我疼孩子、我孝順長輩，我……嗚嗚，我知道錯了啊！」

「大嫂子，她這等脾性的……」王武說著直搖頭。

「我知道。」何月娘心裡跟明鏡似的，這個劉氏不是個好貨，可到底要不要她，那不是她的事，她看向陳二娃。「二娃，你們的事你們自個兒解決，你怎麼決定娘都是支持你的。」

何月娘這話，令陳二娃眼圈又紅了。

他何嘗不想跟這個女人斷絕關係，老死不相往來？但想想家裡的兩個孩子，他心裡又五味雜陳，他可以揮劍斬斷跟劉氏的關係，可孩子呢？大樹還那麼小，沒了親娘的照拂，他能開心嗎？

「你姓趙？哦，我想起來了，京城惠通貨棧的趙老闆，就是前些日子託了各種關係，削尖了腦袋想要把你們的軍靴推薦進我們裴家軍的趙恒渡？」

王武一句話，讓趙富貴臉色大變，他忙不迭地給王武施禮。「王護衛，請恕小的眼拙，沒看出是您。您、您放心，今日的事就是一場誤會，是陳家這不爭氣的兄弟倆想貪了這人參，都是他們的錯，跟我們惠通貨棧可沒關係啊！我們趙老闆最常教訓手下這些掌櫃們的一句話就是，做人得誠實，不然是混不出好來的。」

他要做的就是把趙恒渡、把惠通貨棧給摘出來，不然被王武把這事捅到裴將軍那裡，他們趙老闆費了九牛二虎之力才攀上的關係就完了！

這事若是讓趙老闆知道，他到這裡耍威風，替陳家兄弟出頭，惹了裴將軍身邊的人，把他扒層皮那都是輕的。

「趙管家，我們冤啊！」陳耀明一聽趙富貴這是想棄車保帥，頓時就急了，跪爬幾步去抱住趙富貴的大腿。「趙管家，您看在我為惠通貨棧盡心盡力幾年如一日的分上，救救我們吧！」

「哼！陳耀明，你不要以為你背後做的那些事，我們老闆不知道。上個月，你還貪了櫃上五十兩銀子，不過是眼前沒找到替代你的人，所以老闆才睜隻眼、閉隻眼，但今日，你竟敢貪裴將軍府上人的人參，這簡直就是吃了熊心豹子膽了。你自己說說，你還有活路嗎？告訴你，老闆說了，你滾出惠通貨棧的那天，就得把貪的銀子都吐出來，不然你就等著把牢底坐穿吧！」

趙富貴一通損、一通罵還不解恨，又朝著陳耀明的臉上啐了幾口，這才又堆起滿臉諂媚的笑。「這位大嫂子，是我們管教不嚴，這才出了陳耀明這樣一個混蛋。您放心，惠通貨棧會給您一個交代的，這次除了把人參還給您，還額外再補償您……二十……」

他在猶豫，今日這事發生得突然，他還沒來得及跟趙老闆彙報，不過，眼前，他是想盡快把王武等人心頭的火氣給滅了，不然影響了他們老闆跟裴家軍的大生意，那可就大大的不妙了！

「哼！」聽到他即將出口的二十兩銀子，王武冷哼一聲，殺氣騰騰的眼神盯著他的臉。

趙富貴打了個哆嗦，忙改口說：「八十，我們惠通貨棧願意賠償大嫂子八十兩銀子。」

「這些！」王武豎起了一根手指頭。

「呵呵……」

趙富貴都要哭了，他允諾的八十兩銀子，還不知道老闆報不報銷呢，這萬一不能報銷，那就得他自掏腰包了。唉！誰讓他糊塗，非跑來給這倆慫貨撐腰呢？現在好了，惹了不該惹的人，他只能破財消災了。

「成，一百兩銀子，我們老闆不出，我……我就出了，只當是給大嫂子出出氣，解解恨了。」他這真是打掉牙和血往肚子裡吞啊！

「那麼你呢？」王武又把淩厲的目光看向岳大力。

岳大力冷汗涔涔的，也顧不得擦汗了，一拍驚堂木。「陳家兩兄弟欺凌弱小，妄圖貪了何氏的三百年人參，此等罪惡行徑實在是人神共憤，不罰不足以平民憤，不打做不到以儆效尤，所以，罰陳家五十兩銀子賠償何氏，再打陳家兩兄弟各五十板子，關進大牢，什麼時候夏天下雪了，什麼時候就放出來。」

啊？這是要把陳家兩兄弟關到天荒地老？

圍觀的百姓有的忍不住偷笑著罵一句。「活該，看這等小人還敢不敢欺負人了。」

看看天色已經是晚了，出了衙門後，何月娘想請王武他們去鎮上最好的酒樓得月樓吃飯，感謝他及時出現，對他們一家的幫助。

但王武笑著說：「大嫂子，我們可不是貪官，吃一頓得花百姓們一年的嚼用，我們啊，都是糙漢子，街邊小鋪一頓包子，一碗粥，也能吃得香甜。」

「那好，咱們就去包子鋪。」何月娘也笑起來。

一行人吃完包子，就回了陳家莊。

這時，何月娘才知道王武的來意。

第十三章

王武說：「上回大嫂子把裴將軍送來的金銀珠寶都退了回去，裴將軍並沒有不喜，只是說，他沒看錯人，陳何氏是個有情有義，又知進退的。眼下年關將至，將軍著王武送來一些年貨，將軍說了，這回若大嫂子還是不肯收下，那就是瞧不起他裴某了。」

話已至此，何月娘苦笑。「王大哥，麻煩你轉告大將軍，我何氏不過是承大將軍護佑的一平凡女人，對大將軍我只有崇敬敬仰之心，哪裡會瞧不起？」

「那就好，請大嫂子跟我出去搬東西吧！」

王武很高興，他這回總算能完美地完成將軍交代的任務了。

裴將軍送來的東西足足裝了一馬車，雞鴨魚肉，蔬菜水果，米麵糧油，點心都是一盒子、一盒子的，足足疊了幾十盒子，真真是甜的鹹的酸的辣的，應有盡有。

陳家的娃兒哪見到過這樣多的好東西，個個都興奮得小眼睛亮晶晶的。

老實巴交的李芬摸著裝點心的盒子，感覺像是在作夢，她悄悄扯了扯何月娘的衣袖。「娘，這都是給咱們家的？就這樣的好東西恐怕咱們村里正娘子都沒見過呢！」

「是，妳比里正娘子還了不得呢！」何月娘笑著說道。

「嗯，自從娘來了，我就覺得幹活很起勁，過日子比里正娘子都有盼頭呢！」

李芬咧嘴笑。

「這話只能在家說。」何月娘真被這實誠兒媳婦給逗得哭笑不得。

「嗯，我知道，娘，我們一定都聽您的！」

李芬眼睛裡熠熠閃亮，像是個得了稀奇珍寶的孩子。

「大嫂子，我們還有緊急任務，須得趕回去，這馬車走起來太慢，請嫂子幫個忙，將馬車存在妳家？」

東西都卸到院子裡了，王武看著馬車，眉頭微皺，頗為難的樣子。

「這……」何月娘一怔，看著嶄新的大馬車，有些猶豫。

她不傻，自然明白王武這是故意要把馬車留給他們的，而且這肯定也是裴將軍的意思。

「大嫂子，只當幫我個忙，回去晚了，將軍發火，我等承受不起的。」

王武說著就要給何月娘施禮。

何月娘忙攔住，苦笑道：「王大哥，那就再麻煩你回去轉告將軍，他的好意我何月娘領受了，他日若有見面的機會，我再當面致謝。」

「嗯，好。」

王武等人急匆匆地走了。他們來了三個人，兩人騎馬，一人駕車，不過在馬車後頭又額外牽著一匹馬，顯然這是在京都裴家就已經安排好的。

「哎呀，娘，這馬車真的歸咱們家了嗎？」

陳大娃欣喜若狂地摸著馬兒身上順滑的毛髮，不能置信。

「大哥，人家王叔都走了，這可不就是咱們家的嗎！」

二娃的眼睛亮得跟闖入了星光似的。

他是個精明的，每回去鎮子上都會到碼頭上看看，那裡有不少的馬車都是出租的，有下船的客人或者做買賣的生意人，他們乘船從遠方來到這裡，都要轉乘馬車進城，據說，有時候若遇到出手大方的客人，光給打賞就有二、三十文錢呢！

此刻他看著這高大寬敞的馬車，心裡隱隱有一個想法，只是他不敢說。瞥一眼躲在門後角落裡的劉氏，想到她給家裡帶來的諸多麻煩，陳二娃覺得底氣不足。

攤上這樣的婆娘，二房沒讓娘趕出去，那都是娘仁慈……唉！看來，到碼頭上拉腳的事只能想想了。

念及此，他懨懨地垂下腦袋，眼前的馬車以及院子裡的那些好東西，都再也不能引起他的興致了。

陳家沒有專門的馬棚。

因為打從陳家住在陳家莊起，就沒能買得起馬車。

院門太小，馬車根本趕不進院子，若是把馬車放在門外，何月娘又著實不放心。

當天下午，何月娘就讓陳大娃他們幾個把西側的院牆推了，再把院門加寬加高，陳賢彬也找了泥瓦匠來幫忙，大家七手八腳，沒兩個時辰就把陳家大門改好了，將偌大的一輛馬車順順當當地趕進了院裡。

陳家院子分前後院，前院大，後院小。

陳大娃他們怕下雨天，馬兒得淋雨受凍，又把院子西側的工具棚拆了，在泥瓦匠的幫助下，從西廂房一側直到院門口，又搭建了一個結實的馬車棚。李芬還搶著說，明天她去山中割長茅草，回來編草簾子，把草簾子掛在車棚外頭，甭管多大的風雨都淋不到馬兒，也淋不壞馬車。

改院門、蓋車棚，村裡有十幾個青壯年來幫忙，連陳賢彬都挽起袖子，跟大夥兒一起幹。

傍晚時分，一切都安置妥當，就連後院的工具棚，陳賢彬也讓人給搭建好了。

何月娘不是個吝嗇的。因著裴家送來的東西著實不少，她就把來幫忙幹活的泥瓦匠以及里正一家都給請來吃一頓好的了。

男人們在院子裡忙活，婦人們也沒閒著，小廚房擠了八、九個婦人，炒菜，蒸米飯，燉雞、燉排骨，爺們把活幹完時，日頭已西斜，霞光灑落在小院裡，映照在院子裡男男女女們的臉上，個個都是歡喜的。

何月娘在院子裡開了三桌席面，男人、女人各一桌，娃兒們一桌，以往陳家莊不管是辦啥喜事，各家的娃兒們都是不能上桌的，頂多守在自己娘親的跟前，等著娘親挾一筷子吃食給他們，但何月娘說：「在我們家，娃兒們最大，他們不上桌，咱們大人能吃得開心嗎？」

這話得到了不少婦人的贊同。都是當娘的，誰不心疼自己的娃兒？

熱熱鬧鬧吃完飯，要走的時候，陳賢彬叫上陳大娃。「大娃，馬車不用吃啥，馬兒卻是要吃草料的，你跟我回家去拿點牛的草料來，總不能讓馬兒餓著肚子吧？」

「嗯，謝謝爺！」

陳大娃其實繞著馬棚已經轉悠了好幾圈了，他一直都在琢磨著給馬兒餵點啥草料。

何月娘拿出來四盒點心。「叔，京城的特產，您帶回去嚐嚐。」

陳賢彬看著裝點心的錦盒就嘖嘖讚嘆。「果然是京城的物件，別說裡頭的吃食，就是這盒子也值不少錢吧？」

何月娘不好接這話，只是陪著笑臉，把人送出了門。

第二天一大早，何月娘就起來了。她漱洗完，就把陳大娃跟陳二娃叫上，娘仨駕車去了鎮上。

他們到碼頭時，正好趕上一艘大貨船從南方過來，碼頭上不少扛活的苦力正在一個矮壯漢子的指揮下有條不紊地從大船上往下卸貨。

這艘船運送的是大米，一麻袋大米就有將近一百五十斤，娘仨站在一旁，看到有健壯的苦力一次能揹起兩麻袋的大米，乾瘦的身軀因為承受將近三百斤的重量，幾乎都要壓垮了，但苦力們卻咬著牙，一步一步地搬運了一趟又一趟。

碼頭對面是一個大倉庫，苦力們把大米搬運到倉庫門口一麻袋、一麻袋地疊好，另一側則有一個滿面紅光的中年漢子吆喝著一輛輛的馬車排好隊，馬車都倒退停在倉庫門口，只等紅臉中年漢子把貨物的數量記錄在冊後，駕車的漢子則要快速地把麻袋抱起丟到馬車上。他們多數是兩個馬車車伕相配合，抬起麻袋往車上丟，所需時間不多，原本疊得高高的貨物就被一輛輛馬車拉走，直奔城門而去。

「娘，明天我也來這裡扛活，我使使勁一次也能扛起兩麻袋的貨物。」

陳大娃已悄悄問過扛活的苦力，扛一麻袋糧食可得兩銅板，這一船貨足足有上千袋貨物，碼頭扛活的苦力有三十個人，一人平均能扛三十多袋糧食，算下來一天就能賺六十文錢。

「就算一天只扛這一次活，下晌再沒啥別的活，那六十文錢也不少了。」

陳大娃越說越興奮。

何月娘白了他一眼，嗔罵了一句。「這扛活的苦力是拿性命賺錢，你是想讓村裡人指著脊梁骨罵我是狠毒的後娘？」

「娘，我不是那個意思，我就是……」

陳大娃忙解釋，但沒等他說完，何月娘就丟給他一句。「你就不能多學學你二弟，凡事動動腦子，賺錢並非都得豁出命去幹。」

「娘，您帶我們來碼頭是……」陳二娃此刻的眼睛裡已經亮得發光了。
難道說，他心中那個不敢說的念想馬上就要實現了？
「剛誇你聰明，你就得意了。怎麼？還得讓老娘把你誇上天，你才願意把心裡那點小心思說出來？」何月娘橫了陳二娃一眼，眼底卻帶著溫和鼓勵的笑。
「娘，我說，我早就盤算過了，如今咱家有馬車，馬兒要吃草料，草料不會從天上掉下來，所以，我打算來碼頭上拉腳，那樣賺了錢，草料也能買得起，咱家還能多一筆額外收入。」
陳二娃臉上的表情已經可以用眉飛色舞來形容了。
「拉……拉腳？」陳大娃看看情緒亢奮的二弟，再看看那輛馬車，突然醒悟。
對啊！馬車放在家裡也沒啥用，他們家又不是有錢人，成天夫人、小姐地駕車出去觀花賞景，倒不如用馬車拉腳賺錢。哎呀，怎麼我就沒想到呢？
陳大娃有些慚愧地摸摸後腦勺，都不好意思看後娘了。
「大娃，龍生九子，子子不同，你二弟點子多，但他力氣沒你大，以後呢，你倆好好配合，兄弟齊心，賺錢就容易多了。」
何月娘安慰大娃幾句，大娃欣喜地道：「娘，您不嫌我笨？」
「誰敢說我的娃兒笨，老娘跟他拚命！」
何月娘故作一臉彪悍的樣子，大娃憨憨地笑了。「以後我聽娘的，也聽二弟的。」

娘仨很快就把馬車的用途商量妥當了，但讓何月娘出乎意料的是，他們去倉庫門口問那個紅臉漢子，怎麼才能在碼頭上拉腳，卻惹來紅臉漢子的不屑，他挑著一雙三角眼，斜睨何月娘。「想在碼頭上拉腳？妳有擔保人嗎？我可告訴妳，我們要求的擔保人必須是衙門裡有公職的人或者是城裡有頭有臉的富戶老爺，就你們……」

「啊？這樣麻煩啊？」陳大娃立時就愁得不知道怎麼好了。

陳二娃也眉心緊鎖，他看向何月娘。「娘，不如我們去城外的普隱寺等活，只是那裡活不多，賺得少些。」

「娘自有主張。」何月娘徑直走到紅臉漢子跟前。「這位管事，我聽說，有擔保人的車伕都是租用了碼頭上的馬車，像我們這樣自家有馬車的是不需要擔保人的，這規矩還是縣太爺定下來的，對不對？」

分明紅臉漢子就是想為難他們，要他們給他塞好處才編出這一套關於擔保人的說辭來。幸好，早前何月娘就跟運貨的馬車伕打聽過了。

「妳一個婦道人家，哪兒那麼多事？我說你們得要擔保人就必須有擔保人，走走走，別在這裡礙事！」被點破齷齪心思的紅臉漢子惱羞成怒，伸手就去推搡何月娘。

何月娘退後一步，避開他的髒手，也怒了。「你再推我一下試試。」

「我推妳怎麼了？賤婦還敢在老子跟前耍潑，看老子不把妳……」

紅臉漢子又伸手去推何月娘，不過，他眼角卻是帶著邪惡的，他的手分明朝著何月娘的胸前抓去，卻在這時聽見啪啪兩聲脆響。
碼頭忙活的人都往這邊看來。
紅臉漢子捂著被左右開弓打疼的臉，難以置信地看著眼前身量嬌小打自己耳光的女人，半天從牙縫裡擠出來一句。「臭娘兒們，妳敢打我？」
「你欺負我娘，就打你！」
兩個身影從何月娘身後奔了過來，一左一右，又分別給紅臉漢子來了一拳。紅臉漢子猝不及防，被打得倒退數步，一個趔趄往後倒去。
「來人啊，有人來砸場子啦！」他躺在地上，半晌才喘過氣來，扯了公鴨嗓叫號起來。很快就有十幾個黑衣男子揮舞著棍棒衝了過來。
「給我打，狠狠地打！」有人把紅臉漢子扶起來，他的臉都因憤怒而扭曲了。
十幾個人把何月娘娘仨圍在當中，更有人在紅臉漢子的指使下，去把陳家馬車往倉庫一旁的馬棚裡驅趕。
「那是我們的馬車，你們不能趕走！」
陳二娃不顧一切地想要推開黑衣打手去搶回馬車，但黑衣打手卻舉起棒子對著他的腦袋就砸了下來。
「二娃！」
何月娘眼疾手快，拉了二娃一把，陳二娃身體傾斜，兜頭的一棒子打偏了，擦著他的頭落在肩膀上，這也疼得他哎呀一聲。

「你們敢打我弟！」

陳大娃一看陳二娃痛苦地捂住自己的肩膀，頓時怒了，老實人揚起馬鞭，朝圍著他們的黑衣人甩過去，啪啪啪，連著幾鞭子，竟把黑衣打手逼退了回去。

「二娃，你怎樣？」何月娘急忙把陳二娃扯回到大娃身後，關切地問。

「娘，我……沒事。」

陳二娃額頭上沁出細細密密的汗珠子，嘴唇都咬得發紫，一看就是疼得很。

「這些混蛋！」何月娘怒不可遏，她返身跑到馬車前，從車廂裡拿出弓箭。

小巧的弩箭被快速搭在彎弓上，幾乎是瞬息，弩箭倏地射出，啪啪啪，她接連十幾次地重複同樣的動作，每一箭都帶著破風的勢頭，直射向那些黑衣打手，弩箭準確無誤地射中他們鞋面前端，把他們死死地釘在地上。

隨著一聲聲驚叫傳出，打手們三魂六魄都嚇沒了，一個個渾身抖若篩糠般，用看鬼一般的眼神看著何月娘。

何月娘沒猶豫，再一箭過去，箭尖擦著紅臉漢子的臉頰劃過，紅臉漢子的臉上劃出一道血痕，血淌了出來。

「啊！」紅臉漢子鬼叫一聲，嚇死過去。

「是誰膽大包天敢在碼頭鬧事？」

隨著這一聲喊，七、八個衙役簇擁著一個中年男子急匆匆往這邊趕來。

何月娘看了那當中的中年男人，認識，是縣丞王中海。

王中海也看到何月娘了，微微一怔，紅臉漢子的手下添油加醋地講述何月娘他們怎麼怎麼在碼頭上無理取鬧，怎麼怎麼狠毒非常地把管事趙步仁給傷了。

瞥了一眼昏死過去的趙步仁，王中海的臉色一沈。「還不趕快把他抬進屋去？這裡是碼頭，客商來自全國各地，一旦讓他們看到了這一幕，不得罵咱們縣的人都是如同趙步仁這樣的無賴小人啊！」

「啊……啊？」

紅臉漢子的手下瞠目結舌，本來看王中海臉色變得難看，還以為他動怒了，要衙役把何氏他們抓走呢！但縣丞這一番話的矛頭分明就指向紅臉漢子，說他連昏死都躺得不是地方，給全縣百姓臉上抹黑了。

「縣丞大人，民婦雖一介女流，但也明白敢作敢當的道理，他臉上的傷是我的箭尖劃出來的，給他請郎中的診金以及醫藥費我都可以承擔，不過，我家二娃的肩膀被他們打傷，這筆帳怎麼算？」

何月娘見了岳縣令都不怕，更何況縣丞。

「他皮糙肉厚的，不用請郎中，睡一陣子就好了。」王中海連一個關切的眼神都沒給紅臉漢子，倒是疾走了幾步，到了陳二娃跟前，他小心地察看了二娃肩膀上的傷，掉頭對身後的衙役喊道：「還愣著做什麼？趕緊去本草堂把老張大夫請來，給陳小哥診治，這肩膀上的傷可不能小覷，一定得好好診治，所需一切診金、藥費都由趙步仁承擔。對了，他無故打傷人，事實、證據確鑿，罰他三兩銀子給陳小哥養傷。」

王中海面上堆滿討好的笑，頗有些徵詢意味地看向何月娘，那意思是：陳家大嫂，本縣丞這樣處理，您可還滿意？

原本何月娘都做好了，弓箭被沒收、人被縣衙的人帶回去的心理準備。

可沒想到，事情竟發生急轉彎般的變化。

但她也明白，王中海肯定是顧忌著裴將軍的威名，對他們才網開一面的。上回她跟陳耀祖兄弟倆對簿公堂的時候，正好王武趕到，裴將軍跟自己的關係也因此被王中海等人猜度。

其實，她跟裴家根本啥關係都沒有，不過是裴將軍知恩圖報，她則有點小人地利用了裴家的勢力，狐假虎威了一回。

不，是兩回，還有這回。

「多謝縣丞大人為民婦主持公道。」何月娘忙施禮道謝。

「不客氣，為官者不為百姓做主，不如回家賣紅薯。」王中海謙虛地笑道。

何月娘好笑，在心裡默默地為他豎一座碑，碑上篆：紅薯謝大人不糟蹋之恩！

得知何月娘來碼頭的目的是想拉腳，卻被趙步仁從中阻撓，王中海痛罵道：「趙步仁這個混帳東西，不過是一個小管事，就敢這般要好處，看我稟明了縣爺，還不重重責罰於他！」

當下，他就命人把陳家的馬車登記在案。

至於每輛來碼頭拉腳的馬車都要繳納的二兩銀子的下河錢，他的意思是免了。

但何月娘卻主動繳納了，她說：「大人能幫我們，我們已經很感激了，不敢再奢求旁的優待。」

王中海卻不以為然。「陳家嫂子，碼頭是屬於縣衙的，您也知道，縣太爺每天公務繁忙，既得管理全縣百姓的諸多事務，又得應付上面府衙的公務，所以就把碼頭等諸多小事交給了我，以後，有什麼事儘管跟我說。」

何月娘三人又感謝了一番。

王中海卻壓低了聲音跟何月娘說：「陳家嫂子，以後若是見著裴將軍，還請為在下多多美言，在下空有鴻鵠之志，怎奈世間伯樂太少啊！」

言談之間一副躊躇不得志的模樣。

何月娘沒跟他解釋，可能她這輩子再也見不到裴將軍了，此番跟裴家的這一番來往純屬於偶行一善，所得的善果。不過，扯虎皮、拉大旗這種事，若是能助她跟陳家娃兒們安然地生活，她倒是不介意時常扯扯拉拉。

只求裴將軍多多諒解孤兒寡母的不易吧！

阿彌陀佛，求菩薩保佑裴將軍身體健康，萬壽無疆！

她點了點頭，既沒回答王中海好，也沒拒絕他。

王中海自行腦補了一番她點頭的意思就是答應了，十分滿意地帶人離開。

第十四章

本草堂的老張大夫拎著藥箱趕來，給二娃檢查了傷勢，雖皮肉紅腫，但沒傷及骨頭，他往傷處塗抹了外傷藥膏，又開了一個內服的藥方，要他們去本草堂取藥，回家自行煎服七日便可痊癒。

何月娘他們從碼頭離開回城就直奔本草堂了。

這一次何月娘把人參帶來了，請張老大夫給三娃開藥。

老郎中思慮了一會兒之後，就把藥方給開出來，說：「此藥方熬煮過程中，把人參切成丁加入其中，一個療程要一個月，期間藥不能停，三娃也絕對不能受刺激，否則便功虧一簣，再想給三娃把病治好，那就是大羅神仙也做不到了。」

二娃的藥錢，張老大夫沒要，畢竟縣丞大人說了，改日趙步仁會來結帳。

可三娃的藥卻不便宜。

一個月的藥費足足要三十兩銀子，再加上三百年人參的價值，從小徒弟手裡接過藥包時，人娃的手都在微微顫抖了。

他跟二弟交換了一下眼神，兩人都無聲地感慨，若非後娘，就這價值不菲的藥，三娃這輩子也甭想吃得上。

感謝後娘！爹，您在天之靈可要保佑後娘身體健康，貌美如花啊！

「啥？貌美如花？臭小子，你們這是想給你們後娘找個後老伴？兩個吃裡扒外的兔崽子，今晚老子就尋你倆去，一頓老拳你們是躲不了了！」

某鬼打了一個噴嚏，瞭解自家兩兒子心中所想所念，氣得拖過一個沙袋狠狠地錘鍊老拳，為今晚教訓兩個兒子做準備。

陳家全部的家當也就只有二十兩。

何月娘不好意思地跟張老大夫商量，她先交二十兩，餘下十兩能不能緩幾天？

張老大夫沒猶豫就答應了。

回村進院前，何月娘囑咐兩娃兒，為三娃欠下十兩銀子的事不許跟秀兒說。

她看看一路都愁眉不展的大娃，嗔罵一句。「十兩銀子的欠債就把你嚇成這樣？沒出息！只要能把三娃治好了，你們兄弟齊心，哪還有還不上的債，過不好的日子？再擺這一副苦瓜臉，就不許進門！」

陳大娃羞愧地低了頭。

他看事情竟還不如娘一個女子，真是給爹丟臉。

某死鬼爹殘魂飄在半空中，狠狠啐了一口，罵道：「老子我招誰惹誰了，還得替你臉紅！」

「妳說說妳那是什麼破地？大哥晚上辛苦地在妳那塊地上播種，妳那地卻只長丫頭片子，我要是妳啊！羞都羞死了，還敢指派我幹活？我可是給陳家生下兒子的功臣，不是我，陳家這香火可就斷了！」

剛進院，就見到劉氏兩手扠腰，背對著院門，正給忙著摘菜、洗菜的李氏一通教訓，她越說越起勁。「妳還愣著做什麼？趕緊去給我炒個雞蛋補一補，我這可有寶地，晚上二娃隨便那麼一種，我就能給大樹生一個小樹弟弟。」

李芬低頭幹活，眼圈都紅了，若不是強忍著，她就哭出聲來了。

被劉氏低吼一聲，她忙抬頭，就看到進院的婆婆跟大娃、二娃，她錯愣了一下，沒對劉氏的話做出反應，倒把劉氏給氣著了，她忽然上前去，一把將李芬手裡摘的蔬菜丟開。「快去啊，我想吃炒雞蛋！多加點油……」

「天上的龍肉妳想不想吃？」何月娘冷冷地道。

劉淑珍一驚，掉頭去看，何月娘冷冰冰的表情嚇得她一哆嗦，訥訥道：「娘，他爹，你們回來了啊？啊？他爹，你這是怎麼啦？前頭手臂剛受傷沒好索利，肩膀怎麼又成這樣了啊？誰家也不能可著一個娃兒坑吧？」

她說著，就朝著陳二娃撲了過去。

陳二娃側過身，避開了她，皺眉說道：「大嫂一整天都在家裡忙活，妳不幫忙，在這裡胡扯什麼？」

「我……我也沒說瞎話啊，陳家能延續香火，我、我可是出了力的。」劉淑珍訥訥道。

「是嗎？既然妳這樣能幹，那陳家還真該使勁獎勵獎勵妳這個功臣。說吧，妳想要啥獎勵？」何月娘的嘴角弧度上揚，搬了一把椅子坐在院子當中，側著頭，意味不明地看著劉淑珍笑，好像在說：今兒我啥都不幹，獨獨為妳劉氏論功請賞！

劉淑珍大喜。乾咳兩聲，清了清嗓音後，她得意地說道：「如今陳家吃飽穿暖是沒啥問題了，住的地方雖是個廂房，我湊合湊合也就忍了。不過，我自嫁進陳家，連鎮上都沒去過幾次，這回家裡有馬車了，我想讓二娃拉我去趟知州城，憑啥有錢人的夫人能經常坐車出門逛逛，我就不能？」

「去知州城逛逛？那得帶上妳老娘跟妳大哥，獨樂樂不如眾樂樂，妳說呢？」

何月娘這話把劉淑珍嚇了一跳，她偷瞄何月娘，暗忖：上午娘跟哥過來，說要借陳家馬車回去用個一年半載的，再送回來，她娘還說，有借有還的，陳家有啥理由不答應？

「嗯，我已經託人給我娘和大哥捎信兒了，讓他們明兒一早就來，我們一起去知州城裡轉轉。」

「劉淑珍，妳……妳……」劉氏這話把陳二娃的鼻子險些氣歪了。

「二娃，你媳婦這也是對她娘盡孝道，咱們不能攔著。不過，劉氏，有件事我得提前跟妳說，咱家的馬車已經在碼頭上登記備案經營拉腳生意了，車腳費起步三里地之內是五文錢，從咱們陳家莊到知州城四十五里地，我不多算你們的，四捨五入湊個整算五十里地，車腳費是八十五文錢，一來一回呢就是一百七十文錢。明天，讓妳娘拿一百七十文錢來趕車。」

「啥？我用車還得交費？」劉氏眼珠子瞪得跟個鈴鐺大小。

「廢話，我家的馬車是做生意的，誰用誰付錢！」

何月娘臉上的笑蕩然無存，她冷冰冰地站起身，目光如刀子般在劉氏的臉上戳了幾個窟窿。「這也是看在二娃的分上，不然，車腳費就是三百文。」

「我……我可是大樹的娘！」劉淑珍話裡話外又以陳家功臣自居。

何月娘冷笑。「劉氏，我也可以讓妳不再是大樹的娘。」

劉淑珍徹底呆住。

「李氏，把全家的髒衣裳都找出來給劉氏，讓她拿去河邊清洗，洗不完沒飯吃！」

何月娘從秀兒的手上把大樹接過去。「樹兒，想不想奶奶啊？」

「想奶奶！」大樹奶聲奶氣地說著，小嘴還噘起來在何月娘臉上親了一口。

「好，是奶奶的乖孫！」何月娘抱孩子進了正屋。

劉氏看著跟前堆得跟小山似的髒衣裳，銀牙緊咬，轉頭看到陳二娃，她幾步過去，一把抓住他的手臂，不知道是不是故意的，她抓的是陳二娃受傷的那隻手臂，疼得冷汗又順著二娃的臉頰滑落下來，他壓低了嗓音問：「妳又要攪鬧什麼？」

「我幹什麼？陳二娃，我是不是你娘子？你一個大男人就這樣任憑別人欺負我嗎？告訴你，今天你不幫我把馬車的事說清楚了，我跟你沒完！」

說著，她更用力地拉扯陳二娃的手臂，直疼得他忍不住哼出聲。

「我娃兒不想打女人，怎麼？妳就無法無天了？劉氏我告訴妳，只要老娘在陳家一天，就不容妳胡來！」何月娘看到二娃原本包紮好的手臂又滲出血來，頓時怒了，衝出來啪啪狠狠甩了劉淑珍十幾個耳刮子。

「他爹，我是大樹的親娘啊！孩子還小，你就忍心我們母子分開？」

劉淑珍回過神來就是一通嚎啕大哭。

「娘若不是看著大樹跟二寶還小，那天就不會讓妳順順利利走出縣衙。可恨妳不知道感恩，還這樣攪鬧！唉，劉氏，妳走吧，休書我明天一早送去劉家莊，此後，我跟妳再無瓜葛！」陳二娃轉身欲回西廂房。

「陳二娃，你真要這樣無情嗎？」劉氏淒厲的喊叫。

陳二娃沒回應她，推開西廂房的門，門裡二寶瞪著一雙大眼睛看著他。「爹……」大顆大顆的眼淚就從二寶的眼眶裡湧了出來。

「二寶，爹對不住你們！」

陳二娃彎下腰，要把二寶抱起來。不料，孩子卻直接退後，避開了他。

陳二娃一怔，以為孩子這是討厭他了，因為他要休了他們的娘親。

但孩子接下來的一句話，卻讓他落了淚，二寶說：「爹，你的手臂受傷了，二寶不要爹抱。」

孩子這樣小，尚且知道他手臂上的疼楚，可他那枕邊人劉氏呢？

如果說前一刻，陳二娃還在為跟劉氏和離心痛，這會兒他已經在後悔，為什麼沒早點跟她斷了？斷得徹徹底底！

「閨女，甭哭，和離就和離，憑妳這樣的小模樣，上哪兒找不到比陳二娃強的？跟娘回家，打小妳就是娘的心肝寶貝，回家去，娘養妳一輩子！」

院子忽然響起劉張氏的聲音。

「就是，此處不留爺、自有留爺處！妹妹，跟哥回去，哥養妳！」劉狗子也來了，他一雙賊眼不住地朝著馬棚裡瞅，在看到那輛嶄新的大馬車時，他的眼睛都亮了。「陳二娃，你給老子出來，敢打我妹妹，老子今天就要了你小子的狗命！」

陳二娃推開門走了出來。

「你小子想不被打死也成，用馬車抵！」

「你作夢去吧！」陳二娃憤怒地把一紙休書甩給了劉淑珍，臉色陰沈。「劉氏，從今天起，妳我井水不犯河水，再無糾葛！」

「那大樹呢？陳二娃，我要帶大樹一起走！」

劉淑珍仗著老娘跟哥哥都在，就要去搶孩子。

陳二娃剛欲阻攔，劉狗子卻一把將劉淑珍拉住，低低地在她耳邊嘀咕。「妹妹，妳可得想明白，妳身邊不帶孩子，靠著妳這姿色，再嫁個好的也不是不可能。可妳帶著大樹，那就完全不值錢了。這世上哪個男人會樂意給別人的孩子當爹？妹妹，妳想孩子了，可以來瞧瞧，但妳不能讓孩子拖累妳，再說了，妳把孩子帶走了，陳家落得一個清閒，妳甘心嗎？」

「我不甘心！」劉淑珍從牙縫裡擠出來四個字。

她也想到了，大樹留在陳家，不管陳二娃會不會另娶生娃，大樹都是陳家二房的長子，以後不管陳二娃留下多少遺產，大頭都是大樹的。

劉淑珍不跟陳家要孩子了，劉狗子卻死乞白賴地想要陳家的馬車，說什麼這是給他妹子的補償。

何月娘連一個字都懶得跟劉狗子說，直接提起菜刀就衝出來，劉狗子一見不好，撒丫子就跑。他跑，何月娘在後頭追，一直把那混蛋追出了村。

當晚，陳二娃喝醉了。

他是要服藥的，原本不能喝酒，可何月娘知道他心裡不好受，就默許陳大娃去打了一壺酒回來，李芬見狀去廚房幫他們倆做點下酒菜，不料，不到半個時辰，她端著菜回來，卻見兄弟倆肩並肩，頭挨著頭，都呼呼大睡了。

看看那壺酒，竟已經見底了。

李芬輕嘆一聲，找了被子給兄弟倆蓋上，又輕輕把門關上。

第二天，就有消息從劉家莊傳回來。

消息是董嬸子帶回來的。她說，這幾天劉家都有一個穿著錦緞的男人出沒，那男人長得倒也耐看，臉很白淨，舉止看著也從容有度，像是個城裡有身分的人。

他是跟劉狗子一起回來的，說他叫黃廣源，跟劉狗子兩人之間有換命的交情。

劉張氏得知那男人是在城裡開商行做買賣的，買賣還做得不錯，日進斗金，她頓時就在心裡直呼可惜，可惜她那大閨女已經死了，不然讓大閨女跟這人在劉家莊成了好事，就不愁他不把大閨女帶回去當祖宗供著。

仕了兩日，劉家娘兒倆已經徹底被財大氣粗折服了，每日好酒好菜地伺候著。

第三天黃廣源要走，他掏出一兩銀子給劉張氏。「嬸子，這個錢給您，謝謝您這幾天對我的款待。」

「哎呀，這個……太多了！」

劉張氏眉開眼笑，嘴上客氣，但動作卻很快，一把就將銀子搶了過去。

「唉，嬸子你們一家都是好人，我呢，是最願意跟好人來往的，只可惜，我沒理由天天守在您老人家跟前，伺候您，讓您晚年享福。」

「想要個理由還不就簡單？」

劉張氏這就把自己琢磨了幾天的法子，說給黃廣源聽。黃廣源一聽就表示贊同，還說如果陳二娃不肯跟劉淑珍和離，那他就去知州城請知府大人來給他們劉家做主。

已經給劉淑珍找好了婆家，所以，劉張氏跟劉狗子並不想跟陳家攪和，他們想早一點把劉淑珍帶回去，好讓黃廣源相看相看，他如果對劉淑珍滿意，那劉家從此就要母憑女貴，過上大富大貴的好日子了。

劉氏走了有幾天了，大樹跟二寶都是垂頭耷拉腦的，兩個孩子不哭不鬧，就是沒啥精神。

以往大樹見了桂花糕就喜孜孜地露出小牙來，搶著喊「奶奶，大樹要吃」。現在家裡人齊齊地都把私藏的好吃的拿出來塞給他，他都不看一眼，小嘴嘟著，眼圈含著淚，看著就怪讓人疼的。

連李芬跟秀兒都扯起袖子擦眼淚，感嘆這可憐的娃兒啊！

孩子不痛快，大人也就愁眉不展的。

原本第二天大娃跟二娃就準備去碼頭上拉活，但二娃不放心兩個孩子，跟何月娘商量，能不能暫緩幾天再去？

何月娘也心疼孩子，只能點頭，可她心裡也明白，這樣下去不成。人家劉氏那邊已經歡天喜地地等著迎接第二春了，他們家還在為走了一個薄情寡義的女人而難受。

「李氏，去，把大樹跟二寶的東西都收拾起來。二娃，你去套車。」

隔日早上起來，何月娘親手給大樹和二寶洗了小臉，穿戴整齊後，吩咐道。

「娘，您這是……」

李芬不解地看看二叔陳二娃，陳二娃也一頭霧水，問何月娘。

「二寶，樹兒，奶奶知道你們想娘了，奶奶也知道娃兒養在親娘的跟前才會更好，所以，奶奶想好了，這就把你們倆送去劉家莊。你們娘呢，馬上就要再嫁了，她再嫁的是個有錢人，你們馬上就會有一個有錢人的後爹，到時候，跟著你們的娘，攀附著有錢的後爹就吃香的、喝辣的，可別忘記了你奶奶我跟你爹，有那吃不完的好東西，送點回來，我跟你們爹也算跟著你倆享享福了。」

何月娘說著，就扯過剛給二寶和大樹做的小棉襖給他們往身上套。

「啊？娘，這萬萬不可啊！那女人會把……」陳二娃大驚失色。

「你閉嘴！」何月娘狠狠地瞪了陳二娃一眼。「劉氏已經走了，扯不回來了，難道你要看著孩子就這樣哭唧唧地過下去？他們是想親娘了，我們如果疼他們，就不該阻攔他們去找親娘。」

「奶奶，我……」

二寶長大樹幾歲，她哭了，想說什麼，但沒說完就被何月娘攬進懷裡。「二寶，妳永遠都是奶奶跟妳爹的好丫頭，奶奶心疼妳，不想妳不開心，所以才會送妳去找妳娘親。」

二寶哭得說不出話來。

大樹見姊姊哭了，也哭，但終究還是小，對親娘還是捨不得，邊哭邊喊著娘。

見兩個孩子這樣，眾人也都落了淚。

馬車到劉家莊時，聽到一陣敲鑼打鼓的聲音，像是誰家在辦喜事。

何月娘跟陳二娃兩人一人抱著一個孩子往劉家走，越走鑼鼓聲越大聲，快到劉家大門口時，董嬸子從胡同口跑出來，拉住何月娘。「月娘，你們來晚了，劉氏恐怕是回不去了。」

說著她就朝著劉家大門口停著的一輛披紅掛綠的小轎努了努嘴。

「董嬸子，我們來是想……」

何月娘知她誤會了他們的來意，剛要解釋，卻見劉狗子從門裡走了出來，朝著他們得意的獰笑。「哈哈，姓陳的，現在知道後悔了，想要接我妹子回去？作夢！也不怕實話跟你們說，我妹子攀了高枝，這就要進城去給有錢人當正頭娘子了，那日子過得錦衣玉食的，比在你們陳家吃苦受氣強了不知道多少倍！滾滾滾！」

說著，他就去推搡陳二娃。

陳二娃是抱著二寶的，二寶這會兒哭著喊：「大舅舅，我找娘……我想娘了……」

「滾滾，姓陳的就沒一個好東西，妳一個丫頭片子跑這兒號什麼喪？再號，老子一巴掌搧死妳！」劉狗子不耐煩地扯開二寶去拉他的手，罵著就要抬手打人。

陳二娃鐵鉗似的大手攥住他的手腕，疼得他哎呀哎呀地叫喚。

「你敢碰一下我閨女試試。」

「妹，妹夫，你們快出來啊，有人鬧事啊！」

聽見劉狗子的喊聲，劉家人都齊齊地跑了出來。

一身紅衣的劉氏一看到兩個孩子，臉先白了一白，而後扭頭就要往院裡去。

何月娘眼尖腿快，幾步到了她跟前，就要把懷裡抱著的大樹往她懷裡塞。「大樹想娘想得不肯吃東西，我們也實在沒法子，忍痛把孩子給妳送來，只要孩子跟著妳過得好，我們……唉，也認了。」

她說著，還適時地扯了袖子在眼角處蹭了蹭，表示自己很捨不得這個大孫子。

「娘！」大樹見了劉氏小手攬著她的脖子，哭著喊娘。

劉氏眼角微微泛紅，欲抱孩子，後頭卻伸過一隻手攬住她的腰肢。「娘子，吉時已到，咱們該走了吧？我府中可都準備好了，錯過吉時怕對我們將來開枝散葉不好啊！」

說話的是個男人，穿著錦緞，一臉的含情脈脈，那話裡卻頗有深意，明顯是在告訴劉氏不就是孩子嗎？咱們倆也能生啊！

劉氏伸出去的手像是被燙了一下，倏地又縮了回去。

「何氏，我們今天有喜事，妳來攪鬧什麼？孩子是你們陳家的，趕緊抱走，跟我們劉家有啥關係？」劉張氏從後頭衝出來，把抱著孩子的何月娘推了一個趔趄。

「大樹他姥姥，妳看看大樹，這是妳親外孫，妳忍心他們母子分離嗎？」

何月娘似乎一點也不在意劉張氏推自己一跟頭，還是悽然地央求她留下大樹。

「我呸！你們這是看著我閨女要去城裡享福了，怕陳二娃帶著這兩小崽子說不上媳婦，才來攪和的吧？我告訴你們，你們甭想，我閨女這麼年輕，我女婿也身體健壯，想要多少娃兒都能生出來，才不稀罕你們陳家這倆歪瓜劣棗呢！」

劉張氏扠腰叫罵，擋在何月娘跟劉氏跟前。

這會兒何月娘懷裡的大樹已經不哭了，他瞪大了眼睛看著劉張氏，這個模糊記憶裡自己的親姥姥。

「他姥姥，妳怎麼能這樣說？大樹跟二寶再怎麼也是劉氏身上掉下來的肉，妳不心疼，劉氏，妳也不心疼嗎？」

何月娘隔著劉張氏，跳腳往劉氏那邊看。

劉氏這會兒臉色已經恢復正常，表情也變得輕蔑，她冷哼一聲，道：「何氏，我娘說得對，我想生，就跟我夫君生，至於這兩個孩子，那是你們陳家的，跟我何干？」

「劉氏，妳……妳當著孩子的面怎麼能說這話？可憐兩個孩子在家裡想妳，飯都不肯吃，人都消瘦了一圈，要不是見不得他們這樣，我肯把親骨肉送來被你們這樣糟蹋嗎？」陳二娃氣得怒目圓睜。

「陳二娃，你今兒就是說破大天來，我也不會要這兩個孩子！」劉氏不屑地往地上啐了一口。「你們就是不要臉，見不得我馬上要做貴夫人了。我現在都後悔，怎麼能被你們陳家欺負這些年？早先我若跟你和離了出來，說不定我早就享福了！」

「妳……妳們這是為了自個兒，連親骨肉都棄了嗎？」何月娘說話間已經帶了哭腔了。

「我可憐的孫兒、孫女啊，你們大家給評評理啊，這世上還有如此狠心的親娘嗎？」

本來劉氏和離不過幾天就又改嫁的事已經在劉家莊傳得沸沸揚揚了，如今聽了何月娘這樣哭喊，有村民就不屑地啐了一口，悄悄罵道：「上梁不正下梁歪，劉淑珍跟她那娘老子一樣，無情無義！」

「就是，當著親生娃兒的面這樣無情，也不怕孩子記恨！」有人附和。

「滾滾滾，少在這裡大放厥詞，我們劉家的事跟旁人無干，誰可憐這兩個孩子，那就抱回去養啊！反正我們劉家沒意見！」

劉張氏一見眾人一面倒地埋怨他們，當即就撕破臉皮，扠腰對著圍觀的人喊叫。

眾人內心不禁啐一口，呸呸呸，狠毒的老虔婆早晚遭報應！

「劉氏，今兒當著劉家莊全村人的面，妳說一句，大樹跟二寶這兩娃兒妳是打死都不認了嗎？」何月娘見時機差不多了，當即再扯起袖子，蹭了蹭眼角，把根本就沒有的眼淚蹭掉。

「對，不認！」劉淑珍已經斜靠在黃廣源的懷裡了。

「那妳以後絕不會再踏進我們陳家一步，跟二娃還有兩個孩子再也沒有一點關係，妳做得到不？」

何月娘這話惹來劉氏的冷笑。「我劉淑珍這輩子，下輩子，下下輩子，都不會再跟你們陳家有任何瓜葛，將來即便是八抬大轎來抬我，我也不會再踏進陳家一步。至於這兩個孩子……」

她停頓了下，視線在大樹跟二寶兩個孩子的身上游移，她身後的黃廣源低頭在她耳邊輕輕說了一句。「咱們以後可有好日子過呢！」

她當即冷了心腸，冷了臉。「此生我跟這兩個孩子恩斷義絕，自此，他們不是我生的，我也不是他們的娘，你們陳家但凡有點臉，就不要再拿著孩子來阻撓我！」

「好，好，好！咱們一言為定！」何月娘轉頭又對著圍觀的眾人微微施禮道：「大夥兒都給我們老陳家做個見證，跟兩個孩子斷絕關係可是劉氏親口說的，我們陳家沒逼她。」

眾人都直搖頭，嘆道：「虎毒不食子啊，劉淑珍早晚遭天譴！」

從劉家莊回去的路上，兩個孩子哭得累了，都睡著了。

何月娘看看陳二娃，他臉上的表情很憤懣。「二娃，你在恨我不該把孩子抱來，讓劉家人羞辱，對嗎？」

陳二娃沈默許久，終於還是說：「娘，我明知道劉氏是狠毒的，她是不會要兩個孩子的！」

「我也知道。」

何月娘的話更讓陳二娃惱火，他當即轉頭質問。「那妳為啥還要把兩個孩子帶來？妳就不怕這事在孩子心裡留下陰影？」

情急之下，陳二娃連尊稱都不用了，直接稱呼他這個小自己一歲的後娘妳。

「陳二娃，我問問你，你是想讓孩子一輩子都怏怏不樂嗎？他們心裡沒有對劉氏死心，就會一直耿耿於懷，將來你若是再娶，他們怎麼可能會跟後娘貼心？若他們不跟後娘貼心，你又怎麼保證後娘會把他們當親生的看待？長痛不如短痛，劉氏就是孩子心口窩上的一塊膿包，咱們不把它狠狠剜掉，兩個孩子一輩子都沒好日子過，那是你想見的？而且……」

陳二娃緊皺著的眉頭微微有些舒展，眼中的怒意也漸漸消散。

何月娘接著說：「而且不是我這個人心腸不好，背後詛咒誰，就劉氏那德行，她能不能過上富貴日子還真說不定，若是她過得不如意了，再回來糾纏你跟娃兒，你會怎麼樣？」

「我不可能再跟那種女人有一丁點的關係。」陳二娃咬著牙說道。

第十五章

「俗話說，吃一塹，長一智。咱們陳家娃兒老實不假，但老實又不是蠢，在一個人身上吃了虧，難道還會再吃第二回？今天劉氏當著劉家莊那麼多人的面說出跟兩個孩子以及你斷絕關係，老死不相往來的話，相信她以後就沒臉再來攪鬧咱們家。」

何月娘說罷，陳二娃算是徹底瞭解了她來這一趟劉家莊的用意，也深以為這一趟來得對，也必須來，徹底跟劉氏撕破臉皮做個了斷，以後陳家才不會再被劉氏禍害。

回到家，二娃又跟大娃、嫂子李氏他們說了去劉家莊的經過，陳大娃氣得雙拳緊握，說：「劉狗子這混蛋玩意兒，別讓我看見，看見我非揍他不可，太缺德了！」

「唉，就是大樹跟二寶太可憐了，二弟，你放心，以後大樹跟二寶都跟我，我……」李芬是個心軟的，看著熟睡的大樹臉上還有淚痕，心裡酸澀得不行。

但她沒說完，話就讓何月娘接了過去。「不用了，打今兒起晚上大樹跟二寶和我睡。」

「娘，這不成，您年紀……」

陳二娃剛想說，您年紀大了，但猛回過神來，想起自家這後娘比自己還小一歲呢，當下就愣了，乾咳了一聲說：「娘，我能照看他們，您還得照顧六朵。」

「二哥，我是大姑娘了，我可以幫娘照看大樹跟二寶的，唉！誰讓我是他們的親小姑，小姑疼姪兒，天經地義。」六朵雖一臉稚氣，但說話跟個大人似的，還背著手。

「是，我閨女是天底下最好的小姑呢！我閨女這樣乖，我可得給我閨女發個獎。」

何月娘笑著說道。

「娘，獎啥？」小姑娘來了興致，跑到何月娘跟前，揚起小臉問道。

何月娘彎下腰，捧著小姑娘粉白嬌嫩的小臉，狠狠地親了一口，笑著說：「獎勵一個小親親，好不好呀?!」

「好，好！」小姑娘歡快地拍著手。

當晚下起了雪，陳二娃把正屋的炕燒得熱呼呼的，幾個小崽子都很乖地睡了，何月娘下地簡單漱洗了一番，也準備睡，卻在這時，她看到屋子角落那裡隱隱飄著一道虛幻的白影子。

「你不聲不響的，想嚇死我啊？」她瞪了白影子一眼，沒好氣地說道。

「我實在是羞愧，臨死把妳拽進陳家，讓妳平添了操不完的心。劉家也太不是東西了，老子以後見他們一回打一回，不，老子今晚就去，去嚇死他們！」

陳大年說著就要飄走。

「敢情你這是打算破罐子破摔，不投胎了？」

何月娘這話一說，陳大年那虛幻的白影子就定在半空中了。

「不，我要投胎！」陳大年咬著牙。「君子……不，好鬼報仇，十年不晚！」

「那就滾吧，別在我跟前晃來晃去的耽誤我睡覺。」何月娘扯了被子要躺下。
「快過年了，我娘可能明天會來。」
「啥？你還有娘？」何月娘被他這話驚了一下，轉頭怒瞪他。
「唉，妳這話說的，我又不是石頭縫裡蹦出來的，怎麼可能會沒娘？」
陳大年接著就把陳家的一些陳年舊事說了一遍。
陳大年的娘趙氏一共生了七個孩子，不過，這七個孩子有兩個爹。陳大年是老大，他爹早早就沒了，他娘又改嫁本村一個叫張路生的人，生了三男三女。陳大年十一歲時，趙氏就在張路生的攛掇下，給了陳大年五斤雜麵，一斤米之後把陳大年給分了出去，還跟他說：「家裡困難，養不起那麼多孩子，你十一歲了是大人了，自己出去過吧！」
陳大年回到他親爹留下的祖宅裡，靠著農忙時幫村裡人收拾莊稼、洗衣裳、倒馬桶賺點吃的用的，才算是沒被餓死了。一天天長大後，又去鎮上打零工，用賺的錢買了一塊地，有了地，種了莊稼就有餬口的能力了，他這才在好心人的介紹下，娶了妻。
「你買地種？那你們家之前沒有土地嗎？」何月娘不解地問。
「怎麼會沒有？我親爹在世時，除了買了兩畝水田之外，還開荒了幾塊坡地，就那些坡地怎麼也得有五、六畝吧。」
「地呢？」
「都在我娘那邊呢！」陳大年唉聲嘆氣。「我娘說她那邊弟弟、妹妹太多，我是個當大哥的，不能看著弟妹們挨餓。」

「屁話！你可憐他們，誰可憐你？我算是知道了，你那老娘比劉張氏還壞，劉張氏還知道帶著兒子找咱們麻煩給劉氏撐腰，你娘呢？你死了都沒見她來瞧你一眼，我還真當你是從石頭縫裡蹦出來的呢！」

陳大年幽幽嘆了一聲。「我的命不好，好不容易活過來了，娶了妻，生了幾個娃兒，原本想不管窮富，只要一家人平平安安的，比什麼都強。誰想到，她娘在生六朵的時候難產沒了，我一個人拉拔著幾個孩子熬啊熬，好不容易熬到大娃、二娃成家，我卻死了。」

「行啦，覺得冤，那就趕緊投胎去，這回你把眼睛睜大了，找個富貴人家投胎，別傻傻的再自己把自己坑了。」

何月娘說著就躺下了。「把燈給我滅了，哪兒來的回哪兒去，別杵那兒嚇著小崽們！」

陳大年虛幻的身影在蠟燭前飄了個來回，燈就滅了。

「喂，你娘要是太過分了，我揍了她，算你的還是算我的？」

就在白影子一晃要消失的時候，何月娘問了一句。

白影子一怔，但很快點頭說：「算我的。」

「那就好。」

早上等何月娘起來，大娃、二娃已經趕馬車去碼頭拉活了。

秀兒熬好了藥，正端著碗，哄著三娃喝藥。

「不喝，苦……三娃不要喝。」

三娃邊擺手，邊指指自己的嘴，那意思是：不好喝，苦得我嘴巴都要張不開了。

「三哥，這藥可是娘花了大價錢才買來的，不說別的，就說這三百年的人參，咱們買都買不起，不是裴將軍心善，把皇上賜的人參給了咱們，你哪兒來的這矜貴的藥喝啊？三哥，良藥苦口啊，你若是不喝，咱娘多傷心，我……我也盼著你快點好起來，我……」秀兒的聲音哽咽了。

雖說她瞭解三娃，知道他是個好的，可哪個女子願意跟個傻子過一輩子啊？

「秀兒不哭，我喝，我喝，人參……好喝。」

三娃忙不迭地去幫秀兒擦眼淚，嘴裡嘀嘀咕咕地說著。

「三娃，你告訴二叔，人參在哪兒呢？」

正在屋裡收拾東西往包袱裡裝的何月娘，聽到院子裡傳來一個男人的聲音。

二叔？陳大年同母異父的兄弟張波？呵呵，你們不來我也打算去找你們，既然你們張家養不起陳家的娃兒，你們又哪來的大臉霸著陳家的地？

何月娘嘴角揚起一抹冷笑，挑開簾子走了出來。

「妳就是何氏？」

張波斜睨著何月娘，眼角隱隱帶著一抹不懷好意。「我大哥不在了，有些事我這個當二叔的就得說道說道了，妳嫁來前是啥身分，這不用我說，妳還記得吧？雖說我大哥那人呢，怎麼說，活著時傻乎乎的，臨死也是個糊塗蛋，他人都要死了，娶啥娘兒們？弄出這些亂七八糟的事，把我娘都氣病了。所以呢，今天我來是通知妳，我娘，妳婆婆生病了，按理妳得去侍疾，不過，我娘懶得看見妳，不讓妳去，妳人不用去，人參拿來孝敬她老人家就行了。喂！說妳呢，快去拿啊，跟個木樁似的，陳大年這個蠢蛋怎麼就看上妳了？」

他頤指氣使地對何月娘一通數落。

何月娘都被氣笑了。她笑得前仰後合，一時把張波給笑傻了。

他指著她。「妳……妳還是個瘋子？三娃，快去拿棍子，我把這個瘋婆子打死！」

三娃還真聽話，徑直去院子一角把往常何月娘曬被子用來打被子的木棍拎了過來。

張波伸手要接。

三娃卻理都不理他，繞到何月娘身邊，棍子往何月娘手裡一塞。「娘，打他！」

「哈哈！好兒子！」何月娘一手拎棍子，一手指著張波。「蝦蟆屁股插雞毛，你充哪門子的大尾巴狼？瞧瞧你那德行，我多淳樸的三娃都覺得你該打。姓張的，我告訴你，陳大年是我夫君不假，他即便是個死鬼，那我也認，但他娘是什麼東西？關我屁事？我是個乞丐，但我這個乞丐長了心，我沒把陳家的娃兒們撂下不管，可那個不知道是什麼東西的陳大年的娘呢？她心狠手辣，把親生兒子趕出來，這些年沒顧著他一點，連他死都沒來看他一眼。怎麼？現在想起來她是什麼東西，想來認祖歸宗啊？沒門兒！回去告訴她，她最好馬上死了，不然，老娘我騰出工夫來，不把她折騰死，算我何月娘沒本事！」

「妳、妳怎麼敢？不孝可是大逆不道，我要去官府告妳！」

張波簡直沒想到，何月娘竟敢撒潑成這樣。

「你去啊，趕緊滾，老娘嫁過來，沒撈著你家一點彩禮，沒吃喝你家一口東西，現在想來跟老娘攀扯孝不孝？你長得是血盆大口啊！滾，再不滾，老娘給你腦袋開個洞！」說著，她舉著木棍就朝張波衝。

張波長得也不算矮，人高馬大的，可就是被何月娘給嚇得一個激靈，隨後撒丫子就往外跑，一邊跑還一邊喊著。「妳等著，這事沒完！」

「呸呸！老娘哪兒也不去，就在這裡等著，你有啥損招趕緊一齊使出來，看老娘怵你不？」何月娘扠腰在大街上朝張波屁滾尿流的背影喊。

「我就納悶了，那趙氏也真是偏心，對大年啊，那是往死裡坑。不說別的，每回一到過年她總帶著仨兒子來，把大年準備過年的吃食一股腦兒地都搬走了，甚至連大年給孩子買的衣裳都順手拎回家去了。就大年剛成親那年，大娃才剛兩月大，家裡窮得沒準備啥吃喝，他們一家來掃蕩見啥都沒有，妳說她多缺德，竟動手將大娃身上的小棉襖脫下拿走了，害得可憐的大娃光著小身子過了個年。現在，大年都沒了，她還沒完沒了的來，這老天爺也不長眼，怎麼就讓大年攤上這樣一個娘呢？」

鄰居安大娘見張波來鬧騰，義憤填膺，跳起腳罵趙氏，罵張家那一窩不是人的玩意兒、兔崽子。

「啥？他們還幹過這缺德事？」何月娘震驚了。

「娘，您別氣，事情都過去了。」李芬過來勸何月娘。

何月娘瞪她。「你們幾個都給我聽著，以後不管誰在家，趙氏跟張家要是再從咱們家拿走一丁點東西，我先打你們一頓。怎麼？你們是泥捏的啊？人家欺負上門，你們都無動於衷，氣死老娘了！」

她氣呼呼地進屋，拎著早上準備的籃子就出門了。

「娘，您去哪兒啊？」秀兒見狀，忙追了幾步問。

何月娘也沒回答，徑直走了。

「弟妹，娘不會是找張家人算帳去了吧？可也不對啊，娘還拎著個籃子做啥？難道是要拿籃子砸他們？籃子打人可不疼，不然咱們給送去一根棍子？」李芬一頭霧水。

「大嫂，娘應該不是去張家，張家在村西頭，娘去的是村東頭。」

秀兒搖搖頭。「咱們別管了，聽娘的看好門戶就成。」

說完，幾個人都進院，秀兒反身把門從裡頭拴上了。

「弟妹，妳這是……」李芬不解。

「我覺得張家不會這樣消停了，娘不在家，咱們還是多加小心。」

秀兒的直覺是對的，不過一盞茶的時間，大門就被人氣急敗壞地踹得砰砰響，間或傳來張波的叫罵。「何氏，妳既然嫁給了陳大年，那就是我娘的兒媳，我娘病了，妳就得伺候，現在我把娘給妳送來了，妳趕緊開門把娘接進去，不然我去縣衙告妳忤逆，忤逆可是重罪，要被判流放的！」

院子裡李芬他們面面相覷，一臉驚恐。

忤逆是大罪，他們知道，這也是他們的爹陳大年活著的時候，每年過年任由他老娘帶幾個兄弟來掃蕩他們家的原因。

「弟妹，大娃、二娃都不在家，娘也不在，咱們……若是不開門把人接進來，他們萬一告了娘，娘真被流放了，咱們可怎麼辦啊？」李芬都要嚇哭了。

「門不能開！」秀兒深吸一口氣，把緊張跟不安都壓了下去。「娘剛才說了，不允許誰來家裡搶東西，裴家給咱們的東西可都還在娘屋裡呢，萬一……」

「對對，那些好東西，可怎麼辦啊！」李芬更怕了。

「大嫂，妳聽我的，他們怎麼敲都不能開。」

「可他們如果爬……」

李芬指了指那邊的矮牆，陳家是老房子，矮牆本來就修得簡單，又經過幾十年的風吹雨淋，早就破敗不堪了，對一個成年男人來說，只須三、五步的助跑就能跳到牆頭上，再一躍人就進院了。

「他們如果真那麼做了，那就是私闖民宅，咱們就可以……」秀兒壓低了嗓音說著，順手把鐵鍬拎起來。「專砸他腳，砸不死，疼死他！」

「嗯，好。」

李芬被秀兒的膽量感染，也忙不迭地去找了一把鐵鍬來，兩人在大門口兩邊各自守住了一堵矮牆。

「秀兒，我……我也有……」三娃也撿了剛才拿的木棍，十分興奮地站在秀兒身邊。

「三娃，等一下他要是真跳進來了，你就往娘屋裡跑，跑進去把門插上，知道嗎？」

秀兒低聲跟三娃說道。

她這也是防患於未然，等她跟大嫂守不住了，張家人跑進來，他們想搶東西，還得砸開裡屋的門，這一砸就需要時間，她跟李芬就有時間出去喊人來幫忙。

「嗯，我記住了。」三娃是最聽秀兒的話了，當下用力點頭。

四娃、五娃帶著六朵去地裡拔草了，不然，他們也能幫上忙。

果然，敲不開門，張波跟他弟張洛就開始想爬牆頭了，不過，他們爬了幾回，都是腳剛落在牆頭上，就被狠狠砸了一鐵鍬，這把他們給疼得殺豬般的叫號著掉了下去，結結實實摔了個四仰八叉。

外面消停了一會兒，秀兒把耳朵貼在門上就聽到外頭有人在小聲嘀嘀咕咕說什麼。

沒一會兒，就聽張波又罵道：「何氏，妳個不要臉的、臭要飯的，想不伺候婆婆，門兒都沒有。老娘呢，我就給妳撂在門口了，妳要是敢不管老娘，我就去告妳。」

說完這話，門外響起漸行漸遠的腳步聲。

李芬悄悄搬了一個凳子，踩在上面從矮牆悄悄往外探看，這一看就傻眼了，大門口對面果然停放著一張窄竹床，窄竹床上是趙氏蓋著棉被躺著，嘴裡哼哼唧唧的，像是下一息她就要死了一般。

不一會兒工夫，外頭傳來何月娘的聲音。「秀兒，開門。」

「是娘，娘回來了。」李芬驚喜，三步併作兩步就去把院門打開了。

外頭站著何月娘跟四娃、五娃幾個。

「娘，我們沒讓他們進來。」李芬瞥一眼對面竹床上的趙氏，小聲跟何月娘說道。

「嗯，做得好！」何月娘對她笑了笑，轉身就走到趙氏跟前。「嘖嘖，這哼哼唧唧的，看著似乎很難受？唉，我這人心太軟，見不得別人痛苦，不然這樣，我日行一善，直接把妳送閻王殿去，算是全了我大越國第一孝媳的美名。」

說著，她甩胳膊、挽袖子，兩隻手做叉子狀，一副這就動手把趙氏掐死的架勢。

趙氏一哆嗦，哼哼唧唧聲立停，尖聲叫道：「妳敢！」

「哦，原來不是快死了，這不是叫得挺大聲嗎？」

何月娘不屑地瞥了她一眼，繼續道：「我給妳個忠告，妳最好現在就起來，麻溜地哪兒來的、回哪兒去，不然，妳可別後悔！」

「我是大年的親娘，就是妳婆婆，妳敢不侍疾，我就去告妳虐待！」趙氏叫道。

「好吧，這可是妳想要的。」

何月娘兩隻手分別抓起竹床的兩邊，深吸一口氣，直接把竹床帶趙氏給搬動了。

「李氏，去跟安大娘借他們家馬桶。秀兒，妳去劉嬸子家借，四娃、五娃，你們也去。」何月娘邊說，邊拖著竹床往院裡走。

李氏他們都是一頭霧水，不知道他們力大無窮的娘要那麼多馬桶做什麼。

砰一聲，何月娘把竹床扔在院子一角的茅房旁邊。

趙氏吸吸鼻子，心道：哎呀，怎麼這麼臭？

她扭頭一看，一下就瞅見茅房坑裡那些黃白之物了，頓時噁心得險些吐了。

「何氏，趕緊把我挪開點，這裡這麼臭，妳是想臭死我啊！」

她都要被熏死了，可她是裝病的，兒子張波告訴她，千萬別起來，就躺在竹床上哼哼唧唧，何氏不拿出人參，就賴在他們家，反正何氏再彪悍也不敢把她弄死。

「這才多少啊！」何月娘回了一句趙氏聽不懂的話。

但很快趙氏就明白她這話是啥意思了。

不過一盞茶的工夫，他們搬來了十幾個馬桶，有的竟還裝著黃白之物，一溜兒地緊貼著竹床四角擺放得整整齊齊。

趙氏被熏得直嘔，很快就把肚子裡的吃食都給吐了出來，再沒啥吐的了，她還是伸長了脖子，恍惚一隻被人掐住喉嚨的鴨子，嘴裡發出嘔嘔的聲音，卻是吐出了一灘一灘的黃膽水。

何月娘坐在正屋門口，身側站著幾個娃兒，他們看著趙氏那樣都捂著嘴笑。

其實，他們捂著嘴也不是光為了掩住笑，實在是那諸多馬桶的味太難聞了，他們離得這樣遠，都受不了，就更不要說趙氏了。

「何氏，妳這個殺千刀的，妳等著，我饒不了妳！」

終於，趙氏忍不住了。

她一下子從竹床上跳起來，跳得太急太快，一隻腳一下子就踩進了馬桶裡，雖說那只馬桶被倒乾淨了，但馬桶底部是圓的，她一腳踩偏，整個人就往旁邊倒去，就那麼巧，她就一頭栽進另一只馬桶裡了。

好不容易，她掙扎著從地上爬起來，滿頭滿臉都是髒污，那樣子別提多噁心了。

「怎麼？妳不要我侍疾了啊？別走啊，我這還有好多招沒使呢！什麼灌辣椒水啊，割肉片啊，竹籤插手指甲啊，這都還沒來得及孝敬妳呢！」何月娘滿臉笑意地擋在大門口。「想走，那不成！妳兒子可說了，妳是陳大年的親娘，那就是我何氏的婆婆，不孝敬婆婆就得去縣衙吃官司，所以，妳不能走。秀兒，去把竹籤拿來，我得好好孝敬婆婆。」

「嗯，這就來！」秀兒是個機靈的，立刻一本正經地跟著何月娘演。

「妳讓不讓開？來人啊，波兒啊，我的兒，快來救救老娘啊！他們……他們這是要折磨死我啊！」趙氏號哭起來。

「妳信不信妳再嚷，我就拿襪子把妳的嘴堵上？」

其實光是何月娘一個人就搬動她跟竹床的舉動，早就把趙氏嚇破膽了，如果她敢，她就會高喊一聲來人啊，陳大年娶了個妖怪啊！

可惜她不敢，號喪的聲音戛然而止。

「想走也不是不可以。」何月娘不緊不慢地來回踱著步。「第一，先高喊三聲，何月娘是前無古人、後無來者的孝媳，她的精神感天動地，值得我趙氏頂禮膜拜一輩子。第二，陳家的地，在你們張家也有些年頭了吧？立刻交回來，不然瞅見了沒有，那些馬桶會時時刻刻圍繞著妳，讓妳死了都是一身騷臭！」

「地？陳家的地怎麼會在張家？沒影的事，我拿啥交？」

趙氏打了個寒噤，忽然就後悔了，怎麼感覺這回她是要偷雞不成蝕把米了呢？怪只怪，她今天來之前沒看黃曆選個吉時吉日啊！

「那地怎麼回事，我也就不贅述了，妳心裡比誰都清楚，所以，廢話少說。李氏、秀兒，妳們都過來，咱們把病入膏肓的你們祖母抬到竹床上去。不管是誰，病了都不能畏醫，不巧，我就會點醫術，所以呢，這個馬桶治療法是最適合妳們祖母的。」何月娘伸手就要去抓趙氏。

趙氏一聲怪叫，哭唧唧地喊著。「放我走吧，我回去就把地還給你們。」

「那第一條呢？」

何月娘的話一說完，趙氏就已經喊起來了。

「何月娘是前無古人、後無來者的孝媳，她的……」

說是要她喊三遍，實際上，她前前後後一共喊了三十遍都不止。

何月娘不是嫌她喊的聲音太小，太沒感情，太敷衍，太生硬，直把趙氏喊得聲嘶力竭，眼珠子都瞪得溜圓，好像下一息她就要因缺氧厥過去似的。

「滾！」何月娘側身，讓出一條路來。

趙氏跌跌撞撞地剛一出陳家大門口，就哭喊起來。「波兒、洛兒，你們都哪兒去了啊？你們的老娘都要給人折騰死了啊！」

隨著一陣急促的腳步聲，張波跟張洛跑了過來。「娘，這樣快您病就好了？人參拿到了吧？」

「哎呀，娘，您身上怎麼屎臭屎臭的啊？這上哪兒弄得一頭髒污啊？」

張波跟張洛十分嫌惡地躲出去老遠。

「還不都是何氏那個賤人欺負我，你們倆進去把她給老娘打一頓，讓老娘解解恨！」趙氏吩咐兩個兒子。

張波跟張洛你看我，我看你，最後又往陳家大門口看去，陳家一家子，從何氏到五娃，一人拎著一只散發著臭味的馬桶，正滿眼都是笑地瞅著張波跟張洛，那意思是：你們快點來，我給你們配上個馬桶帽！

「娘，快跑！」張波跟張洛撒腿就跑。

「你們倆等等我啊！」

趙氏見賴以撐腰的兩個兒子都跑了，她回頭去看何月娘，本來想說幾句硬氣找場子的話，哪知道，何月娘在跟她對視後，就拎著馬桶朝她走來了。「陳大年他娘，妳來一趟也不易，走時哪能讓妳空著手，來，送妳一桶好東西。」

「哎呀，熏死人了啊！」趙氏再也不敢耽擱了，殺豬般號叫著跑遠了。

但直到天擦黑，張家也沒把原本屬於陳家的地契送來，倒是大娃跟二娃興沖沖地駕車從碼頭上回來，兩人進屋就歡喜地跟何月娘說道：「娘，您看這個！」

他們遞給何月娘的是一個荷包。

何月娘拿了荷包，掂掂重量，笑了。「看樣子這一天的拉腳買賣不錯？」

「是呢，娘，我們運氣好，正好趕上一艘從鄰國販賣貨物到大越國的船，船主據說是位大貨商，這次是親自帶人來大越國送貨，帶來了滿滿一船的貨物，我們這些拉腳的馬車不歇腳地忙了一天，才把貨船卸完了。」

「對呀，對呀，娘，我們這回不但得了足夠的拉腳的錢，那貨商還賞給我們每個拉腳的車伕三百個銅錢。我跟老二是兩人，原本琢磨，人家只會給一份，沒想到，那老闆說了，今兒他心情好，貨物卸得也麻利，就按人頭數來賞，我們倆一人得了三百銅錢，把其他的車伕羨慕得不行呢！」

陳大娃是個憨厚的，不善言辭，一般都是二娃做代言人的，但這回著實是太過激動，截了二娃的話就說了起來。

「那、那得有多少錢啊？」李芬眼睛都亮了。

「瞧你們這沒出息的模樣！」

何月娘雖然是白了她這幾個娃兒一眼，但還是很配合地打開荷包，親手一枚一枚地把銅錢點數了一遍，這個過程裡，陳大娃他們都聚集過來，包括那些個至今為止仍然不太懂到底這些圓鼓鼓的小東西是何物的大樹、三寶他們。

大樹跟二寶自從去了一趟劉家莊，見著他們的娘棄他們而去，回來後，也都不鬧了，偶爾大樹想起娘親，張嘴要哭，二寶就抱著他，說：「大樹，咱們找奶奶去，奶奶有好吃的糖呢！」

「嗯，奶奶，要糖糖。」

這樣的時候，何月娘會立刻變戲法似的拿出幾塊糖來，剝了紙皮各塞一塊到小傢伙嘴裡，小傢伙們便美滋滋的只顧吃糖了。娘親是何物？還是吃糖最重要。

銅錢數啊數，何月娘故意放慢速度，一直數了小半個時辰，終於數明白了，一共是一千一百二十八枚銅錢。也就是說，這一天大娃跟二娃光拉腳就賺了一兩多銀子！

舉家震驚。

何月娘也沒想到，她笑著拍了拍大娃和二娃的肩膀，說：「幹得不錯，不過呢，今日只是你們運氣好，遇上好東家，人家賞得多，若是改日沒這樣的好運，賺得少了，你們也不能氣餒。咱們過日子講究細水長流，不能貪圖一日暴富，說到底天上沒掉餡餅的好事，真貪心不足了，那就會想法子做壞事，如此就會走上不歸路，後悔莫及。」

「嗯，娘，我們曉得了！」

兩娃兒齊聲應道，臉上的得意之色也稍稍收斂了些。

「對了，那個叫趙步仁的沒找你們碴吧？」何月娘從來不低估小人的卑劣，忙問。

第十六章

「他倒是沒直接給我們臉色看，不過，有幾回我們明明一次拉了十五包貨物，他點數的時候非說是十四包。我們焦急拉貨，見就一包之差，也就沒跟他糾纏，好在我們的馬兒長得健壯、腿腳好，今日我們一天拉的貨是最多的。」陳大娃回道。

「你們今天就不該讓他如此糊弄過去。」

何月娘心裡輕嘆一聲。陳家這幾個娃兒老實不假，但太老實就容易讓人欺！

那趙步仁今日之舉分明就是試探，試探陳大娃他們會不會對於他虛假報數有什麼過激反應，如果陳大娃他們沒有什麼反應，任憑他欺負，那接下來恐怕他就會有恃無恐，更在這上頭欺壓他們了。

陳二娃一怔，但很快就明白過來何月娘話裡的意思，當下懊悔地摸摸頭說：「娘，今兒是我沒想那麼多，顯然又被他算計了。」

「娘，您是不知道，今兒活多，多拉一趟賺得要比姓趙的糊弄我們那一袋子值錢呢！」陳大娃憨憨地說道。

「大哥，你不懂，以後你就聽我的吧！」

陳二娃知道他大哥的秉性，跟他解釋清楚了，反倒是讓他鬱悶，所以才如此說。

「哦，那好吧。」陳大娃點點頭，應下了。

「娘，您放心，明天他若還是這樣，我肯定不能就那麼稀裡糊塗地給他蒙混過去，丁是丁、卯是卯，我定跟他掰扯個清楚明白。」陳二娃說道。

「嗯，好。」

何月娘打開櫃子，從裡頭拿出了裝錢的匣子，將那紮成一串的一千個銅板放進去，剩下一百二十八個銅板，她數出五十枚遞給李芬。「這個呢，是大娃賺的賞錢，給妳五十個銅板留著做私房錢。二娃，這五十個給你。」

「娘，我不要，都給您，您帶大樹他們也受累……」陳二娃推辭。

「你的就是你的，跟我囉嗦個啥？大樹跟二寶是我的孫子、孫女，我不該帶？少廢話，拿著！」她佯惱地甩手把銅錢丟給了陳二娃。

陳二娃只好接了。

剩下的二十八個銅錢，她分給了三娃他們，一人八個銅板。

分完了錢，何月娘看看外頭的天，已經黑下來了，張家人依舊沒人來送地契，不過，這在何月娘的意料之中，她也沒多想，吩咐李氏把飯端上桌，一家人和和氣氣地吃了飯。

晚上，幾個小崽子都睡著了，她掃視了一遍屋子的四個角落，沒見著白影子，不覺輕聲罵了一句。「死鬼，你還不趕緊出來，非得逼著我去請得道高僧，超度你啊？」

一個比之前更淺淡的白影子從角落裡慢騰騰地飄了出來。

何月娘斜著橫了他一眼，面露怒意。「說，你是不是跟哪個女死鬼鬼混去了，所以才把自己折騰得快不成人形了？」

這話一出口，何月娘其實就後悔了。

怎麼聽這都有點吃醋的意味！她一個將將要十八歲的小女人吃一個四十歲死鬼的醋，有意義嗎？

但話已出口，如潑出去的水，只能再度出言掩飾。「告訴你，我不怕別的，就怕你再把女鬼的肚子折騰大了，給我弄出個啥鬼嬰來要我養，我可告訴你，那沒門兒，自個兒的屁股自個兒擦，擦不乾淨你就煙消雲散，我、我就另尋一高枝嫁了……」

越說越露怯，她驀地臉就紅了。

好在是晚上，燭光搖曳，臉紅什麼的，也不大明顯。

「唉，我哪有那心思啊？再說，女鬼還不如妳好看呢，我就是饑渴難耐了，能找妳也不……」陳大年話沒說完，就感覺到一陣冷風襲來，他躲都沒躲，只虛虛地將左邊臉送上來。「先打這邊，等一下再換一邊，妳別累著就好。」

何月娘一下子就洩了氣，揮出去的手落了空，兀自垂在身側。

「說吧，你到底怎麼了？」

「也沒什麼，就是做了不該做的事，我太爺爺說了，再胡來就只能隨便丟到一戶人家投胎了。」

陳大年的話讓何月娘驚了一下。「你的意思是，這投胎原本還可以選擇？」

陳大年羞赧，表情不自在。「自家的事，妳可別出去說，太爺爺不是託了下頭的大老了嗎？」

「哦，那就再讓你太爺爺多走走後門，把你的魂再還回來唄！」

「妳以為那麼容易嗎？就這樣都把我太爺爺攢了百年的香火錢花光了，他老人家如今在陰間要飯呢！」

「啊？」何月娘先吃驚，後哈哈大笑，當意識到孩子們都在睡覺時，她又忙捂住了嘴。

「我走了，妳早點睡吧。」

陳大年深深地看了她一眼後，白影子漸漸變得更虛。

「不是，你去哪兒？」何月娘忙問。

「妳不是要我給張家送馬桶大禮嗎？陳家的地也該拿回來了，我欠她一場的生恩，早就還清了。」

白影子掠過窗戶那一刻，消失不見。

第二天，住在村中的張家的鄰居們一大早就聽到從張家傳出來一陣淒厲的驚呼，鄰居們不知道出了什麼事，紛紛跑進張家看，卻見張家正屋，張趙氏跟張路生的屋子裡，炕上，地上，乃至他們兩口子的身上，到處都是污穢的黃白之物，正對面的窗戶上還貼著一張白紙，紙上一行清晰的大字：拿了我的給我吐出來，不然你們夜夜都要與這黃白之物相見，直至死！

張趙氏看著這一行字，渾身發抖，嘴角抽搐，喃喃自語。「妖怪，她就是個妖怪，妖怪啊！」

來陳家送地契的是張波。

他滿臉乾笑，看何月娘的眼神很是怪異，地契一遞到了何月娘手裡，他喊了一聲。「都還給你們了，別再來我家了，我娘都要被嚇死了！」

何月娘本來準備了一句：你別走，等一下我有桶禮物要送給你！

但張波根本沒給她說話的機會，撒丫子就跑了，跑出陳家大門的時候，還被門檻絆了個狗吃屎，但他顧不得喊疼，急速爬起來，狂奔而去。

李氏看著他的背影，不解地扯扯秀兒的衣角。「弟妹，妳說，他這是不是有病啊？」

「嗯，他有病！」秀兒做了肯定的回答。

「秀兒，我要喝藥，我不想跟他一樣有病。」三娃有點被嚇著了。

「胡說，咱們好著呢。」

秀兒哄著他進屋，端出了藥，這回連勸都不用勸，三娃直接端起藥碗咕嚕咕嚕喝光了。

吃了午飯，村裡有人來通知，說里正要在村中央的大槐樹下開會，讓每家每戶都要去，不准缺席。

何月娘嘴角揚起一抹笑意，俐落地把頭髮重新梳理了一番，囑咐秀兒在家照看三娃跟幾個小崽子，她跟李芬一起去了。

天冷，陳賢彬看人差不多到齊了，也沒囉嗦，直奔主題。

「招呼大家來，為的是想把東山給租賃出去，大家都知道，這東山荒廢好多年了，不能種莊稼，種樹也不長，一直那麼撂著，我看著怪心疼的，所以今日呢，開這個會就想問問你們誰想包下這座山，租賃期限是一百年，每年的租賃費用是五兩銀子，這個租價百年不變，你們看看，誰有這個想法？」

他說著，先把目光落在了族長陳通的身上。

陳通感受到他的目光後冷哼一聲，轉過身子，不理會陳賢彬。

他已經打聽出來了，他兩個孫子出事，這裡頭陳賢彬摻了一腳，心裡雖對陳賢彬恨得要命，怎奈他的兒子輩沒出啥能人，只有孫子裡出了個陳耀明給惠通貨棧當掌櫃的，不料，出了那事，現如今還被關在縣衙的牢裡，任憑他使盡了關係，託遍了人想把陳耀明跟陳耀祖給弄出來，都沒啥進展。

陳賢彬也知道他恨自己，但他根本不在意。

一個老貨而已。陳耀明跟陳耀祖是這老貨的左膀右臂，如今都給拔了，他還能幹啥？

見沒啥好事，已經有人拎起小板凳預備往家走了。

卻在這時，一個聲音在場中響了起來。「里正叔，我們家想租東山。」

眾人齊齊地順著聲音看去，一個著藍底粉花小棉襖的女子站了起來，她手裡拎著一個蓋著紅布的小竹籃，款步走到了前面，竟是陳大年臨死時新娶的小娘子何氏。

眾人驚了。

陳大年是個精細過日子的，死後應該也有點小積蓄，但誰家攤上那紅白喜事不得破費一番？更何況，據說這何氏如今還在給三娃治病，光是藥錢還欠著本草堂十兩銀子呢！

那可是十兩銀子啊！普通人家一年也賺不到那麼多銀子，也不知道那本草堂的老張大夫被她灌了什麼迷魂湯，竟就同意她賒欠了。

「娘，您……您這……不成啊！」

李芬嫁到陳家有幾年了，對陳家莊的事多少還是知道些的，這東山一直沒人理會，就是因為它太過貧瘠，種啥不長啥，搭上種子不說，還浪費人力、物力，所以漸漸地，村裡人都對東山沒了心思，任憑它這樣荒廢許久。現在她這新來的後婆婆，竟要租東山，還一年五兩銀子？媽呀，五兩銀子白白丟到東山上，想想李芬的心都疼。

「娘自有主張。」何月娘甩開她的手。

李芬還想再說啥，但給何月娘一眼瞪了回去。

她惴惴不安地閉了嘴。

「叔，這是一吊錢，算是訂金，其餘的租金我三日內會交上。」

何月娘說著，掀開蓋著紅布的小竹籃，從裡頭拿出一吊錢來。

李芬的心跳忽然漏跳了一拍，她腦海裡浮出一個念頭，完了，以後他們家的所有積蓄只有他們大房跟二娃他們兄弟幾個手裡的一百二十八文了。

不，不對，他們家麻煩了，本草堂的十兩銀子，村裡又欠下了四兩，裡裡外外共十四兩銀子的虧空啊，李芬欲哭無淚，兩腿都打哆嗦了。

實實在在的一吊錢，換回了一張租賃東山一百年的合同。

回到家，何月娘越看越喜歡，李芬跟秀兒兩人是越看越心悸。

直到傍晚大娃跟二娃回來，一家人更驚惶了，尤其是李芬看到陳大娃臉上、手臂上都有傷，衣裳也扯破了，她直接就哭起來。「她爹，你這是怎麼啦？哎喲喲，這日子可……」

「閉嘴。」何月娘一聲呵斥，李芬的哭聲從歇斯底里變成了抽抽噎噎。

「說吧，怎麼了？」

何月娘一邊示意秀兒去打水，給大娃、二娃清洗傷口，她一邊從小櫃子裡拿出來一個小包，小包打開一股藥味就飄了出來。

「是趙步仁那個混蛋，他今天又如法炮製，故意數錯我們的袋子數，我跟他理論，他非說是我記錯了，還讓他的幾個手下打我，大哥怕我吃虧，就衝上去護著我，我們就打了起來。他們人多，我們打不過，可我們也沒讓他們占著便宜，就那個趙步仁，被我哥砸了一磚頭，腦袋都出血了，那貨嚷嚷著說要去縣衙告我們呢！」

陳二娃有點垂頭喪氣，說完用不安的眼神看看何月娘。「娘，萬一他真去縣衙告我們，怎麼辦？」

但凡會打獵的人手裡都要備下一些外傷藥的，這也是防備在山中獵殺野獸時受傷。前世何月娘就是個打獵的，跟著老師父學了不少打獵的技法，金瘡藥的製作法子自然也很是熟悉。

她拿藥給兩娃兒的傷處敷上了，再用白布包紮好，這才舒出一口氣，看向問她話的陳二娃。「二娃，你覺得今天這事誰理虧？」

「趙步仁，是他理虧，他不該糊弄我們，公報私仇！」陳二娃說道。

「那你還怕什麼？正所謂兵來將擋，水來土掩，他怎麼出招，咱們怎麼接。咱們陳家立於世間，不做虧心事，不欺壓良善，老實本分的做人，但這並不代表咱們怕事，真有那不知道好歹的非要欺負到咱們頭上了，那咱們也甭客氣，他們怎麼打來的，咱們怎麼打回去！」

何月娘的聲音不大，但說的卻是一字一句都很清楚明白，聽得陳大娃胸中陡然生出了幾分正氣與凜然。是啊，待人處世，身正不怕影子斜，他趙步仁想做惡人，那就讓他做，反正好人對付惡人唯一的法則就是打回去，不用客氣！

「對了，娘，我們白天休息的時候聽一個拉腳的車伕說，最近里扣山有大蟲出沒，據說已經害了幾個進山採藥的人了，您最近還是別上山去打獵了，就快過年了，裴家給咱們的吃食也夠了。」

陳二娃看著何月娘說道。

「嗯，知道了。」何月娘嘴上如此說，心裡卻是一陣竊喜。

本來她就準備進山打些獵物，去鎮子上換銀錢回來。

「是呢，他們都說，縣衙都貼出公告了，不管是誰，只要拿下大蟲，為民除害，就獎勵紋銀三十兩呢！」

陳大娃邊說邊嘖嘖兩聲，不過卻招來了李氏的白眼。「你說啥呢，三十兩銀子也不比保住命值錢，那可是吃人的大蟲啊！」

「嗯，說得也是。」陳大娃是個耳根軟的，想想娘子說得對，忙附和。

「行啦，都洗洗睡吧，明天的事、明天再說。」

何月娘發話了，娃兒們也都麻溜地該幹麼幹麼去了，半個時辰之後，陳家該滅的燈都滅了，該睡的小崽子們也都睡著了。

何月娘把平常打獵的衣裳換上了，弓箭也揹在身後，就悄悄出去了。

她沒從大門走，開了大門，大門裡頭就不能上門了，她不放心。

她是從西頭的矮牆跳出去的。

月黑風高，她快速從村西出來，進了東山。

里扣山跟東山相鄰，穿過東山，再路過一處長滿茅草的谷底，就進了里扣山了。

就在穿過谷底的時候，何月娘走著走著，忽然腳下被石頭絆了一下，整個人往前撲倒，她不覺哎呀一聲，下一息就覺得有一股柔軟的風輕輕托住了她，直把她托起來，站直了身。

「出來吧，跟了一路了，怎麼，下頭的大老把你的嘴巴封上了？」

何月娘扠腰，轉身，對著背後虛無的夜空說道。

一道淺淡的白影子渺渺忽忽地出現了。

「妳怎麼知道的？」

「廢話，你是鬼，一身鬼氣冰涼，我走在你前頭都能覺出來陰涼陰涼的，不是你跟著還會有誰？」何月娘沒好氣地又咕噥。「旁人晚上進山怕被鬼盯上，我倒好，直接弄一隻鬼跟著，也不知道是我傻，還是你混帳！」

「妳真要去獵那隻大蟲？」

陳大年沒糾結自己笨不笨的問題，反而急著問她。

「能怎麼辦？你也看到了，我都給家裡欠下十四兩銀子的債了，只要把大蟲逮住了，縣衙獎勵三十兩銀子，還了債剩下的那些留著過完年收拾東山，這還不夠呢，我巴不得里扣山裡不只一隻大蟲呢！」

何月娘在說這話的時候，根本沒意識到，她那嘴巴簡直如同開了光一般，一語成讖。

「能成嗎？真遇上大蟲，我只有一魂二魄，幫不上什麼忙。」

「廢話，誰要你幫忙？」何月娘不屑地白了他一眼。「沒你這個臭雞蛋，老娘還不做雞蛋糕了？滾一邊去。」

「不是，妳能不能對我說話客氣點，我好歹是妳相公，這被別人聽了去，不得罵我陳大年是個怕娘子的慫包啊？」

「怎麼，你還想稱王稱霸？」

「不是，我就是覺得妳對我的態度……」

陳大年的話沒說完，忽然打住，而後他急速往前飄去。

何月娘也聞到了一股難聞的腥臭氣，這種氣味的的確確是山中野獸身上才有的。

里扣山裡果然有大蟲。

她不覺又喜又驚，但腳下卻不猶豫，飛快地跟著陳大年的白影子往前奔，奔到一處密林外沿，白影子停住，對著她做了一個噤口的手勢，何月娘悄悄把身子壓低，藏在一處半人高的茅草後頭。

一人一鬼，悄悄地等在密林外頭。

窸窸窣窣……

一陣什麼東西走動時，身子跟茅草磨擦的聲音漸漸近了。

何月娘藏匿的地方跟密林的距離恰好就在她弓箭的射程當中，她暗暗地搭起箭，夜晚打獵，比得不是目力，而是感覺，是聽力，她緩緩地閉上眼睛，將全身心的注意力都集中在耳朵上。

嗖！一支箭急速射了出去。

隨著一聲響動之後，將將走出密林的大蟲發出咆哮聲，緊跟著牠就朝著箭矢射來的方向撲了過去。

何月娘一箭沒射中牠的要害，並不焦急，對付這種大蟲想要一箭斃命，那是不可能的，她一箭得逞後，飛速往後退，退到了一定的射程之內後，又嗖嗖嗖射出去三箭。

箭箭射中，但大蟲卻依舊沒有倒下，牠像是根本不知道疼，撲過來的速度不減，在快到達何月娘跟前時，騰空而起，張開兩隻前爪，朝著何月娘就拍了下來。

若是被牠拍中了，那何月娘今生今世的歸宿也就只能是一團肉泥了。

何月娘暗叫不好，想要再搭箭射牠已經是不可能了。

「死鬼……」她的話還沒喊完，就覺得一股勁風從旁邊一側襲來，直接把她從原地頂了出去，堪堪躲過了大蟲這一撲。

砰一聲，大蟲落地。

同時何月娘也急速從地上彈起來，飛快地往旁邊躍出去十幾步，再次搭起弓箭，準備做拚死一搏。

但讓她不解的是，那隻大蟲趴在地上好一會兒都一動不動，像是累過頭了睡著了一樣。

「大蟲死了！」

陳大年的白影子在大蟲的頭頂上盤旋了幾個來回，跟何月娘說道。

「真的啊？」

何月娘一陣驚喜，這時風一吹，才感覺出來，自己身上的衣裳都被冷汗浸濕了。她有點後怕，今天若不是死鬼跟來，估計她的小命就得撂在這裡了吧？

她提著弓箭，邁著疲憊的步子往大蟲那邊走去。

走著走著，忽然覺得又一陣陰風朝她襲來，她不覺有點氣惱。「死鬼，你又颳什麼陰風陣陣，還怕我不冷啊？」

陳大年的白影子在半空中一怔，而後說道：「我沒有啊！」

「你沒有？那這陰風是從哪兒……」

何月娘的話還沒說完，就有一道黑色的毛茸茸的影子從密林裡躥出來，速度宛若利箭似的，直奔她而來。

「小心！」陳大年驚呼一聲，但似乎已經晚了。

他站在那隻死去的大蟲旁邊，這會兒想要過來拉何月娘根本不可能。

何月娘悔得都要搧自己一耳光了，這臭嘴，說啥兩隻大蟲？現在好了，真又來了一隻，眼看將死，妳是認還是不認呢？

「去你大爺的，老娘不認！」

這吼聲是從她胸腔中爆發出來的，宛若驚天雷一般，把撲來的大蟲都嚇了一跳，飛在半空中的身影怔了一怔，但還是很快掠到了何月娘的頭頂之上。

千鈞一髮之際，何月娘將全身的力量都凝聚到了一起，飛起一腳，朝著大蟲的咽喉就踹了過去，砰一聲，這一腳踹得極其用力，與大蟲近在咫尺的何月娘甚至能聽到大蟲咽喉處的骨節發出喀嚓喀嚓的斷裂聲。

大蟲吃痛，發出嗷嗷怒吼，牠的一隻爪子還是在何月娘的肩膀上狠狠抓了一把。

一種皮肉撕裂的痛疼，瞬間襲來。

但何月娘已經顧不得喊疼了，她在踹出一腳的同時，整個身軀就往後彈了出去，這一彈，她是不計生死的，她的後面不遠處就是谷底的石壁，如果她掌握不好力道，直接撞到了石壁上，那也是必死無疑的。

但撞死也比被大蟲吃了強，最起碼能留個全屍吧？

儘管何月娘一直以為，死都死了，有沒有全屍，屁意義都沒有。

就在她閉著眼睛，認命地等著身體和石壁來個激烈碰撞的時候，忽覺得身體被一股柔軟的冷風捲起來，就像是冬季裡平地裡突兀颳起的旋風，把她的身體包裹在其中，然後打著旋兒地就往空中升騰而去。

她知道這股冷颼颼的柔風是來自何處。

「死鬼！」

她輕輕喊了一聲，但手上動作卻沒停，就在她被那股冷風攜著掠到大蟲倒地的上空時，她搭上了弓箭，嗖嗖嗖，她都不知道射出了多少箭，直至她箭筒裡的箭都射光了，整個人也因為極度的用力委頓了下來，那股冷風才將她送回了地面。

此刻大蟲腦袋已被她射成篩子了。

她就那麼軟軟地倒在地上，連喘息都帶了疼。

整個左肩肩部往下，連帶著左半邊上身都在疼，疼得她不住地抽氣，眼淚簌簌地跟不要錢的金豆子似的滾下臉頰。

「我就不該來陳家莊，來就來了吧，幹麼去破廟啊？去破廟就去破廟吧，幹麼答應給你當娘子啊？當個娘子就老實當吧，娃兒們不錯，我不折騰，不就沒事嗎？沒有債，我何苦來抓大蟲啊！」

她嘴裡嗚嗚咽咽地絮叨著，鼻涕一把、淚一把的，好一會兒才因為疲累而閉嘴。

「我先把妳送回家吧？」

陳大年都不知道說什麼好了，看著半邊身子都被血染紅了的小娘子，他恨不能立刻投胎，分分鐘長大，好跑來抱抱她。

可他做不到。

如此，心中對自己的恨意，就如排山倒海般湧來。

正如她說的，你陳大年死就死唄，為啥非要把她拉下水啊？

「不，我得帶這兩個玩意兒一起回！」

好不容易把兩隻大蟲給殺死了，她可不能把這兩個東西撂在這裡，再被旁人撿了便宜，那她不是白流血了？

嗚嗚，我流血了，我竟流血了，兩世啊，這是頭一回！
她忍著劇痛拿出金瘡藥，給傷口塗抹了一些藥，好歹止住了些血。
天已經快亮了，天亮之後，死鬼就不能幫她了。
得趕在天亮之前，讓陳大年把兩隻大蟲送去碼頭。
對，她就要去碼頭，去會會那個不是人的趙步仁！她何月娘的娃兒，她打得、她罵得，別人想打罵，門兒都沒有！
陳大年是隻鬼啊，何嘗猜不出她內心所想的，見她如此對自己的娃兒，他心裡更是感動不已。
於是，陳大年繼續用陰風把何月娘以及兩隻大蟲送去了碼頭上。
他的身影看起來更淺了，甚至何月娘都能覺察出來那股包裹著她跟兩隻大蟲的陰風在微微發抖，他是不能離開陳家莊五里地之外的地方的，所以他的身影才會變得淺白，他也才會瑟瑟發抖。
天亮了。碼頭上的人越來越多了。
趙步仁耀武揚威地一到倉庫門口，就被眼前的情景嚇了一跳，兩隻死大蟲堆在一起，大蟲旁邊站著一個半邊身子都是血的女人。
「妳……妳是陳大娃的娘？」

趙步仁幸虧眼珠子不瞎，一下子就把人給認出來了。

這一認出來，他就哆嗦了。

「對，我是大娃、二娃的娘，我今兒來找你，就是想驗證一下，到底是你的骨頭硬還是這大蟲的骨頭硬！」

說著，何月娘彎弓搭箭，箭頭直指趙步仁的腦袋。

趙步仁兩腿一軟，撲通就跪在地上了，他磕頭如搗蒜。「大娘，不，大妹子，不，祖宗奶奶！我知道錯了，我不該欺負新來的，我馬上、馬上把那天縣丞大人罰我的三兩銀子……不，五兩銀子，我願意拿出五兩銀子來補償陳小哥他們。求祖宗奶奶饒命啊，我的骨頭哪硬得過大蟲啊！嗚嗚……」

這慫貨竟嚇哭了不說，還尿了一地。

「娘，您這是怎麼了啊？」

陳大娃跟陳二娃一來就看到他們滿身是血的後娘，頓時嚇壞了。

「我沒事，二娃，你去報官，就說為娘的打死了害人的兩隻大蟲。」何月娘嫌惡地看了趙步仁一眼，冷冰冰地說道：「以後你再敢欺負我兒，我保證讓你活不過第二日見太陽出來！」

「是，是，我不敢了。」

趙步仁哭得跟個鱉孫似的。

其實不用陳二娃去報官，縣衙那邊早就得了信，說他們縣出了一位打大蟲的英雄，還是個女英雄，一次打死了兩隻大蟲。

縣太爺岳大力都親自來了，要看看到底是怎樣一位女子，竟在一夜之間把兩隻大蟲都打死了。

當他跟縣丞王中海看到打大蟲的人是何月娘時，更驚訝了。

「縣太爺，您的布告上說打死一隻大蟲賞銀三十兩，那兩隻呢？」

何月娘臉色慘白地笑了笑，靠著大娃跟二娃扶著她才咬牙支撐著沒倒下。

「兩隻大蟲賞銀六十兩，另外本大人個人再加二十兩獎勵予妳！」岳大力大手一揮，很是豪氣地對四周圍觀的百姓說道：「以後不管是誰，只要做了對百姓們有益的事，本官都有賞，你們都要向何氏學習。」

「娘，我們帶您去找張老大夫看看傷吧？娘，求您了！」大娃、二娃都哭了。

「我沒事，不許……哭！」

何月娘看了一眼地上的兩隻大蟲，剛想囑咐陳大娃他們把大蟲搬回去，卻忽然聽到有人高聲問道：「這位娘子，妳那兩隻大蟲我買了，二百兩銀子，妳看可好？」

二百兩銀子？

全場人都震驚了。這對於一年都賺不了幾兩銀子的窮苦碼頭搬運工來說，二百兩銀子無疑是天文數字。

「兩隻大蟲不值二百兩銀子，但小娘子這種不畏猛獸的精神是值得嘉獎的，所以，二百兩銀子我買了這兩隻大蟲。」

說話的人是個二十多歲的年輕公子，一身富貴人士的打扮，舉止不俗，一看就不是一般人。

「娘，他就是昨天那個富商。」陳二娃低聲地跟何月娘說道。

何月娘這會兒眼前已經直冒金星了，她覺得兩腿好像踩在棉花上，若不是大娃、二娃全力架著她，她早就倒在地上了。

「成交。」

在她吐出這兩字之後，大娃、二娃就已經不由分說地把她扶上了馬車。

何月娘在本草堂裡昏迷了七天七夜。

這七天裡陳家的娃兒除了留秀兒在家看護三娃跟幾個小崽子之外，其他人都在何月娘的房間外頭守護。

陳大娃哭著跟李氏說：「娘去打大蟲是為了我們家，可娘受傷後還帶著大蟲去碼頭找趙步仁，卻是為了我跟二娃，她是想替我們出氣，找趙步仁算帳的，若不是拖延時間太久，她失血太多，就不會這樣了。嗚嗚，都是我們不孝，都這樣大了，還讓娘操心。」

一屋子娃兒都齊齊地跟著哭起來。

第十七章

在救治何月娘這幾日，縣太爺以及那位富商先後來探望過，而且兩人都承諾，打大蟲英雄的一切治療費用都由他們來承擔，陳家不需要拿一文錢。

富商甚至還著人送來了一支百年人參，要張老大夫把人參混入藥中，給何月娘服下，幫助她強身熬過這段時間。

但不管老大夫怎麼想法子，何月娘就是昏迷不醒，而且還一直高燒不退。

「太爺爺，這可怎辦啊？她、她不會沒等到我投胎回去找她，她就死了吧？」

屋子一角，陳大年的白影子淺得幾乎都看不出來了，他愁眉不展，看著床上躺著的何月娘就想要近前去，卻被陳牧原一把給抓了回來。「臭小子，你是隻鬼，渾身冷得跟冰塊似的，她現在正虛弱呢，你湊過去，是嫌她死得不夠快，給她加點速度？」

「太爺爺，我……我就是想看看她，她這都是為了我……」陳大年哭唧唧。

「得了吧，少往自個兒臉上貼金，為了你？你說這話心虛不？」

陳牧原毫不客氣的一句話命中他這重孫的要害。

陳大年只覺得心口一窒，如果他還有心的話。

「太爺爺，請您來不是讓您來說風涼話的，我不能讓她死，您說吧，如果我放棄投胎，她能不能活？」

「沒出息的貨，老子花費了全部的陰產才哄得那大老把你的一魂二魄留在陽間一些時日，怎麼，你這就要放棄投胎了？那還老子的陰產！老子現在都淪落成這副窮兮兮的德行，你倒想要放棄了？」

陳牧原一腳踹過去，結結實實地把陳大年踹在地上，滾了幾滾，才算停住。

人踹鬼，踹不到，鬼踹鬼，卻是實打實的。

「我也不想放棄啊，可是她這樣子怎麼辦？如果我投胎了，她卻死了，那我還投啥胎？」陳大年不知道是疼的，還是恨的，直接哭了起來。

「唉，我就不該管你們這些不爭氣的兔崽子！」陳牧原說著，從袖袋子裡掏出來一粒血紅色的藥丸。「我就偷偷藏下了一點點的陰產，還指望靠著這一點陰產度日子呢，沒想到，你這貨啊，連這一點陰產都不給我留下，我真不知道是哪輩子做了虧心事才有你這樣的後輩！」

趁著李氏把何月娘扶起來，往她嘴裡餵湯藥的時候，陳牧原指尖輕輕一彈，就把那血紅色的藥丸無聲無息地彈入了她的口中。

何月娘醒來已經是十天後的事了。

張老大夫給她重新把脈後，神情顯得很是疑惑。「怎麼會這樣？明明已經不……」

他嘴裡不自禁地嘟囔著，旁邊的陳大娃性子急，插了一句。「老張大夫，我娘她沒事了吧？」

「哦，是，沒事了，已經沒性命之憂了，不過大蟲那一抓傷了她的肩骨，連帶著扯去了一塊皮肉，這需要靜養，至於以後肩部周圍的皮膚可能會留疤，我這裡也有上好的去疤痕藥膏，一般的疤痕都是不會留下的，但你娘的傷情太嚴重。」

其實，張老大夫沒說完的那句話是——明明已經不成了啊，失血太多！

可這一把脈他驚奇地發現，失去的血似乎又補回來了，何氏的身體正快速地痊癒。

張老大夫百思不得其解，不過，作為大夫治病救人是本分，既然病人好了，那他還有啥不高興的？

當下，老大夫又給開了新的藥方，囑咐李氏這藥要慢慢地熬，熬上三、四個時辰之後才可服用。

李芬忙不迭地拿著藥就去藥鋪後院熬藥了。這些日子，給婆婆熬藥她都是親手做的，藥鋪的小夥計想要幫忙，她都不肯。

何月娘又在本草堂住了三日，第四日在她的堅持下，陳大娃跟陳二娃駕車把她接回了家。

跟他們一起回村的還有縣衙的人，岳縣令親自帶著一眾的衙役，抬著一塊打虎英雄的牌匾，敲鑼打鼓地送進了陳家莊。

陳家莊全村都轟動了。

村民們知道何月娘是個會打獵的，但沒想到，她竟還能打死老虎，而且還不止一隻。

尤其是當看到岳縣令親手把縣衙的賞金以及他個人獎勵的一共八十兩銀子的小箱子打開，村民們就更炸鍋了。有羨慕的、有欽佩的，八十兩銀子啊！這得要一戶人家十年不吃不喝，才能賺得，人家何氏一夜之間就賺了八十兩銀子，誰娶了這樣的娘子，那不等同於搬回一個聚寶盆。

只有少數幾個老人搖頭說：「可別羨慕這八十兩銀子，你們沒聽說，為此何氏險些把命給丟了，若不是本草堂的老張大夫醫術高明，何氏估計就回不來了。有命賺，沒命花，等於白搭！」

跟縣太爺一起來的還有那位叫李曾衡的富商，他是拿一張二百兩銀子的銀票給何月娘的，並承諾以後他們家的貨船到了碼頭，就算誰的馬車都不用，也必要用陳家的。

何月娘傷勢未痊癒，不能出來致謝，陳二娃就代替她向縣太爺以及李曾衡表達了謝意。

一場熱熱鬧鬧的嘉獎活動，足足用了一個時辰，這才熱熱鬧鬧地結束了。

族長陳通今兒似乎忘記前嫌了，忙忙地跑去陳賢彬那裡，跟他商議要把縣太爺以及那位大商人留下來吃飯的事宜。

陳賢彬正有此意。他也猜出陳通的用意，他是想藉著這個機會跟縣太爺拉拉關係，好早點把他那兩個孫子給弄出來。

陳賢彬樂得他摻一腳，這樣需要的全部花費就能分成兩人承擔，何樂而不為呢？

兩個人商議好之後就急巴巴地去跟縣太爺說。

但人家岳縣令說了，他來陳家莊是對何氏進行嘉獎的，如果留在這裡吃飯，那不成了徒有虛名，藉著獎賞女英雄來村裡打秋風嗎？

所以，他很果斷地拒絕了陳賢彬跟陳通，事情一了，就跟商人李曾衡回城了。

陳通看著縣太爺他們浩浩蕩蕩的隊伍遠去，頓覺痛失良機，恨得直跺腳。

但只有陳賢彬明白，縣太爺這哪裡是不接受宴請啊？分明是那位外地來的客商早邀請他了，人家回城去最大的酒樓得月樓吃頓生猛海鮮多好啊！何必在他們這窮鄉僻壤的陳家莊吃些農家家常菜？

從回家後的第二天早上開始，陳家院子裡就走馬燈似的人來人往。

都是村民們來探望何月娘的。

他們都是不空手的，有拿雞蛋的、有拎塊肉的，還有把自家蒸的饃饃送過來幾個的，都對何氏表達了敬意，說他們著實沒想到，村裡來了個巾幗不讓鬚眉的主兒，真是可喜可賀呢！

都是善意，何月娘只能笑著表示。「我很一般，喝多了也吐，吃撐了也難受。」

不過，也有不拿東西，還一天來八趟的，那人就是張趙氏。

她先是以何氏婆婆自居，對前來探望的人指手畫腳地說：「拿那麼點東西還好意思來瞧病人。」

那人斥她一句。「妳又拿了啥？」

她倒能沒皮沒臉地說道：「我跟何氏是自家人，我是她婆婆，一家人回家來，我拿啥東西？」

「妳這是瞧著人家何氏得了點賞錢，妳又眼紅了吧？當年妳無情地把大年趕出張家的時候，妳不是滿大街嚷嚷，從此妳跟陳家一點關係都沒有，陳大年是死是活都跟妳無關嗎？怎麼，現在妳把妳那缺德事都忘了，只瞧見人家陳家的好處了？」

旁邊有知底細的毫不客氣地揭了她老底。

「我們家的事關妳屁事！」趙氏惱羞成怒，對著那人咆哮。

那人卻冷笑。「妳啊，就甭跑來丟臉了，人家何氏連老虎都能打，何況是妳？」

「何氏，妳跟她說，我是妳什麼人。」

趙氏一焦急，轉頭看何月娘，想從她這裡找安慰。

何月娘冷笑。「看樣子馬桶治療法還沒治好妳的病，等我好些了，給妳來個竹籤插指甲，保證讓妳痛過一次啥毛病都沒了。」

「妳……」趙氏氣結，卻也不敢說什麼，扭身想要拎著堂屋裡放著的一籃雞蛋走。

李氏眼疾手快，一步過去把籃子拎在身後。「這是留著給我娘吃的！」

「忤逆不孝的玩意兒，我是你們的親奶奶，吃你們個雞蛋怎麼啦？」

趙氏不敢打何月娘，但對老實巴交的李芬一直瞧不上，當即揚起手就要甩她耳光，卻被陳大娃的大手捉住手腕，他氣憤地說道：「我媳婦，我都捨不得打，妳憑啥打？」

「你們這些忤逆不孝的，我要去衙門告你們！」趙氏跺腳，謾罵。

「秀兒，把我的弓箭拿來！」

何月娘給她吵得腦疼，當即就要拿箭射她。

趙氏嚇得屁滾尿流地跑出陳家大門，站在大門口見何氏沒追出來，這才又扠腰叫罵。

「姓何的，妳這個殺千刀的，妳怎麼就沒讓那大蟲把妳給吃了呢？告訴妳，妳再不孝順老娘我，大蟲化成蟲鬼也會來找妳算帳的！」

呵呵，大蟲能不能成為蟲鬼我不知道，但妳兒子卻真的是隻鬼，妳甭焦急，晚上我就讓他找妳去。

讓何月娘沒想到的是，當晚小崽子們都睡著了，她也迷迷糊糊的想睡，卻聽到耳邊傳來陳大年的聲音。「娘子，這個給妳。」

她轉頭一看，枕邊放著五吊錢。

「你……哪兒來的錢？難道是誰在陽間燒給你的？怎麼，燒給你們鬼的紙錢都能變成真的銅錢？」何月娘震驚地瞪大了眼睛，看著那一堆銅錢。

「妳那腦袋裡到底都在想些啥？」

陳大年的大手輕輕撫摸了下何月娘的額頭，又燙手似的縮了回去，繼而看都不好意思看何月娘，咕噥道：「是我從我娘錢櫃子裡拿的，她無緣無故的來氣妳，這錢只當是賠禮了。」

「哈哈，真的假的？還是你知道怎麼治你娘，這會兒你娘沒發現銀錢不見了嗎？」

何月娘簡直都要樂瘋了。

「發現了，所以現在張家打成一團了。我娘說是仨兒媳偷的，仨兒媳說是小姑子、大姑子偷的，大姑子、小姑子又說是她們仨哥哥偷的，張波跟張洛還動了手，兩人都掛了彩，這還不依不饒的拿了板磚互拍，里正都去了。」

「不錯，不錯，惡人自有惡人磨！」何月娘對著死鬼男人豎起大拇指。

「誰惡人了？我這還不是心疼妳。」

陳大年很認真地打量了她一遍，問：「都沒事了？哪裡還疼嗎？」

「本來呢，還不太好，剛聽你說了這些，我就全好了。」

何月娘對著他露出一個明媚的笑。

「身上留疤就留疤吧，沒啥，我不嫌。」陳大年臨走時低低地說道。

「我留不留疤關你啥事啊？還你不嫌，我嫌你成不成啊？」

何月娘把枕頭丟了出去，自然是砸不到死鬼，人家輕飄飄的躲了，還不忘把枕頭從地上撿起來丟回給她。「枕著枕頭睡，別落枕了。」

何月娘朝他翻了一個大大的白眼，嘴裡沒好氣地吐出一個字。「滾！」

年很快就過去了。這個年，陳家過得很富足。

裴家送來的各種吃食本來就多，因為家裡手頭寬裕，何月娘又在街上買了不少的鮮魚、鮮肉，打從年三十開始，就讓李芬跟秀兒變著法子地做好吃的，吃了一整個正月，娃兒們每人都胖了幾斤。

開春，春風一吹，何月娘就帶著幾個娃兒上了東山。

對於何月娘承租下東山，陳家一窩娃兒是很不解的。

尤其是老實巴交的陳大娃，摸著腦袋也想不明白，他家後娘這是打算花五兩銀子承租一片荒山做啥？他也曾偷偷問過二娃，二娃想了想，說：「我覺得娘一定有她自己的打算，咱們不用問，聽娘的就是。」

陳大娃想想。「也是，從後娘來陳家就沒辦過啥不對的事。」

這回打了兩隻大蟲，賺回來讓全村人都眼熱的二百八十兩銀子，還了本草堂十兩銀子，又繳納了承租東山的四兩銀子，這還剩下二百六十六兩銀子呢！

錢都是後娘賺回來的，她想怎樣花、就怎樣花。

何月娘讓大娃帶著幾個弟弟先把一大片山坡上的雜草給除掉了，又撿了石塊把周圍給圈起來。

清了三天的雜草，這片山坡就清理好了，地也拿鋤頭鋤平整了。

何月娘這才帶著娃兒們去她發現的那一大片金銀花的山谷裡，專門找了兩年以上的金銀花枝條，以此作為插枝插入他們挖好的地裡，插好後將土壤踏實即可。

大娃和二娃去山腳下的河邊挑了水來，在每一株金銀花插枝上都澆了水。

足足幹了兩天，才把一大片的坡地給種滿了金銀花。

下晌何月娘把娃兒們都打發了回去，她自己揹著弓箭進山了。

不到天黑她就回了村。

在村頭就看到李芬跟秀兒正翹首往山上張望呢，看到她回來，兩個女人忙迎上去，兩人把何月娘拎在手裡的獵物接了過去。「娘，您可千萬別再進山了，太危險，我們倆聽大娃他們回來說您去打獵了，把我們給嚇得。」

「娘，咱家日子過得好了，大哥、二哥去碼頭賺錢，我……我跟三娃也能下田裡去幫忙，您就不用那麼辛苦打獵賣錢養家了。」秀兒有些歉意地又補充了一句。「以前三娃需要我不離身地看著，現在他好多了，有時候說話也很有條理了，我覺得等老張大夫開的藥都吃完，三娃的病就好了。」

「嗯，一定能好。」何月娘點點頭。

「那娘您答應我們，再別去打獵了。」秀兒忙補了一句。

「妳們以為那大蟲天天有啊？妳們去向村裡的老人打聽打聽，就他們那一把年紀有幾個聽說山中有大蟲出沒的，這回的兩隻大蟲準是傻笨蠢的，也不知道怎麼就一頭撞進里扣山了。」

何月娘笑了。

「娘，您就別去了，我們真怕！」李芬說著眼圈都紅了。「您不省人事那些天，我們……我們都不知道日子該怎麼過了！」

「好啦，好啦，以後儘量不去。」何月娘見李氏都要哭了，忙拍拍她的肩膀。「都是兩個孩子的娘了，怎麼還哭鼻子？快點把眼淚擦了，別讓大寶、三寶瞧見了，還當我這個當婆婆的欺負妳呢！」

「大寶、三寶都向著娘，才不會向著我呢！」李芬急忙擦了眼淚，笑著說道。

「她們啊，那是小人精惦記著我櫃子裡的糖果呢！」

何月娘笑了，兩個兒媳也都樂呵呵的。

她們到家的同時，陳大娃、陳二娃的馬車也到家門口了，兩人跳下馬車來。「娘，明天城裡舉辦一年一度的慶耕節，可熱鬧了，您也進城去散散心吧！」

「慶耕節啊，我去歲聽安大娘家的小安姊姊說她去過，好吃的從街東擺到街西，好多人買呢！娘，我能不能也跟妳去參加慶耕節啊？」

六朵是聽到何月娘說話的聲音，出來迎接她的，聽到了大娃的話，頓時喜上眉梢。

「好，去，咱們全家都去！」

何月娘懂他們還是孩子，喜歡熱鬧，她這個當後娘的自然也是不想把他們禁錮在家裡的。

不過，在去慶耕節之前，她還有件事要辦。

吃了晚餐，她從一堆獵物裡挑了兩隻又肥又大的野兔，又從櫃子裡取了一吊錢。她悄悄出門去了里正陳賢彬家裡。

「叔，今天去打獵，就見著這兩隻又肥又大的，看看這兔毛多好，處理好了，能給小娃兒縫件夾襖穿呢！」何月娘說著，把手裡的獵物遞給了里正娘子。

里正娘子也點頭。「嗯，是這個理兒。月娘啊，妳說我們總吃妳打來的這獵物，好嗎？」

嘴裡問著，手裡的野兔已經遞給兒媳，讓她拿去院子處理了，還不忘囑咐一句。「千萬別割破了皮，不然做出來的夾襖有縫，就不暖和了。」

「娘，您就知道疼孫子，我還想做條兔毛圍巾呢！」陳桂花從裡屋出來，一眼就瞧上那皮毛漂亮的野兔子了。

「沒出息，跟個奶娃娃爭！」里正娘子嗔了她一句。

「那娘，我跟嫂子收拾野兔去啦！」陳桂花太瞭解她娘了，只要這樣假兮兮地數落她一句，那基本上就是同意了。

「唉，真沒法子，都讓她爹給慣壞了！」里正娘子看著閨女跑出去，不好意思地跟何月娘說：「月娘，讓妳見笑了。」

「孀子看您說的，年輕姑娘愛美也是正常的。」

何月娘說著，又把一吊錢從籃子底部拿出來，推到陳賢彬跟前。「叔，這是上回我承諾給您的辛苦費，這個辛苦費我可以保證，年年有，每年我繳納租金的時候會一併把這吊錢送來。」

「這……不好吧，妳帶著孩子過得也艱難……」話說到這裡，陳賢彬想起來了，如今的陳家可不能說艱難了，一日之間的進項是二百八十兩銀子。

「叔，我當時承諾給您的，就一定要兌現，錢不多，您留著買酒喝。」

其實，上次何月娘提著籃子出門，籃子裡裝著裴家給他們的點心，她去的也是陳賢彬家，跟陳賢彬提出了要承租東山，希望他能成全。

陳大年說過，陳賢彬是個貪財的，所以，當時何月娘也沒隱瞞，直接說，一旦承租成功，會答謝陳賢彬一吊錢。

一吊錢，乖乖，這答謝禮可是不少。

何月娘前腳走，後腳里正娘子就催促里正趕緊召開全村大會，乘機提出東山承租的事。

從陳賢彬家出來，何月娘在回家的路上就覺得頭頂上冷颼颼的。

她揚起手對著虛空打了一巴掌。

沒聽到耳光聲，倒是有一個淺淡的白影子飄了出來，他咬著牙。「這個陳賢彬太不是東西了，上嘴皮碰碰下嘴皮，這就得了一吊錢。娘子，家裡是有點積蓄，可也不能這樣做啊，那可是一吊錢啊，平常我連一文錢都捨不得……」

何月娘沒等他說完，脫下鞋子就朝著他丟了過去。

他也沒躲，任憑那只繡花鞋穿過他淺淡的身影，直接掉在遠處。

「我、我勤儉持家有啥不對的？妳哪兒都好，就是脾氣太火爆了！」

陳大年飄過去把鞋子撿起來，又飄過來，親手給何月娘穿上。「地上涼不涼？再生氣也不能糟踐自個兒的身體啊！」

把她送到家門口，他猶豫了一下才說：「我……我可能要到下頭幾天，妳在家跟孩子好好的，別牽掛我。」

「我才沒空牽掛你呢！」何月娘推開門進去，反手又把門關上了。

「娘子……」外頭傳來陳大年輕輕的喊聲。

「投胎去吧，我會把孩子們帶好的。」想了想，何月娘還是心軟了。

外頭沒一點動靜，她只當是他走了，也沒再多想，回屋睡了。

大門外頭，陳大年被夜風吹得搖搖晃晃的白影子，顯得格外的淒涼，他咬咬牙，還是輕聲呢喃。「我會回來的，只要看你們的日子過得平順了，我就離開。」

第二天，何月娘帶著一家大小去了城裡過慶耕節。

他們趕到城裡時，街上已經到處都是人，街道兩邊各色各樣的小商販都企圖抓緊這兩、三日的機會，把生意做到更好。

傳說中的小吃一條街，果然名副其實。

何月娘身上的傷都好得差不多了，她心情不錯，所以哪個娃兒要吃啥買啥，她都笑盈盈地付銀子。

逛了一個多時辰，街上的人越來越多了。

忽然前頭有人喊：「快去看啊，那邊來了個外域的雜耍團，有小猴子爬竿玩呢！」

「娘，我想看小猴子！」

六朵手中舉著一支棉花糖，跟在何月娘身邊，小丫頭也是被關在家裡久了，這回出來，那一張白嫩的小臉上始終沒斷了笑。自古娃兒都喜歡小動物，這是天性。

「嗯，好。」

何月娘自然是帶著一大家子人往大家齊齊湧去的地方走。

人實在是太多了，她不得不囑咐大娃、李芬他們一定得抱緊了孩子，千萬別走散了。而她則緊緊牽著六朵的小手，不許她離開自己視線。

好不容易擠進人群裡，果然見一隻小猴子正順著一根豎立的竹竿在往上爬，頑皮的小東西還時不時地轉過頭來，朝著圍觀的人抓耳撓腮，做出一副憨態可掬的嘴臉，牠這模樣把在場的人都逗得哈哈大笑。

小猴子表演得好，自然賞錢就不少。時不時地就有人把銅板丟進地上的銅盤裡，發出清脆的響聲。

「娘，我也要給小猴子獎勵！牠太好玩了！」六朵仰頭看著何月娘。

何月娘笑著點頭。「嗯，妳可以用自己的零花錢啊！」

「嗯。」小姑娘把棉花糖往何月娘手裡一塞，她自己則在袖袋裡翻啊翻，很快翻出來三枚銅板，她悉數都丟進銅盤，還乖巧地對著小猴子喊話。「小猴子，你真厲害呀！」

小猴子像是聽懂她的話似的，回頭對著她齜牙咧嘴地做怪臉，這可把小姑娘樂壞了，忙不迭地又去掏錢。

一來二去的，小姑娘就把自己帶在身上的十枚銅錢都丟進銅盤裡了。

何月娘也沒攔著，她是個開明的後娘，銅板既然給了娃兒，娃兒想怎麼花，只要不違背做人原則，那她就可以隨便花。

主要這慶耕節只是一年一次，再浪費不就十文錢？

所以，在圍觀的人都把驚訝的目光朝著六朵看來時，何月娘招呼了一家人離開了雜耍團，去了對面的羊肉麵館。

幾個娃兒，尤其是陳大娃他們幾個男娃，都對這家聞名已久的羊肉麵館很是嚮往。

何月娘給他們每人點了一碗加肉的麵，左右是出來玩的，那就要吃得好，玩得開心，不然就別出來。

六朵的注意力始終都在對街的雜耍上，小猴子下去後，又換了一個會變魔術的年輕男子上場，那男子正拿了一條帕子包住自己的手，然後就很神奇地從那帕子裡飛出一隻雪白的鴿子。

圍觀的人都鼓起掌來。

「娘，娘，鴿子！」六朵的注意力完全不在羊肉麵上，眼睛只盯著對面的鴿子。

「乖，先吃麵，不然娘就不再帶妳來玩了。」何月娘稍稍地威脅了一下。

「哦。」六朵是個聽話的，當即就聽話地低頭吃麵。

吃完麵，六朵說，她要去尿尿。

「娘，您慢慢吃，我帶六朵去吧！」

李氏站起身來，牽著六朵的手，在店裡小二的指點下，往後院茅房走去。

等了好一會兒，連最小的娃兒大樹都在他爹陳二娃的幫助下，把小半碗麵吃完了，李氏跟六朵還沒回來。

何月娘往後院看了幾回，秀兒就說：「娘，沒事，在麵館後院，又不是街上，我去找她們回來。」

就在秀兒站起身，剛要邁步的時候，李氏尖叫著從後院跑出來。「娘……娘，六朵不見了！我找遍了整個後院都沒見著她！」

「啥？」何月娘倏地站起來，語氣凌厲地問：「妳不是陪著她去的嗎？她在妳眼皮子底下怎麼會不見？」

「嗚嗚，娘，都是我不好，本來我是牽著她的手進茅房的，可是，一隻蝴蝶老繞著六朵飛，她非要我去把蝴蝶抓住，我想，她在茅房裡，也沒外人，不會有事，所以就追著蝴蝶出了茅房，等我抓住蝴蝶再回到茅房，她……她就不見了啊！」

李芬邊說邊哭，原本還算看得過去的一張臉，這會兒又是髒污，又是淚痕的，都沒個人模樣了。

第十八章

何月娘疾步去了後院。

一家人就差把後院翻個底朝天了，結果真如李氏說的那樣，小六朵就這樣莫名其妙的消失不見了。

「妳個笨女人，妳為了隻蝴蝶把六妹弄丟了，妳……妳讓我怎麼跟爹交代啊？爹去的時候，我發誓要把弟弟、妹妹都照顧好的啊！」陳大娃揚手就要打李芬。

「住手！現在是你耍威風的時候嗎？」

何月娘一聲怒斥，陳大娃頹然地把手放下，嗚嗚地哭道：「怎麼辦啊？六朵怎麼會不見？」

如果六朵是在外頭街上不見的，那大家心裡第一個念頭就會想到是被拍花的帶走了，可是，這裡是茅房啊，李芬明明看過，茅房裡一個人都沒有。

何月娘沿著茅房的邊緣，仔細地檢查，終於，她在最西頭一個茅坑的後頭，發現了一些新鮮的泥土，這些泥土像是從茅房後牆牆頭上掉下來的。這個茅房是貼著西牆建造的，牆外就是一條幽深的巷子，麵館的人為了把茅房的臭味散出去，在茅房的棚頂與西牆之間留出了一道不算寬的道。這道大人的身軀是無法爬出去的，但若是一個孩子，比如是六朵那樣的孩子，就完全可能會被人從這裡給送出去。

問題是，這茅房裡原本沒人，怎麼會有人把六朵從這裡帶走呢？

何月娘的眉心蹙成一個結。

她又找來一個凳子，踩著凳子爬上茅房外的西牆，從牆頭往下看，這一看，她頓時渾身發冷，兩腿哆嗦，幾乎站立不穩，視線所及，就在茅房後道對著的巷子裡的地面上，掉落了一只鞋，那只鞋，正是李氏給六朵做的。

他們分成兩路，往巷子兩頭追。

但直到追出了巷子，追出了老遠，眼見著都要出城了，卻依舊沒見著六朵的身影。

李芬哭得嗓子都啞了，逢人就問：「你們看沒看見我妹妹啊，我家六朵長得很白，胖乎乎的，嗚嗚，六朵啊，妳在哪兒啊？」

陳大娃跟陳二娃都黑著臉，兩人額頭上冒汗，拳頭緊攥著，他們兄弟五個，就一個小妹，這個小妹是他們的親娘拿命換來的，剛生下的六朵就沒娘了，沒奶吃，餓得跟隻小奶貓似的，叫聲弱弱的，他們兄弟幾個每日去隔壁村的羊倌家裡，花三文錢買一碗羊奶，回家熱了給小妹喝，好不容易才把小妹養活，那麼好看乖巧的小六朵，她現在在壞人手裡，一定很害怕吧？

六朵，妳在哪兒啊？

何月娘心急如焚，她現在覺得自己是空有一身力氣，可是卻沒用。

滿大街都是人，到底誰才是拐走了六朵的拐子？

陳二娃去衙門報了官。

正好遇上縣丞王中海，他聽說陳家孩子丟了，當即就把衙役們派出來了，幫著找人。

但幾十個人找了一圈又一圈，始終是杳無音信。

「你們從這裡開始，開始從每一戶查找，一定要找到孩子！」王中海見大街上找不到人，就尋思著會不會拐子把孩子給帶進某一個院子裡藏匿起來了。

何月娘對王中海感激地施了一禮，也顧不上說別的，她讓陳二娃留在這裡，協同王中海一起找，她則帶著陳大娃他們出城直奔碼頭。

城裡一面環山，山勢還很陡峭，歹人若是帶著孩子攀山越嶺，有危險不說，還會走得太慢。所以，他們若是想要快速離開，就只有乘船。

他們沿著碼頭，一條船、一條船地找下來，因為城裡舉辦慶耕節的緣故，碼頭上人很少，船主們多半都帶著家人去城裡尋熱鬧了，船上只有留下一個人看著。

一個多時辰下來，他們找尋了幾十條船，依舊是一無所獲。

陳四娃哭了，但不敢哭出聲來，只小聲地嗚咽著。「六朵，六朵……」

陳五娃雖然年紀比四娃小，但卻是個沈靜的，他也焦急，嘴唇始終緊抿著，但眼光卻很是銳利地四下裡張望，忽然，他指著前頭幾十公尺外的一條大船喊：「娘，我好像看到一個小女娃，是不是六朵？她穿著粉色的小夾襖。」

粉色的小夾襖？

何月娘一震，嘴上應一聲「對，是粉色夾襖」，腳下卻已經飛奔起來了。

身後一眾的娃兒們也跟著。

等他們趕到大船前，已經有人推推搡搡著兩個被捆綁成粽子似的人從船上下來了。

後頭還有一人抱著一個小女娃，可不正是陳六朵嗎？

「小六兒！」何月娘喊了一聲就衝過去，把孩子從那人手裡接了過來。

六朵閉著眼睛，一點動靜都沒有，何月娘驚呼。「小六兒，小六兒？」

「陳夫人，孩子被塗了藥的銀針射中，無大礙，只是得睡上幾個時辰。」

一個身量高大的年輕富貴公子走過來，帶著笑跟何月娘解釋。

「李老闆，這是怎麼回事？」

何月娘見過這人，就是買了她家那兩隻死老虎的大商人李曾衡。

李曾衡命人把一隻關在籠子裡的猴子拿過來，說：「事情都是這隻猴子惹出來的。」

這隻猴子何月娘幾個人也都是看過的，就是那隻在街上雜耍的猴子。

原來，六朵在看猴子雜耍的時候，就被猴子的主人，一個叫杜麻子的傢伙和他的娘子柳氏盯上了。

他們趁著六朵去茅房，李芬又離開去捉蝴蝶的時候，讓猴子從茅房與院牆之間的空隙鑽進去，刺了一根塗藥的銀針在六朵身上，六朵昏迷後被猴子抱住，杜麻子將一根繩子預先就綁在猴子的腰上，他跟柳氏在院牆外頭拉扯繩子，藉此把猴子跟六朵一起拉了出去。

在慌亂中，六朵的一只鞋子才掉在了牆角那裡。

「他們是想把孩子拐到外地去賣掉，因為怕你們發現後追過來，就用小錢收買了我船上的管事，答應把他們帶離這裡。說來也是我跟這孩子有緣，因為之前去陳家莊給陳夫人送打虎英雄匾的時候，我曾見過她，所以，在甲板上看這杜麻子鬼鬼祟祟地抱著孩子往角落裡躲，我就注意到他們了，這才發現他們想要拐帶的孩子竟是妳家的！因此將這兩人一猴給制住後，正要抱孩子去找你們呢！」

李曾衡的話說完，何月娘忙跟娃兒們一起給他施禮，表示感謝。

李曾衡笑道：「不必這樣，比起陳夫人為地方除去禍害的魄力，我李某人這不算什麼。這種拐帶孩子的拐子，就如同過街老鼠一樣，人人見了必打！」

一眾人把兩個拐子連帶那隻做壞事的猴子一起送去了縣衙。

把事情的來龍去脈跟縣丞王中海說清楚，王中海也著人把事情經過寫了下來，將杜麻子二人收監，等事情稟報了岳縣令後，再判定該怎麼懲罰杜麻子這樣的拐子。

出了縣衙，已經是下午了。

為感激李曾衡救了六朵，何月娘請他去酒樓吃飯。但李曾衡卻說，酒樓裡的菜式他都吃膩了。

「不知道今日有沒有口福嚐嚐陳夫人的廚藝？」

何月娘猶豫了一下，她是個寡婦，雖然帶著幾個娃兒過日子，但總歸寡婦門前是非多，她真心不想請別的男人去家裡。

她腦子裡同時飄過一個白影子。

那死鬼也是不願意的吧？

怎奈李老闆確實對陳家有恩，她不好拒絕，還是點頭應允了。

回到陳家莊，六朵也醒了，小傢伙倒是沒受啥影響，還悶悶不樂地說：「娘，我還要看小猴子雜耍！」

這話把李氏嚇得直擺手。「小姑子，以後咱們看豬看羊，也絕不敢再看猴子了，那東西太壞！」

「嫂子，猴子多好玩啊！哪裡壞？」六朵不樂意了。

「行啦，也不是所有的猴子都是壞的，動物教成什麼樣子，那都是人所為，動物又不會明辨是非，牠們只知道聽主人的話。」

何月娘深怕她家老實的大兒媳婦把六朵嚇得以後見了啥動物都戰戰兢兢。

「嗯，陳夫人說得極是，我家裡其實就養了兩隻猴子，都是很乖巧，很討人喜歡的，絕不會跟杜麻子的猴子一樣助紂為虐。」李曾衡說道。

何月娘點點頭，囑咐大娃陪著李老闆說話，她自己則帶著李氏去了廚房。

一通忙碌後，她做出了六菜一湯。

菜式果真都是簡單的農家菜，至於湯，卻是個好湯，野山菇肉絲湯。野山茹其實就是個泛稱，其中還分好幾個品種，何月娘秋上就採了不少的野山菇，洗乾淨晾曬後存放在罈子裡，吃的時候，把野山菇拿出來浸泡一會兒，再撕扯成一條條的，配上肉絲、鮮蝦皮，入鍋一炒，倒入之前燉的老雞湯，鍋燒開後，繼續用小火燒，直到燒得湯汁略濃，這才出鍋。此時的野山菇湯，簡直就是世間美味。

吃飯時，何月娘著二娃去把里正陳賢彬請來陪客。

陳賢彬也是個場面人，跟李曾衡邊喝邊聊，一頓飯下來也算是酒足飯飽。

直到要走時，李曾衡才跟何月娘說出自己的真實來意，他是來跟何月娘訂購金銀花的。

他說他們那裡屬於濕熱氣候，身體不是太強壯的老弱婦孺時常會得外感風熱，咽喉腫痛的病，這樣的病想要治療痊癒，只有用金銀花。

他每年都要從大越國大量收購金銀花，運回故鄉，並非是藉機暴利賣出，而是用原價販售，這樣才能保證那些窮苦的老弱病患能夠得到救治。

通過這幾次跟李曾衡打交道，何月娘其實對李曾衡的人品還是很讚許的，況且這本是雙贏的事，於是她答應幫助李曾衡，把金銀花賣給他。

兩人簽訂了合同，合同上寫明，每年何月娘至少要供給李曾衡一百斤晾曬乾淨的金銀花，一斤金銀花李曾衡給出的價格是五兩銀子，這比運到知州城裡的藥鋪去賣，可是划算得多了。

並且，豪爽的李曾衡當即付給了她三百兩銀子的訂金。

陳家娃兒們在知道後娘從山上摘來的那些看似野花似的東西如此值錢後，驚得目瞪口呆。

「娘，您包下東山，就是為了種植這值大錢的金銀花？」腦子活泛的陳二娃是第一個想到了何月娘包下東山的用意。

何月娘笑著點點頭。「怎麼，你們當我真是那狠毒的後娘，閒著沒事把幾個娃兒拘到東山開荒種野草？」

「娘，我錯了。」陳大娃垂下腦袋，局促地直搓手。

「怎麼啦？」何月娘明知故問。

她讓這幾個娃兒去山上種金銀花時，他們其實是不情願的，那一個個嘴巴噘著，滿臉不高興，若不是礙於她這個後娘的威風，他們大概是不想幹的，尤其還耽誤了大娃、二娃他們進城去碼頭拉腳。

「我最初不想去東山開荒，還偷偷攛掇二娃要去碼頭拉活。」陳大娃老實交代。

「哼！」何月娘故作生氣。「你們真覺得我這個後娘是個狠毒的？」

「不是的，娘，我喜歡娘！」六朵第一個表態。

「我喜歡奶奶！」

大寶他們也齊齊奶聲奶氣地道，大樹最直接，扭著胖胖的小身子爬到何月娘身邊，吧唧就在她臉上親了一口，然後朝他那幾個姊姊洋洋得意，那意思是：瞧見了沒？光說不練假把式！

「哈哈哈！」大家都笑了起來。

但笑過後，大娃又惆悵起來。「娘，訂金銀子咱們是收了，可一百斤曬乾的金銀花，那可不是個小數，咱們種的那點遠遠不夠。」

「瞎操心，東山裡那片一年能收四次，雖是進山採麻煩了些，但足夠對付了。我另有其他盤算，大娃，你明天駕車去趟李家莊。」

何月娘的話一說，把李芬嚇了一跳。「娘，我不回娘家，我一定聽您的好好幹活。」

「妳怕什麼？我又不是送妳回娘家，妳回去了，家裡這一堆活，秀兒一個人也幹不完。我是知道妳娘家有幾個兄弟，想雇他們過來幫我們一起種金銀花，就是不知道妳那幾個兄弟樂意不樂意，我給出的人工價格是一天十五個銅錢。」

「娘，一天十五個銅錢，是不是有點多啊？旁人雇工都是一天十個的。」陳二娃是個精明的，忙指出來，怕後娘不瞭解行情再吃了虧。

「就十五個銅錢，要求是按照我說的去做，做不好不成。」何月娘道。

「那可太好了，我們李家莊地處偏僻，又沒啥好地，一年忙下來，地裡的收成一家人吃用都不夠，更別說是賣錢了。我家裡兄弟七個，只有大哥早先訂了娃娃親，到年歲後對方不好反悔才把我嫂子嫁過來，其他六個兄弟都沒說上媳婦，我爹、我娘每每看著家裡這些打光棍的兒子，就是長吁短嘆呢！可沒法子啊，誰讓窮呢？哪兒有姑娘肯嫁過去呢？」說著，李氏的眼圈就泛紅了。

第二天吃了早食，陳大娃就駕車去了李家莊。

何月娘剛走出正屋，三娃就迎上來。「娘，咱家的母雞今天又下了四個蛋哦！」

他攤開手掌，果然掌心裡是四顆雞蛋。

何月娘先是一怔，而後就驚喜地問：「三娃，你……你好了啊？」

原本三娃可是啥都不明白的，如今竟能把雞蛋的個數數得正確，這不是進步是什麼？

「娘，秀兒說，一個加一個是兩個哦！」他說著看向秀兒。

秀兒眼圈微紅。「嗯，三哥真的好聰明呢！」

「真是太好了。」

何月娘眼角也濕潤了，她自打進陳家門，最覺得擔心的就是三娃，怕他一不留神被人拐走了，或者根本就是自己因為記不住回家的路而走丟了。沒想到，那三百年的人參果然是有奇效的，搭配了本草堂的藥，這孩子真就漸漸好了起來。

她摸摸三娃的頭。「好小子，娘就等著你給咱們陳家生下一個白白胖胖的大孫子了！」

「娘，您……您說什麼呢！」三娃還沒說啥，秀兒卻一臉緋紅，一副嬌羞的樣子。

「哈哈，有啥好害羞的，生兒育女，這是人間至美好的事情，娘啊，就等著那一天的到來了，你們倆要努力啊！」

她笑著，直把秀兒給逗得扭身跑進廂房了。

不到中午，陳大娃就回來了，跟他一起回來的不但有李芬的七個哥哥，竟還有十幾個李家村同村的青年人。

何月娘不解地看向陳大娃。

陳大娃撓撓頭，憨憨地說：「娘，是……是他們非跟來的，他們說也想來應工。」

「大嫂……不，嬸子，您就讓我們來也上工吧，我們都是有一把力氣的人，我們絕不惜力，一定好好給您幹活！」

帶頭的是一個二十幾歲的年輕人，他先是想喊何月娘大嫂，但聽著陳大娃叫她娘，當即改口叫了嬸子，儘管這叫法有點彆扭，因為在他們眼裡，這個被陳大娃叫娘的女子，也就是個十七、八歲的姑娘吧？

「我是想多招幾個人，但你們可得想好了，我這個人一向都很較真，如果發現誰不好好幹活，那我是不會支付工錢的。」何月娘說道。

「嬸子，您放心，我們都是出苦力的，活幹得好才有臉拿錢。」那個男子又說道。

「對，對。」其他人也跟著附和。

「不過，真的如李壯說的那樣，一個月一百五十枚銅錢嗎？是月月發錢嗎？」

男子的語氣裡有些疑慮。

「工錢說定了，一個月就是一百五十枚銅錢，而且我還準備招幾個長期穩定的雇工，一個月一百八十文錢，年底還有獎錢。」

「真的呀？一百八十文錢呢，一個月多三十文錢，那一年下來就是三百六十文啊！」有人驚嘆。

「我，嬸子，我可以做長期工的。」

「還有我……」

幾個人同時喊起來，連李芬的幾個哥哥也眼神熱切地看向何月娘。

何月娘微笑，道：「這個呢，是要根據你們日後的工作情況來定的，我要看看你們做工怎樣，也要看看你們的人品如何才能決定。」

「是，是，我們一定好好幹，嬸子，留下我吧！」十幾個男子齊齊地喊道。

「不是，大年家的，妳這不對啊，明明咱們都是一個莊子上的，妳雇工怎麼也該緊著我們同莊子的人吧？俗話說，肥水不落外人田，妳這捨近求遠地從外村雇人，是不是沒把咱們莊子上的人放在眼裡啊？」聞聲趕來的陳家莊人裡有人不滿地喊道。

「我這個人做事很公道的，不管是誰，想要來我這裡幹活，都可以報名，然後經過篩選，我才會決定讓誰留下。」

何月娘倒是沒料到事情會這樣。不過，她本來就盤算著要多雇幾個人，趁著開春是播種的季節，也好早早地把金銀花給栽種起來。

而且，她還有打算要在山腰那塊平地上蓋一個房子，等將來金銀花成熟了，整片山都是要人看護的，看護的人夜裡就可以在小房子處歇歇腳。

至於旁的，她已經在山腳下河邊那裡找出一大塊空地，她準備蓋一個用來晾曬的工棚，所謂的工棚就是四面牆壁壘砌起來的一座寬敞的大房子，不過，裡頭是不需要隔間的，但每一面牆壁都要留幾個大窗子，以保證大房子裡的通風是良好的。

將來晾曬金銀花的時候，難免會遇上下雨陰天，這種時候只需要把還沒晾曬好的金銀花搬進大房子的空地上，繼續陰乾就可以了。

四面的窗戶通風，就能保證金銀花不霉爛。

大房子外頭一側還要碾壓出一大塊方方正正的空地，就跟打麥場一樣，要乾乾淨淨的，用碾子碾壓得實實在在的，等日光大盛時，金銀花晾曬在這樣的空地上，幾個晴天就能曬好了。

這些都是要同金銀花的插種一起進行的。

所以，她招收的工人裡頭，最好同時也要有個泥瓦匠。

這個條件一列出來，有些人就搖頭了。他們很多都是有一身蠻力，卻並不會手藝活。

「我……嬸子，我也想報名，成嗎？」

就在眾人緊張有序地在一旁排隊，準備應答何月娘的提問時，一個身量瘦弱的女子過來，她看樣子也就小她一些，臉色不好，菜菜的，她怯生生地，甚至都不敢跟何月娘對視。

「我這裡招的是有力氣的青壯男丁，妳似乎不太適合。」何月娘的話很直接。

「嬸子，求求您了，就收下我吧，我保證他們幹啥我幹啥，我不惜力，我能幹活。」女子雙膝一軟，就要給何月娘跪下，眼中已經滿是淚水了。「我求求您了，嬸子，我若是……找不到活，我的家人就要餓死了！」

「唉，這姑娘叫春華，是林村的，她是跟著她老娘改嫁到林村的，她娘來了後，又跟後爹生了兩個閨女，那兩個閨女如今不過一個四歲、一個六歲。可憐啊，一場大火把她們的爹娘都燒死了，只剩下這仨女子，若不是春華心善，她那兩個妹妹早就餓死了。」

旁邊有人認識春華，小聲嘆著，說道。何月娘耳尖，這些話她都聽到了。

看著跟前因為穿著單薄而被凜冽的春風凍得瑟瑟發抖的春華，她問：「妳的棉衣呢？」

「我……我不冷，嬸子，我真的什麼活都能幹，求您了，您給我個機會，讓我試試，若是您不滿意，那您就趕我走。」她說著，又想哭，但可能是礙著自尊，她忙不迭地抬起袖子去擦眼淚，那樣子真真可憐得緊。

「唉，因為家裡太窮，買不起冬衣，她為了不凍壞那兩個妹妹，把自己的棉衣改成兩件小的，她這不就只能穿著秋衣了。」那知根知底的人又低低地說道。

何月娘覺得心窩酸酸的，她轉頭跟李芬說：「大娃媳婦，妳進去把我那一套藍底白花的冬裝找給春華姑娘，當作是她的工作服了。」

「嬸子，您的意思是願意雇我了嗎？」林春華激動地問道。

第十九章

「不過，妳的活是燒火做飯，一個月一百文錢，工錢少是少了點，不過，活不累。」

何月娘笑著說道。

「不，我只要……五十文錢。只要夠我跟兩個妹妹嚼用就成，嬸子，我……我謝謝您救了我們三姊妹了！」說著，她又要下跪。

何月娘一把扶住她，故作生氣地說道：「在我這裡，不興下跪，妳再這樣我可就不用妳了！」

「好，好，我不跪，我回去會日日為嬸子祈禱祝福的，您是個大好人！」

林春華眼圈又紅了，不過，她這回應該是高興得。

「娘，我剛好做了一雙鞋，我穿有點大，春華姊姊能穿，就是不知道她嫌不嫌棄？」秀兒也是苦孩子出身，如今看林春華這樣的善良，也是挺感動的。

「我……我怎麼會嫌，只是……只是太……」林春華哽咽著說不下去了。

「鞋子跟工作服都是給妳工作的時候穿的，這是規矩，妳也不用謝來謝去的，以後好好做事就成。」何月娘跟秀兒對視了一眼。

「嗯，我明白。」

林春華也知道，自己再推辭，那就是不知好歹了，當即跟著李芬進屋去，沒一會兒，就換了一身衣裳出來。還真是人是衣裳、馬是鞍，這會兒再看她，上衣是藍底白花的棉襖，下身是黑色棉褲，腳上的繡鞋也是棉的，都幾乎是新的，穿在身上暖暖的。

來到何月娘跟前，林春華嘴張了幾張，又想說什麼，被何月娘一擺手制止了，她轉頭又去忙著招聘那些男工了。

林春華看看院子裡的水盆中泡著一堆衣裳，她挽起袖子就過去洗起來。

李芬阻攔，她很是誠懇地說道：「嫂子，妳就讓我幹點活吧，不然我這心裡實在是過意不去。」

見她如此，李芬也只好由著她了。

何月娘招了二十幾個工人，其中有四個長得很是健壯，據說都是練家子。

這四個，何月娘打算培養培養，用來看家護院的。

將來金銀花賣得好了，她這片山可就是座寶山了，難免會有紅眼的，到時候就需要這樣的壯漢子出頭了。

如此一想，她又覺得半山腰的小房子不能建得太小，正屋兩邊最好帶廂房，那樣看山的就能在兩邊廂房住，正屋呢，其中一間就當作是客廳，另外的暫時還想不出用處，以後再說。

工人招好了之後，她就把人打發回去了，讓他們明天一早再來上工，飯食她暫時是不負責的，需要他們帶著午飯來，至於以後管不管飯，她還沒想好。

李家的七兄弟，她倒是沒讓他們馬上走，中午李芬做了一頓好的，對於鄉下這些肚子裡缺油水的漢子們來說，所謂好的，那就是大魚大肉地亂燉，每人再來上三兩、四兩的燒刀子酒，酒後再一人吃上一個雜麵饃饃，那這頓飯可就賽過年夜飯了。

當一大盤的紅燒肉、一盤紅燜魚端上來，七兄弟都傻眼了。

他們知道自家妹妹嫁的陳家不過就是一般人家，平常過日子也是精打細算的，尤其是陳大年在世時，他那手可是緊得很。有幾回他們七兄弟來探望妹妹，陳大年也會留飯，不過，吃的都是清湯寡水的稀飯，一盤子切成細絲的鹹菜，一鍋的黑麵饃饃，就這樣的飯菜也比李家要好。

但今天，看著滿桌子好吃的，他們七兄弟真真是驚呆了。

怎麼幾天不見，陳家發了？

再看看那個年紀比大娃還要小的後娘，七兄弟相互看了看，都猜度著難道是這後娘帶過來的嫁妝可觀，陳家這才得以吃香的、喝辣的？

「陳二哥，你的鞋子也髒了，不如脫下來，我幫你刷刷吧？」

院子裡傳來林春華的聲音。

原本何月娘是讓李芬叫林春華跟李家七兄弟一起吃飯的，但林春華怎麼都不肯，說是衣裳洗完就回去。

何月娘也知道林春華這姑娘是個自尊心很強的，也沒勉強，讓李芬收拾了幾個饃饃，一大碗的紅燒肉，要她帶回去跟兩個妹妹一起吃。

這會兒陳二娃從東山上下來，進院看到林春華也是一愣。「林姑娘，妳怎麼……」

林春華不好意思地笑了笑說：「我來應你們家的差事，嬸子好心收留我了，以後還得二哥多多照顧一二。」

說著，她站起身來，朝著陳二娃施禮。

陳二娃的臉倏地就紅了。「林姑娘，妳是個好人，我娘也是好人，所以……所以……」一向以陳家娃中最擅長說話的陳二娃，竟是語無倫次起來。

隔著窗子，好後娘何月娘一句話解了陳二娃的困窘。

「二娃，進來吃飯吧！」

他忙不迭地低頭往屋裡走。

身後林春華道：「陳二哥，你的鞋子讓我洗一洗吧！洗乾淨了穿著也舒服。」

「不、不用了！」陳二娃壓根兒不敢回頭。

「二哥，你的臉怎麼那麼紅？喝酒了嗎？」四娃是個直爽的，瞅了他家二哥一眼，問道。

「吃你的吧！」陳二娃有點惱，嗔了一句，繼而坐下低頭啃饃饃。

飯後，外人都走了，何月娘指了指炕沿。「二娃，說說吧，你跟林姑娘怎麼回事？」

「我……」陳二娃看了看自家後娘，話到嘴邊了，似乎又怎麼都說不出口。

「娘，我跟您說！」

陳大娃自告奮勇，把事情的始末緣由都說了一遍。

原來，那天陳二娃跟陳大娃去碼頭拉腳，裝好一車貨，兩人就準備一起往城裡送，卻在這時，那邊有人喊：「陳大娃，這裡有二十袋的糙米，你要不要搬？一袋子兩文錢。」

陳大娃一聽就動了心，當即跟陳二娃商量，陳二娃想了想說：「哥，你去搬吧，大不了我到了城裡糧鋪時，拜託鋪子裡的夥計幫我把袋子都抬下來。」

於是，兩人就分頭行動。

陳二娃的馬車很快就到了永記糧鋪，他進了鋪子竟沒見著店夥計，就撩開門簾，朝著後頭喊了一嗓子。「小二哥，出來幫個忙吧？」

沒人回應。

他又喊了兩聲，依舊沒人回應。

當下也不好進人家鋪子內宅，他只好出門來想法子，看著街對面幾個穿著襤褸的乞丐，他琢磨著是不是請一個乞丐幫他搬，搬完後再給他們幾個銅板，也算是幫忙的費用。

想到這裡，他就徑直往街對面走去。

「你……你是想要找人幫忙嗎？」

忽然，從永記糧鋪出來一個小廝打扮的人，她嗓音有點細小，像是膽子小不敢大聲說話。

「嗯，你……」陳二娃上下打量這個刻意低著頭，身量瘦弱的小廝，心裡有點擔心他究竟能不能抬起一袋米。

「我可以的，搬完了，你能不能給……給我兩銅板，我妹妹還沒吃飯。」

那人說話的聲音更細弱，頭也低得不能再低，就好像怕旁人看見他的臉似的。

「成啊！」

陳二娃哪有不樂意的道理，這一車貨怎麼也有二十幾袋，換了旁人，一袋子要他一文錢，他也得受著，對方一共只要了兩文錢，這可是再便宜不過的勞力了。

兩個人一前一後開始搬運米袋子。

陳二娃主動在前頭走，如此，他就是倒著走，這種走法在抬東西時是很吃力的。

但他不得不如此，因為他真心覺得如果讓這個瘦弱的小廝走在前頭，恐怕他退著退著會一個倒蹲兒就跌在那裡。

眼看著就要搬運完米袋子，許是全身的力氣已經用盡，在過糧鋪那道高高的門檻時，那個小廝被絆了一下，他的身體本能地就往前撲。陳二娃一驚，忙丟了米袋子去扶他，也就是一瞬間的工夫，他的手就伸到了小廝的身前，原本他是想要扶住小廝的肩膀的，不料動作遲了一瞬，他的手就好巧不巧地觸在了小廝的胸口上……

這一觸，就跟被雷擊了似的，陳二娃目瞪口呆，觸感竟是那麼的柔軟，恍惚他家大嫂剛剛蒸出鍋的一個大饃饃，他是兩個孩子的爹，自然明白這觸感代表了什麼意思。

當下他就愣在那裡，臉脹紅得跟個紫茄子似的，嘴裡嘟嘟囔囔地說著一些他自己都聽不懂的道歉的話，似乎是在說：「對不住，我不知道妳是個姑娘，我真的不是故意的，要不，妳……打我一耳光吧！」

那被摸了胸的小廝，臉紅成了像隻被煮熟的蝦子般，她頭低得更低了，轉身要走，卻還是弱弱地道：「工錢，我……的工錢！」

「哦，給……給妳十個銅板，只當我……我……」

陳二娃再怎麼能言善辯，這會兒也成了悶嘴葫蘆了。他難道能說，多出來的銅錢就當是我摸了妳胸的代價？

「我……只要說好的兩個銅板。」那姑娘拿了兩個銅板，轉身就跑了。

後來，經過糧鋪夥計證實，這個幫陳二娃搬運米袋子的確實是個姑娘，她是林村的，叫林春華，家裡貧窮，她經常會來這條街的商鋪裡幫人漿洗衣裳，做飯燒火，用來賺幾個銅板好養活她跟兩個妹妹。

聽完自家二娃跟林春華這段頗有點豔遇趣味的相識經歷，何月娘笑了。「嗯，不錯，真是不錯。」

「娘，您……您說什麼不錯？」

陳二娃的臉持續地泛起一層又一層的熱浪。

「二哥，二嫂是不是要來咱家了？」一直默默地低頭吃著一個果子的三娃忽然抬頭，問了一句看似沒頭沒腦的話。

眾人都笑看著陳二娃，陳二娃窘得直摸腦袋。「你們一個個就渾說吧！我到時候若是沒個娘子來，你們可得賠我！」

「成，我們就把春華姑娘說給你當娘子！」秀兒是個活泛的，立時就把陳二娃的心思給點破了。

陳二娃頓時又紅頭、紅臉的，跟煮熟了的蝦子一般。

第二天一早，何月娘先出了趟門，去了里正陳賢彬家裡。

「叔，我想雇幾個幹活不錯的瓦工師傅，不知道您認識的人裡面是不是有這樣的能人？」

何月娘的話說完，一旁的里正娘子馬上就插話道：「我娘家大哥就是個上好的泥瓦匠。大年媳婦，不是我跟妳吹，就附近十里八鄉的，論旁的我不敢說，論瓦工的活，我那大哥敢稱第二，沒人敢稱第一！不過，就是有一樣，他活多，價錢也比一般泥瓦匠貴一點。」

「嬸子，叔，我就是想找個好的泥瓦匠，屆時他就可以帶著人幹了，我也不用時時往場上跑。」

何月娘其實早就探聽到了里正娘子娘家的情況，也知道，她有個大哥的確泥瓦匠的活不錯。她這是主動投石問路，送人一點好處，讓陳賢彬能默認自己在河邊蓋大房子。

「不知道工錢幾何？」陳賢彬問。

「一個月二百文錢。」何月娘豎起兩根手指，說道。

里正娘子頓時喜得滿臉笑，她還暗中掐了陳賢彬一下，給他遞個眼色，那意思是：快點應承下來啊，告訴你，我大哥的這活若是被你攪黃了，我跟你沒完！

「成！這事只當我不知道，妳悶頭蓋房子就好。」

陳賢彬雖然是個里正，但頭銜是上頭給的，陳家莊的老百姓們卻也有不肯買陳賢彬帳的村民。

所以，如果陳賢彬公開支持何月娘在河邊蓋大房子，那就等同於告訴其他人，誰都可以在村子四周蓋房子，那樣不就亂套了嗎？

所以陳賢彬到時候就咬住一個不知道，上頭也是不好追究他的。

何月娘從陳賢彬家出來，剛走到胡同口，就聽到耳際傳來陳大年不忿的聲音。「狗屁里正，就知道貪小便宜，早晚，哼哼。」

「咦？你怎麼了？」

在經過某戶外牆時，何月娘發現陳大年的影子映照在白色的外牆上，怎麼顏色是焦黃色，那種感覺就像是誰把他按在火上烤了很久，他整個影子都被煙熏火燎之後，顏色從淺淡的白，變成如今的說黑不黑，說黃不黃的那種。

「我？還、還是我啊，沒怎麼樣，妳快點回吧，我得走了！」

陳大年的話磕磕絆絆的，搶著想走，跟心虛要逃似的。

「你站住！」何月娘一個箭步，到了他身前，指著他問：「說，誰把你怎麼啦？」

陳大年一時語塞。

好半天才憋出來一句。「就算誰把我怎樣了，妳能把他怎樣了嗎？」

「你怎麼就知道我不能把他怎樣？我是下不了地府，但我可以請高僧。」

聽見何月娘的話後，陳大年苦笑。「行啦，妳別管了，我的事我能處理好，還有，以後別把請高僧當成是萬能的，妳這話也就能嚇唬住我，旁的不好使。」

「陳大年，你要是不告訴我實情，以後你甭想再進我的屋子！」

何月娘剛說完，迎面就看到李壯他們一起扛著農具從村外進來，見到她，很恭順地道：「孃子，我們來了，您安排活計吧！」

何月娘側耳聽了一瞬，再沒了陳大年的聲息，只得笑著安排。

很快，連村裡雇的那些個青壯年也來到陳家。

何月娘讓大娃跟二娃帶著這些人去了東山，要他們按照昨天的做法繼續插枝金銀花。

不過，何月娘提出一點，每人插枝的數量都要做一個紀錄，每天插枝最多的那個人可以額外得十枚銅錢的獎勵，這獎勵是當天即時發放的。

一聽這話，在場的人都是躍躍欲試。

「娘，我也想去幫忙做事。」三娃看著何月娘說道。

「三哥，你留在家裡跟我……」秀兒不放心，想要阻止陳三娃出去。

「三娃，娘知道我娃兒是最聰明的，你去吧，有不懂的多問問你大哥、二哥，不能逞強，要注意安全。」

何月娘用眼神制止了秀兒，摸摸三娃的頭，微笑著答應了。

看著三娃高高興興地跟了上去，秀兒有點不安。「娘，要不要我跟著去？」

「妳想讓三娃像別的男人那樣是個頂天立地的男子漢嗎？如果想，就不要攔著他，哪怕他做錯了，咱們也得給他犯錯的機會，不然他怎麼知道什麼是對，什麼是錯？」

「嗯，娘說得對。」秀兒點點頭。

不一會兒工夫，林春華來了。

眼下半山腰的小房子還沒建好，何月娘就安排她在家裡幫著李芬做家務。

林春華是個幹活索利的，走路一陣風似的，不管做什麼都搶著幹，一通忙活後，李芬笑著說：「林姑娘妳這幹活不惜力的架勢，是想把我的活都搶了啊！」

「嫂子，妳多歇歇吧，哄哄小姪女們，有啥活我都能幹的。」

她說完就又忙著去後院劈柴了。

何月娘說了一句。「還好，妳沒把棉褲整個拆了。」

林春華面上一紅，訥訥道：「我……我兩個妹妹太小，怕冷，颳大風的時候我都不敢讓她們出門，怕把她們給凍壞了。我看您家的棉褲裡棉花還挺厚實的，我……我不怕冷，棉褲薄一點也沒事，所以就把棉褲裡的棉花拆了些下來，給兩個妹妹縫了帽子。嬸子，我知道這棉褲是工作服，我不該拆棉花，可我怕她們凍壞了，您放心，等我拿到月俸，我一定買了棉花還您。」

「工作服既然給了妳，怎麼處置都是妳的事，我不干涉。」何月娘說完就進屋了。

林春華低頭看看自己薄了很多的棉褲，再求助似的看看李芬。「嫂子，嬸子是不是生氣了啊？」

「不會的，我娘看起來有點凶，但心腸最軟了，她是怕妳冷呢！」李芬忙安慰她。

「我不冷的，只要我兩個妹妹不冷，我就不冷了。」林春華說道。

「唉，可憐啊！」李芬嘆氣。

剛過辰時，里正陳賢彬就來了，跟他一起來的還有他大舅子哥黃文虎。

黃文虎是帶著瓦匠的工具來的，何月娘也沒多廢話，就把人帶去了東山半山腰。實地考察了一番後，何月娘把自己的要求說了一下，黃文虎就拿了黑炭筆在一截木頭片上畫下了簡易的建築結構圖。

黃文虎跟他兩個徒弟留在原地商議這房子該怎麼建，何月娘則去了開荒地那裡，她要把昨天招來的七、八個會泥瓦活的工人都找下來，幫著黃文虎一起盡快把半山腰的房子給建起來。

剛走到地頭那裡，就聽到一陣爭執吵鬧的聲音。

其間夾雜著一個略帶孩子氣的聲音。「我就是知道，這一堆的枝條都是安叔插枝的，因為……因為……」

他的話還沒說完，就被一個人搶白一通道：「你知道？你一個傻子，你知道些什麼？我問你，一加一等於幾，你知道嗎？」

何月娘的臉色當即就變得很難看，她推開人群走進去，厲聲道：「誰說我家三娃是傻子？三娃，你告訴他，一加一等於幾？」

陳三娃的臉色微微脹紅，但眼神卻是亮亮的，見著後娘來，他的表情更為堅定。「娘，我知道，一加一等於二！」

眾人都驚住了。

陳家三娃是個傻子，這事三里五村沒誰不知道的。可傻子會算術嗎？

「你……你怎麼可能會知道？」

那個跟陳三娃吵鬧的是李江，也是李氏的三哥。

何月娘看都不看他一眼，轉頭問陳大娃。「大娃，你說，怎麼回事？」

弟弟被說是傻子，陳大娃的臉色也不好看，他狠狠地瞪了李江一眼，說道：「娘，都是他的錯，他想占了安叔插枝的功勞，想拿今天插枝第一名，三娃證明那些枝條是安叔插的，他非說三娃是……」

「我上回來你們家，三娃還……還不那麼靈光，怎麼可能一個月不見他就……就好了！他一個腦子不靈光的說話，怎麼能信？明明這些枝條就是我插的！你們有什麼證據證明不是我？」李江直著脖頸搶道。

「三弟，安兄弟也不是外人，咱們妹子在世時，他們安家是很幫忙的，你不要因為一點點小事就壞了兩家的感情。」李壯是大哥，說話果然穩重。

「大哥，那些枝條真是我插的，你怎麼胳膊肘往外拐，專幫旁人呢？第一名可有十枚銅錢呢，你忘啦？咱娘的藥錢還沒著落呢！」李江有點急了，對著他大哥喊。

李壯神情一黯，訥訥道：「可咱們終究不能……」

他沒繼續說下去。

「三娃，你跟娘說，你怎麼知道那些枝條是安叔插的？」

何月娘此刻已經知道了事情的始末緣由，她問陳三娃。

「我……」陳三娃看看李江一副恨恨的樣子，有點不敢說了。

「三娃，你大了，懂事了，應該明白，事情的真相只有一個，該怎樣就是怎樣，幫著壞人欺瞞，那就是幫凶！你告訴娘，你是見過安叔插那些枝條嗎？」

陳三娃搖頭。

李江頓時又氣焰囂張起來。「你們瞅見沒？他搖頭，那就說明他壓根兒沒見著我跟姓安的到底誰插的這些枝條，那他憑啥偏向姓安的，說枝條是他插的？」

眾人也不解地看向陳三娃。

陳三娃備受矚目，很緊張，腦門上沁出細細密密的汗珠子，他求助似的看向何月娘。

何月娘給他一個鼓勵的眼神。「三娃，你說說你的理由。」

「娘……」陳三娃咬咬牙，接著說道：「安叔之前插枝的時候，被枝條刮破了手指頭，流了許多血，他為了多插枝，就根本沒、沒有包紮手指頭，所以，他插枝的每一個……枝條上都沾了他的血，你們……去看看那些插枝的枝條就明白了。」

儘管磕磕絆絆的，但陳三娃還是把該說的話都說完了。

有好事的趕忙過去檢查了一下那些插好的枝條，有人驚呼。「果然是真的，這些枝條上或多或少都沾染了一點血跡。這是安大兄弟插枝的，李江，你太不要臉了，怎麼能為了拿第一霸占旁人的功勞呢？」

李江的臉倏地就紅到了耳根後。

第二十章

「我……嬸子，我是因為……」

「哼，你為了什麼都不該這樣做！一個人不能藉著所謂的孝順的理由去誣賴旁人、去欺負旁人，不然這個人非但不孝順，而且還很是惡劣，是個徹頭徹尾的壞人！」

何月娘打斷他的話。

「嬸子，老三的確是因為我娘的藥錢沒著落才……我知道，這都是我的錯，我這個當大哥的沒本事，才會連給娘抓藥的錢都沒有。」李壯說不下去了，只是狠狠地捶打自己的胸口。

「夠了，今天的事到此為止。李江，我可以給你一次機會，僅此一次，你以後再這樣誣賴旁人，做些投機取巧的事，那就立刻走人，工錢不付！而且，我今天要跟你們所有人宣布一件事，我兒陳三娃是一個聰明勤奮的好孩子，這孩子是我心尖尖上的肉，我絕不允許任何人以任何理由來咒罵他、欺負他，否則別怪我不客氣！我這拳頭打死過兩隻大蟲，想必你們也是知道的，所以，尊重我家三娃，就是尊重我，反之我會怎樣做，你就問問自個兒跟大蟲能不能一比就行了！」

「三娃，是三哥對不住你，你……你實在不解氣，就打我幾下吧，三哥絕不還手！」

李江面紅耳赤地給陳三娃躬身施禮道歉。

陳三娃有點膽怯，但還是稍稍側開身子，承了李江的半禮。

何月娘看了，心頭愉悅，從三娃的這個表現來看，孩子智力的確是恢復了很多，他知道李江是李芬的親哥哥，他也得喊一聲三哥，所以，他不能承他的全禮。

但李江又的的確確是當眾用惡毒的話來誣衊陳三娃的，他該道歉。

陳三娃受他半禮，是非常合適並且合理的。

一場鬧劇後，何月娘從插枝的人裡選出七、八個人由陳大娃帶去半山腰幫著建房子了。插枝金銀花這邊，就讓陳三娃跟陳二娃管著。

何月娘臨走時還刻意把三娃叫到身邊，跟他說：「我娃兒是最聰明的，萬事都是開頭難，只要我娃兒用心去做，啥困難都能解決。你好好跟著二哥幹，誰再敢欺負你，娘就揍他們！」

「娘，我知道了！」陳三娃低垂下頭。

何月娘沒看到，其實就在她轉身的一剎那，陳三娃的眼淚簌簌地滴落在地上，滲入泥土中，轉瞬不見。

陳三娃將這一刻，將後娘說的每一句話、每一個字都牢牢地印刻在心上。

若不是後娘，哪會有他陳三娃撇去混沌，重新做人的機會？

入夜，忙了一天的陳家人早早用了晚餐後，各回各屋去睡了。

何月娘哄睡了二寶跟大樹後，她就坐在那裡給六朵縫一件小坎肩。

粉底小黃花的棉布裡頭包了厚實的一層棉花，再用細細密密的針腳把小坎肩縫製得結結實實，保保暖暖的。

良久，她抬頭朝著角落裡撇撇嘴。「怎麼來了半天也不說話，是做了什麼見不得人的事，連太爺爺都幫不了你，你這才被下了油鍋？」

「妳……妳怎麼知道？」陳大年驚呼。

「我又不是傻子，你現在這副樣子還用猜嗎？說吧，到底為啥他們要那麼做？」

「我犯了禁忌，若不承下油鍋之痛，就得去投胎。」陳大年只好實情以告。

「那太爺爺為啥不幫你？」

「他老人家為了那顆還魂丹，去給大老當守門鬼了，哪還顧得上管我。」陳大年怏怏的咕噥。「都是我的錯，連累了太爺爺。」

「還魂丹？」何月娘腦子裡閃過一瞬的畫面，好像是她處在迷糊中時，似乎有一顆紅色的丹藥被一個白鬍子、白眉毛的老爺子彈入自己口中。「在本草堂那日，是太爺爺用還魂丹救了我的命？」

她傷好了之後，李芬一直謝天謝地的，說張老大夫都說娘沒救了，是娘對陳家娃兒的好，感動了老天，所以老天爺才讓閻羅王把後娘的命還了回來。

現在看來，哪有什麼感動老天爺一說？分明是眼前這死鬼去求了太爺爺，太爺爺不知道又捨棄了什麼才求來一顆救命的丹藥，如今太爺爺這是去還債了。

「你就不該去求太爺爺，讓我死了也沒什麼不好。」她訥訥道。

「娃兒們離不開妳。」

陳大年說了這話後，兩人四目相對好久，再沒說一句話。

早上起來，何月娘就收拾了幾樣供品，買了香蠟紙錢，提著籃子，去給陳家祖上上墳。陳家祖墳就在東山山頂，若是祖上有靈，夜晚佇立山頂眺望，能清楚地看到陳家家宅內發生的一切。

細細想來，陳家太爺爺之所以會在陳大年臨死前找到他，逼他娶了自己，想必就是因為老爺子時不時會在這裡往陳家眺望，結果看到陳大年命不久矣，而他的幾個娃兒卻還不足以支撐起陳家家門，如此，也才免了自己餓死的命運。

「太爺爺，您放心，我一定好好把陳家娃兒撫養長大，讓他們個個都有出息，以報答您的救命之恩！這些紙錢送給您，您可仔細點藏好了，別被那些欺負人的大老們搶走了……」

她話剛說到這裡，忽然原地颳起一陣旋風，風聲鶴唳，其間好像夾雜著淒厲的叫喊。

「我們陰間大老最友好，誰欺負他了，是他許諾給老子看大門的……」

「太爺爺許諾給你看門，你就答應啊？你堂堂一個地府大老，手底下還缺鬼嗎？非抓著我太爺爺那點小小的口誤不放，你安的什麼心？告訴你，再欺負我家太爺爺，我就……就畫個圈圈詛咒你，同時燒個高僧給你，讓他天天在你耳邊聒噪：南無阿彌陀佛，放下屠刀立地成佛！」何月娘沒怕，反倒駁斥。

怪風戛然而止。

從山上回來，剛到門口，何月娘就瞧見陳二娃一手牽著一個女娃從村外走來。

「娘，她們是林姑娘的妹妹。」

陳二娃去城裡買了一些磚瓦回來，經過村口看到兩個小女娃在哭，問她們是哪兒的人，她們說是林村的。

她們一說，陳二娃就猜是林姑娘的兩個妹妹，一問，果然是，他就把人給帶回來了。

兩個孩子被帶進院裡，正看到林春華在低頭摘菜，準備做午飯。

「姊……」兩個女娃喊了一聲，眼圈就都紅了。

「曉雯，曉月？妳們怎麼來了？我不是讓妳們在家裡等我回去嗎？快，快回去，別到這裡來搗亂！」

林春華一怔，當意識到陳家人正在看著她時，她馬上意識到必須把兩個妹妹送走，不然主家不樂意了，再把她辭退，那可就真的只能餓著兩個妹妹了。

「姊，我們想跟妳在一起，我們不會搗亂，我們聽話……」

曉月想哭，可不敢哭，憋得抽抽噎噎的，讓人瞧著就心疼。

「妳們聽話就趕緊回家去！」林春華急了，一隻手扯著一個妹妹往外拽。

「姊，老有人敲咱們家門，我……我跟曉雯很害怕，才偷偷跑出來找妳的。」

曉月比曉雯大了兩歲，窮人家的孩子六歲就已經能踩著板凳、搆著灶臺做飯了，曉雯只知道哭，曉月卻能把來的原因都說出來。

「一定是那個混蛋！」林春華咬著牙恨恨地說道。

「林姑娘，是誰敲妳們家門？」陳二娃問道。

「沒、沒什麼人敲門，是兩個孩子瞎說的。」林春華的神情忽然有點慌張。

「我們沒瞎說，就是那個……那個想欺負姊姊的壞蛋敲門的，我們倆聽到他在外頭罵人了。」曉月說道。

「是誰要欺負妳？林姑娘，妳告訴我，我找他算帳去！」陳二娃義憤填膺。

「不，二哥，咱們是好人，沒必要去跟惡人糾纏，我會躲著他的！我只要回家就把門插上，他是敲不開門的。」

「那萬一他翻牆頭呢？」

陳二娃一句話，把林春華驚得一哆嗦，她惶惶地問：「他會嗎？我……我以後把裡屋的門也鎖上了，可是……可是……」

她蹲在地上，無聲地哭了起來。

要她怎麼說出口，她們家的窗戶是沒有窗櫺的，冬天怕冷她只是掛了一件破衣裳把窗戶給擋上了，這樣好歹能擋住些許風雪，不會在大雪封門的夜晚，把可憐的妹妹們給凍壞了。

「大姊不哭，王大叔說，他會幫我們把窗戶堵住的。」曉月安慰道。

「妳們家沒窗櫺？」陳二娃驚呆了。

他們陳家不富裕，可再怎麼也沒像林姑娘家這樣艱難啊！

「娘……」他看向何月娘。

何月娘點點頭。「嗯，你去吧，早去早回。」

陳二娃在倉庫裡找了一些窄木條，又把上回後娘買的窗戶紙拿上了。

「嬸子，二哥，謝謝你們！」

林春華眼淚直流，想要跪下謝何月娘，卻想起她說的，不喜歡人下跪，於是，只是扯了兩個妹妹給何月娘躬身施了大禮。

「妳們也一起回吧，今天就不用再來上工了，家裡有什麼二娃能做的，妳也不用客氣，跟他說說。」何月娘擺擺手，說道。

「嗯，嬸子，我們走了。」

姊妹仨一起哭著離開了陳家。

來到林家一看，果然窗子如同怪獸的嘴巴，大大地張著，上頭沒有一條窗櫺，更不要說窗戶紙了。

陳二娃也沒耽擱，立刻量了量窗櫺的尺寸，用鋸子把木條都截成需要的長短，然後一條條地把木條都釘到了窗子上。

林春華用家裡唯一剩下的一口白麵，熬了一點漿糊。

陳二娃把窗戶紙裁好後，兩個人一左一右扯著，把窗戶紙貼在塗抹了漿糊的窗欞上。忙碌的時候，陳二娃不小心把漿糊給抹到臉上了，他自己卻渾然不覺。

林春華見了，拿了手帕去給他擦，正低頭專心幹活的陳二娃本能反應地抬手就握住了林春華的手腕。「妳要做什麼？」

林春華的臉都紅到脖頸上了。「陳二哥，我看你臉上有漿糊，想幫你擦擦的。」

「啊？是……這樣啊，我……我沒想到，對不住，嚇著妳了吧？」陳二娃忙道歉。

林春華臉更紅了，她很羞窘地用嘴往下努了努，陳二娃不解，低頭去看，這一看，他也臉紅脖子粗了，因為說話這半天他都攥著人家的小手不肯鬆開呢！

「林姑娘，我真是混蛋，對不住了，這一次、兩回的……」上次摸胸，這次握小手。唉，我陳二娃這是犯了那話本中的邪乎勁兒，行事如此魯莽了。

「我……我不怪你的。」林春華說完，轉身就跑出屋了。

陳二娃卻一通不安的嘀咕。「難道是我剛才又哪句話說錯了？哎呀！我這張破嘴，怎麼就那麼不會說話呢？」

看著林家的灶臺也都破舊不堪了，灶口都塌了一半，就這樣怎麼能燒火做飯呢？最小的曉雯說：「我們吃的是冰渣飯呢，我大姊說，冰渣飯吃飽了，不用喝水哦。」

陳二娃的心裡酸酸的。冰渣飯！他想起小時候家裡養了一條狗，狗在院子裡看家護院，所以牠的狗食碗也在院子裡，下大雪的夜裡狗食碗結冰了，原本裡頭剩下的飯食跟雪都凝結在一起，這就是所謂的冰渣飯。

「我會把灶口給妳們修好的。」

陳二娃低低地說了這句後，徑直出了院門，在外頭的河灘上找到了幾塊合適的石頭，用來給林家修補灶口。他拎了撿石頭的籃子準備往村裡走，卻忽然覺得身後有一雙陰冷的眼睛在注視著自己，他回頭一看，身後沒人，一個人都沒有。

難道是我這段時間累得，所以眼力下降不說，感覺也失靈了？

修好了灶口，陳二娃要走，卻總覺得心裡不安。

那雙跟隨自己在河灘上的眼睛一定不是為了他而來的，那麼就是為了林姑娘。

陳二娃站在院子裡，看著低矮的院牆，他想到了一個絕妙的防護惡人跳牆的法子。

當夜，林家院牆外頭傳來幾聲殺豬般的叫號，緊跟著就有人把院門敲得砰砰響。

林春華跟曉雯、曉月三個人蜷縮在屋子一角，瑟瑟發抖。

她們咬牙不給外頭的人開門，惹惱了他們，很快，牆頭上那些被陳二娃固定住的都是尖刺的樹枝就被點燃了，遠遠看去，林家圍牆四周一片火光沖天。

曉雯跟曉月嚇得哭了起來。

林春華把兩個妹妹藏在櫃子裡，她則拿了菜刀躲在屋門後頭，牙齒打著顫，在心裡告訴自己，只要那個壞人敢進來，她就不顧一切地拿刀砍他！

動靜太大，把左鄰右舍都驚動了。

第一個出來的是鄰居王奎，他是個人高馬大的漢子，因為是個殺豬的，所以滿身都是力氣，他瞪著還在繼續點火的林谷雄。「大晚上的不睡覺，你想幹麼？」

「你睡你的去，關你屁事？」

林谷雄還想在王奎跟前耍威風，王奎冷笑，幾步到了跟前，指著他。「你滾不滾？不滾老子讓你滾！」

說著，他就伸胳膊捋袖子，準備好生教訓這個混蛋玩意兒一頓。

旁邊的鄰居們也都在罵。「林谷雄，你沒事跑到人家春華這裡放什麼火？人家好端端沒招惹你，你簡直就不是人！」

「就是，你再這樣，我們就要找來族長，把你趕出林村！」有人附和。

「你以為現在還是你爹當里正的時候嗎？想想你爹的下場吧，你還來作祟，不是想跟你爹一樣落個人人唾棄的下場吧？」

王奎娘子性子很是潑辣，但為人很善良，是那種刀子嘴、豆腐心的。

她是林春華的鄰居，自然明白林春華的為人，也對林谷雄這段時間覬覦林春華的齷齪心思有些知曉，所以，她是最先叫自己男人出來幫林家三姊妹的人。

「哼，林春華是我的！」林谷雄氣呼呼地丟了手裡的火石，揚長而去。
王奎娘子敲了敲林春華的家門。「春華，是我！」
林春華戰戰兢兢地打開門，看到王奎娘子，眼淚撲簌簌落下，噹啷一聲，手裡的菜刀也落了地。
「唉，春華啊，嫂子護得住妳一時，護不住妳一世啊！林谷雄那個混蛋東西不會死心的，妳得早做打算啊！」
王奎娘子彎腰把菜刀撿起來，遞到林春華手裡，又嘆了一聲後便回家了。
其他人也都散了。

李芬發現這天來上工的林姑娘有點失魂落魄。讓她擇青菜葉子，她把青菜葉子摘到了盤子裡，青菜梗卻連著根都丟到垃圾筐裡，還不自知。
「林姑娘，妳怎麼了？」
她一問，林春華恍如大夢初醒般，忙一邊道歉，一邊把青菜梗撿回來擇，嘴裡卻說：「我沒事，就是沒睡好。」
看看她臉色，是有些蒼白，眼底也有紅血絲。
李芬覺得，可能真是沒睡好，就說：「要不妳去屋裡歇會兒吧，反正這會兒還早，午飯來得及。」

「不用了，我能行的！」林春華偷偷掐了自己手心，讓頭腦清醒一些，接著又去洗菜。

李芬說今中午要給瓦匠們做一頓鯰魚燉豆腐，這道菜還是後娘何氏教給她的，吃起來鮮香四溢，非常好吃。

然後明明要洗魚的林春華，卻把豆腐放進了水盆裡，用手去搓洗，結果搓得豆腐變成豆腐渣，零散浮在水盆裡。

「啊？我、我不是故意的！」林春華驚醒過來，嚇得忙找東西去撈豆腐。

「行了，妳跟我進來，我有話問妳。」

何月娘從屋裡走出來，喊了林春華。

林春華的臉色變得慘白，她怯生生地看了一眼何月娘。「嬸子，我……我錯了。」

「我知道妳心裡有事，那就說出來，遇到問題咱們就解決問題，辦法總比困難多，妳說呢？」

「可那都是我的事，已經麻煩你們夠多了，昨天還把陳二哥累了那麼久，我真不能再……」林春華閃爍其詞。

「妳確定，妳眼前遇到的問題能自己妥善解決？妳的兩個妹妹不用跟著妳擔驚受怕？」

何月娘把手邊的一杯溫水遞給她。「林姑娘，我不是個多管閒事的人，但我雇了妳，也當妳是我家裡的人，所以，如果妳還能信得過我，那就跟我說說，我能幫的一定幫。」

「嬸子……」林春華哽咽著說不下去了。

何月娘一直沒再說話，直到林春華的情緒好了些，把事情的始末一一講了出來，林春華說罷，情緒又有些激動，便又示意她把水喝了。

一杯溫水下肚，林春華的情緒更穩定了些，也不再哭了。

第二十一章

「妳的兩個妹妹呢？」何月娘問道。
「在你們村頭的破廟裡。」
「妳先去把人接過來，天太冷，破廟裡怎麼待得住人？再說，這個時候，若是兩個孩子再出點什麼閃失，妳就更慌了。」
「嬸子，我不能再……」
何月娘淡淡地說道：「難道妳現在還有更好的法子？我也非是強逼著要幫妳，想怎麼做，還得妳自己做決定。」
這意思是：為了面子，妳讓兩個妹妹受凍受苦，妳能接受，那就是妳的事了。我何月娘不是沒事做的大善人，只是有些事遇上了，若不幫一把，良心上過不去而已。
林春華猶豫了一瞬，還是快步出去了。
時間不長，就把曉雯、曉月帶到了陳家。
六朵跟曉月一般大，兩個人一見面，竟就能玩到一起，很快，陳家仨女寶也都摻和進來，六個女娃玩得不亦樂乎。
「好了，再來說說問題怎麼解決。林村妳們應該是不能回去了，妳那鄰居說得對，林谷雄這種賤皮，就是狗皮膏藥，讓他惦記上，就很難擺脫，除非妳搬離林村。」

何月娘說這話時，腦子裡其實也在琢磨著給這三姊妹一個容身之處。

但家裡就四間正屋，秀兒跟三娃一間，四娃、五娃一間，她跟六朵一間，剩下的一間是堂屋，一側擺著桌子，供著祖宗牌位，另一側則是燒炕用的灶膛，根本不能安排人住。

至於東、西廂房，分別住著大娃跟二娃他們。

前院也就剩下個馬棚了，自然是不能讓三姊妹住馬棚的。那麼她們能住在哪兒？

何月娘忽然想到，如果半山腰的小屋蓋起來了，那就可以把三姊妹安置在那裡，那裡另外還會住著看山的壯漢，自然不怕林谷雄之類的混蛋去騷擾。

可眼下呢，小屋還沒蓋好啊！

「嬸子，我想問問您能不能讓我跟曉雯、曉月住在後面的工具房？我們不需要太大地方，只要能鋪墊乾草，我們三人擠擠就行了。」

林春華是萬萬不敢再回林村家裡去住的，破廟那裡也不安全，沒個正經大門，誰知道林谷雄那個惡祟會不會趁夜溜進去……

想想她就嚇得渾身哆嗦。

「成，就這樣定了，妳先去幫李氏忙吧，快晌午了，別耽誤泥瓦匠他們的飯食。」

何月娘點點頭，讓她出去了。

下晌，陳二娃回來時被何月娘叫進正屋，娘兒倆說了些什麼，旁人不知道，但從正屋出來後，陳二娃就去了後院的工具房，直到傍晚才從裡頭出來。

吃了晚食，何月娘從櫃子裡拿出來一套被褥。「林姑娘，這套被褥是舊的，但都被李氏漿洗乾淨過，又重新填上棉花做好的，不知道妳嫌不嫌棄？」

「嬸子，我……我哪兒有資格嫌？你們一家對我們這樣好，我真的是做牛做馬都報答不了你們！」林春華眼圈又泛紅了。

「好了，帶著妳妹妹去後院……」

何月娘話沒說完，就聽到外頭有人喊著。「林春華，妳給我出來，臭娘兒們，敢跑？老子打斷妳的腿！」

林春華一激靈，面露驚懼。「嬸子，是林谷雄，他……他怎麼找到這裡來了？」

「別怕，我出去看看，他敢怎樣！」陳二娃咬牙，攥著拳頭就衝了出去。

身後大娃他們也齊齊地跟出去。

「姓陳的，都滾開，我不找你們，把林春華那個賤人放出來，她是我林谷雄從小就訂下的娃娃親，如今她及笄，我也二十歲了，該成親了！我今天來就是通知她，三日後，她若是敢不回去跟我成親，我就要去衙門告她忤逆長輩，不遵她死去的老子、老娘的話，看縣老爺不活生生打死她！」

林谷雄耀武揚威地站在院子裡喊。

「我沒有跟你訂什麼娃娃親，你不要胡亂說話！」

林春華再怯懦，這會兒事關自己的名聲與親事，她也不得不鼓起勇氣站出來跟林谷雄對峙了。

「哼，就知道妳個臭娘兒們會抵賴！看看吧，這是當初妳我還在幼年時，雙方爹娘定下的婚約！」林谷雄說著，就把一張寫著婚約的紙展開。

果然，上頭寫著，林谷雄跟林春華是青梅竹馬的姻緣，雙方父母贊同聯姻，所以定下只要女方春華及笄，男方林谷雄就可以上門迎娶，如若反悔，則必須奉還男方送給女方的一根足金鑲寶石的玉簪子以及一對純金打造的手鐲。

「沒有玉簪跟手鐲，我沒見過那些東西，我娘也沒跟我說過跟你們家的聯姻，你是誣賴！」林春華急得眼淚不要錢似的往外掉。

「哼，白紙黑字，還有證人呢，怎麼？妳想反悔？那咱們就衙門見！」

林谷雄一臉的理直氣壯。

「林姑娘的爹娘已經去世，我們要怎麼知道你這張所謂的婚約，是不是你偽造的？」

他是林新利的兒子，按照輩分，他跟陳大年還是姑舅表親。

何月娘神情淡漠地看著林谷雄。

「哼，我有證人，還有她爹娘的簽字畫押，有這婚約走到哪兒她都撇不清跟我之間的關係！臭女人，妳不要以為妳害了我父親、害得我家破人亡的事我都忘記了，咱們君子報仇，十年不晚，妳等著！」

「君子？你配嗎？」何月娘冷笑，繼而冷冰冰地道：「把你的證人找來，咱們當面對質，看你這份婚約到底有什麼貓膩。」

「找就找，當我怕妳？」

林谷雄去了半個多時辰，就帶著幾個人一起來到陳家。

帶頭的是個年逾六旬的老頭兒，他的樣貌看起來跟林谷雄有幾分相像。

「娘，那老頭兒是林谷雄的二爺爺林棟，也是林新利的親二叔。」

陳二娃是陳家最擅長跟外界打交道的人，市井之中的一些複雜的人際關係，他都是爛熟於心的。

還有一個人是個四十多歲的漢子，紅臉龐，一看就是經常在山間勞作的，不過，從他閃爍著幾分銳利的眸光能看出來，這個人其實是披著老實人外皮的一隻狼，這種人最擅長偽裝，總能在旁人不經意間就跳出來狠狠咬住對方的咽喉，只是旁人再無還手之力。

「那人叫趙遠，是林村現在的里正，他還是……」

陳二娃猶豫了一息，但還是接著說道：「是我奶奶的娘家堂弟。」

「呵呵，還真是來得好巧，都是跟咱們家有嫌隙的！」

何月娘不露痕跡地在唇角勾勒出一抹不屑的冷笑。

後頭的幾個就是林村的青壯年了，他們是被趙遠拉來鎮場子的。

「我們貴人事忙，沒工夫跟你們瞎扯，今天呢，我跟趙里正來就是告訴你們，少摻和林春華跟林谷雄之間的婚事，他們的婚約上我們倆是簽了名字的，這也是他們雙方的父母請我們兩個人來做個見證，證明他們這樁婚約是真實有效的。所以……」林棟往林春華看了看。「林春華，妳要知道違背父母遺命就是忤逆不孝，是要被告到官府定罪的，而且妳還得退還林家給妳的訂親信物。」

「嗯，的確是這樣，當時就是說好的。」趙遠也點頭。

「我不信我娘會給我定下這門親事，林谷雄是個什麼東西，我爹娘都知道，他們不可能會把我往火坑裡推……你們、你們這是誣陷！」

林春華也是被氣得狠了，忘記了害怕，直接痛斥了林棟一通。

把林棟氣得鬍子亂抖，指著林春華。「妳……妳竟敢對我這樣無理，我可是林家的族長，妳這樣不尊長輩，我這個族長是有權把妳抓起來跪祠堂的！來人，把林春華帶回去關進祠堂！」

他一喊，馬上就有幾個青壯年往林春華這邊走來。

「恐怕你是上了年紀，昏聵無用，忘了這裡是陳家莊吧？林村人站在陳家莊的地盤上，還敢動手搶人？我看你們是活得不耐煩了！」何月娘往前一站，把林春華擋在身後。「今天我還就護她了，我看你們誰敢前來找打！」

三里五村的人，誰不知道陳家莊陳家出了個三拳兩腳打死兩隻大蟲的女漢子？林村人自然也不例外，所以，何月娘這一怒，就把林村那幾個助紂為虐的青壯年嚇得退了回去。

「一群廢物，你們這麼多人打不過一個臭娘兒們？」林谷雄跳腳罵。

「他們是慫貨，那你來？來來，咱們倆比劃比劃，我讓你三招，只要三招內你能把我打倒，就算你贏！不過，你要是三招沒打倒我，那就不要怪我嘍！」

何月娘說著，人就壞笑著往林谷雄這邊走來。

林谷雄臉都嚇白了，他有自知之明，知道自己這小身板是萬萬比不過一隻大蟲的。

「妳非要強出頭，不放那丫頭，也成，我們馬上就去縣衙告狀，告她不遵守婚約，讓縣太爺把她關進大牢，這輩子都難出來！」

趙遠果然是當過幾天里正，大越國的規矩法令他還是知曉一些的。的確有明文法令，子女若是不遵從去世長輩的遺命，那就視為忤逆不孝，是要被嚴懲的。

「如果你們做了偽證呢？又怎麼講？」

何月娘沒回應趙遠的誇大其詞，反倒是問了一個讓趙遠跟林棟都沒想到的問題。

「小婦人愚見，妳當老朽是黃口小兒嗎？還會扯謊？」林棟表現得怒不可遏，又跺腳，又拿了枴杖敲打地面，但他這回答根本就是避開問題根本，跟何月娘打太極拳。

「豬都能上樹，人還有什麼做不出來的？倚老賣老的事，你不也做了？還比黃口小兒，你別高攀了！」

何月娘的話險些把林棟給氣了一個倒仰。

他活了這些年，還從來沒被一個人罵得怒火中燒，卻又一點法子都沒有。

「妳想怎樣？」

趙遠知道跟何月娘打嘴仗，他們是不成的，所以，他決定速戰速決。

「寫下保證你們作證不虛的文書，如果你們做了偽證，那就賠償林姑娘三十兩銀子，然後去縣衙自首，承認誣陷他人。」

何月娘的話讓林棟和趙遠都變了臉色。

「怎麼？怕了？」

他們的神情變化都落入何月娘的眼底，此時，她幾乎不用腦子去多尋思，也能知道這份所謂的婚約根本就是假的，至於這兩個證明人，那更是想來占便宜的小鬼。

「我、我們怕啥？這本來就是真的，婚約有效，婚事也……也對。」

趙遠話說到最後都結結巴巴了。

「那就在這份文書上簽字吧？」何月娘把一份文書從袖袋裡拿了出來。

趙遠瞠目。「妳……妳早做了準備了？」

「哼！」何月娘冷哼一聲，心裡卻罵道：對付你們這些魑魅魍魎的小人，我不事先做點準備成嗎？

「我們簽了字，妳就得放林春華走！」林棟說道。

「不成！」

「妳這是什麼意思？」趙遠怒了。

「我的意思是，人我不可能給你們，把她推出去任由你們搓揉？你們想多了！我的意思是如果這份婚約是真的，那我們選擇退婚。」

「退婚是要賠償金簪和金鐲子的！妳可不要後悔。」

趙遠跟林棟的眼底都閃過貪婪之色。

他們肯出頭跟林谷雄來陳家鬧騰，還不就為了銀錢嗎？林谷雄說了，他不要銀子，他只要人，若是趙遠跟林棟能幫他把林春華弄回去，那他們家原本剩下的兩畝多水田也一起送給林棟跟趙遠了。

有銀子拿，又有上好的水田可得，林棟和趙遠哪還有拒絕的理由？

「三日後，還在這裡，把林姑娘的生辰八字拿過來，我們就把金簪跟金鐲子歸還給你們。」

何月娘再懶得跟他們說話，在她看來，這兩人不是東西的，加起來一百多歲了，卻還要坑人、算計人，著實是老天無眼，沒打一個雷就把他們給劈成兩半！

趙遠跟林棟簽了何月娘給出的文書後，得意洋洋地走了。

他們覺得，這樁事情結果怎樣都不賠！

林谷雄得了人，他們能拿到林家最後的兩畝多水田。

林谷雄得不到人，那他們還能更直接地得了一根金簪，兩只金鐲子，這個進項也是不少的。

往後看陳家時，兩人竟都覺得有些後悔了，後悔沒在婚約上的退賠彩禮寫得更多，更貴重一點，說不定到時候，還能拿到陳家這棟宅子呢！

誰讓陳家強出頭呢？

「娘，這可怎麼辦？那麼貴重的物件，咱們也拿不出來啊！」

李芬此刻已經六神無主了。

「都是我牽累了你們，你們放心，我三日後會主動回林村，絕不讓他們再來叨擾陳家。」林春華咬著唇，眼圈含淚。

「都垂頭喪氣的做什麼？你們不會真認為那張婚約是真的吧？」

何月娘一句話驚醒夢中人，頓時陳二娃就道：「對呀，他們那婚約如果是假的，那林姑娘不用嫁那惡祟，咱們也不用賠什麼金簪子、金鐲子了。」

「可是，咱們怎麼才能證明那婚約是假的？」

何月娘一句話又把一窩娃兒問住了。

婚約上有林家爹娘按的手指印，還有兩個混蛋證明人，光這兩件事，就無法反駁。

畢竟林家爹娘已死，這叫死無對證！

那兩個證明人如果咬死了有那麼一張婚約的存在，就不可能改口。這可怎麼辦？

「辦法總是人想出來的，會有辦法的。好了，時間不早了，大家都累了一天，回去歇著吧！」

何月娘說完，陳大娃他們就都各回各屋了。

林春華帶著兩個妹妹去了後院的工具房。

推門一看就被驚呆了。這裡哪還有工具房的樣子，原本屋裡隨意亂放的工具都被整整齊齊地放置在屋子一個角落裡。

正對著屋門的兩側放了兩張竹床，竹床不大，但睡一個人足夠了。竹床的兩邊甚至還放了一個小几，小几上有水杯、有水壺，看樣子是預備晚上給林春華姊妹三人解渴的。

原本是灰塵滿地，這會兒卻都被打掃乾淨，地上還鋪了一層木板，就是赤足走在上頭也不會是冰涼的。

「大姊，這是給我們住的好房子嗎？」

比起她們在林村的家，這裡的小屋簡直就是溫馨的典範。

兩個小姑娘歡喜得直拍手。

林春華的眼角濕潤了。

第二天一早，陳大娃就帶了一個叫秦鶴慶的到家裡來。

「娘，昨天插枝金銀花數量最多的就是鶴慶了，他都連著五天每天拿十枚銅錢的獎勵了！」

陳大娃是個老實勤快的，對同樣老實勤快的秦鶴慶是很讚賞的。

何月娘正在翻看那張林谷雄帶來的婚約書。

她將婚約書往鼻子底下一湊，還能聞到濃郁的徽墨的味道。

徽墨是松煙、桐油煙、漆煙、膠製成的墨，這種墨也分上中下三等，這寫婚約書的墨是徽墨中的下品，雖有色澤黑潤的特點，但寫出來的字卻不如上等徽墨那樣能分出濃淡層次，落紙如漆。

何月娘前世還很小時，父親是當官的，官職還不低，後來因為得罪當朝權貴，全家被殺，而何月娘因去了外鄉親戚家，免遭一死，後來才跟著一位老獵人學打獵。

不過，她從小在父親的指導下讀書習字、吟詩作賦，所以對筆墨紙硯的好與壞也都了然於心。這張婚約書上的字用的墨不是上好的，如果說，這真的是十幾年前寫的，那紙上的字跡早就模糊不清了。

但現在看來，這字跡清晰的，如同不久前剛寫就的一般。

聽陳大娃一說，何月娘忙把婚約書放到一邊，她開了抽屜從裡頭拿出來些銅錢，數出十枚給了秦鶴慶。

「鶴慶，好好幹！」

秦鶴慶眼神卻直直地落在那張婚約書上，像是在思慮著什麼。

「秦鶴慶，我娘跟你說話呢！」

陳大娃見他恍惚入定了一般，忙扯了一下他。

「哦，嬸子，謝謝您，我一定好好幹！」

秦鶴慶話是感激的，但表情卻頗有些尷尬的樣子。

「你沒事吧？」何月娘有點不解他的變化。

「嬸子，我沒事，先……先回東山幹活了。」

秦鶴慶低著頭，快步出了陳家。

秦家是隔壁小王莊的。

秦鶴慶的娘親早逝，他是父親一手帶大的。

他爹是個識文斷字的，早些年還去考過秀才，不過幾次都名落孫山，漸漸地就失去了鬥志，沒了走科舉的心思。回到小王莊後，仗著會些筆墨功夫，就在家裡辦了個私塾，專門教授小王莊以及附近幾個村子裡的適齡小兒們學習。

因為他學問好，為人厚道，收取的束脩也不多，所以，很多父母都願意把孩子送到他這裡來啟蒙學寫字。

鄉下人大多不奢望自家小娃兒能學富五車、考中狀元啥的，多半都是想讓娃兒們學學寫字，會點算數，不至於成為一個睜眼瞎，讓人恥笑。

聽到秦鶴慶回來，秦英走出廂房，他家的廚房就在廂房，古人說，君子遠庖廚，可秦家沒個女人當家，所以家裡做飯洗衣，一切家務都是秦英教完課後抽空去做的。

「鶴慶，你回來了，今天又拿了獎勵嗎？」

對於兒子去陳家做工，秦英是不支持的。他是個讀書的，也一直希望兒子能子承父業，多學點東西，將來去參加科考，圓了他當狀元的夢。

但幾年下來，秦鶴慶什麼都學不進去，卻獨獨對賺錢很有心得。

他數次偷偷跑鎮上去打零工，他人長得秀氣，嘴巴也甜，所以每回都能從打工的東家那裡拿回一些獎賞，長此以往，他賺的錢竟比他爹當先生賺得還要多。

見兒子執意此道，秦英心知，兒子不是讀書的料子，所以就不再堅持，任憑他去做工賺錢了。

左右即便考了科舉當了官，目的不還是賺錢嗎？

當然，做工賺的錢跟當官得的好處沒法比，但世上貪官污吏最後個個沒落個好下場，秦英想想，覺得還是兒子能平平安安一輩子重要，所以，日漸地就歇了心思。

「爹，您是不是給人寫了婚約書？」

秦鶴慶臉繃得很緊，沒回答他爹的話，反倒是說了一句很突兀的話。

秦英一怔。

「爹，您說啊，您是不是給林谷雄寫過婚約書？」秦鶴慶急了。

「鶴慶，你怎麼知道的？」

秦英有點不高興了，兒子對自己一向都是順從的，說話從不像今天這樣粗氣人聲。

「爹，您好糊塗啊！」秦鶴慶急得眼圈都紅了。「您知道不知道，那個林谷雄是個吃喝嫖賭的壞胚子，他想逼著林春華嫁給他，那林春華家境是不好，又帶著兩個妹妹，可她是個好姑娘，您這樣做不是把人家往火坑裡推嗎？」

「可林谷雄說他跟林姑娘真有婚約書，只是搬家時不小心弄丟了，我這才幫他。而且……」

秦英是個讀書人，讀書人最討厭的就是別人一身銅臭氣，秦英也是。

但他再怎麼清高，那也得攢錢給兒子娶媳婦啊！兒子鶴慶已經十七歲了，若是再等上兩年不娶，那就會被旁人說閒話。

兒子是個好的，他也想當個好爹。

所以，在林棟帶著林谷雄找來求他幫忙補一份婚約書時，最初他是不同意的，既然是婚約書，哪怕是丟了也得雙方都到場，一致同意了，他才好下筆去寫啊！

可林棟說了，女方家裡沒長輩，一個剛及笄的姑娘，哪裡好意思拋頭露面來求人寫婚約書？

林谷雄還嬉皮笑臉地遞上了一貫錢。

往常秦英給人寫婚約書最多也就是一百、二百的銅錢，如今眼見著一貫錢擺在眼前，他想要不動心的，但想想鶴慶天天早出晚歸的勞作，賺錢太不易了。

所以，他就應下了。

「爹，現在那個林谷雄都逼到陳家了，說是如果林姑娘不嫁給他，就得賠償金簪跟金鐲子！您……您這不是……」這不是坑人嗎？

秦鶴慶後頭的話沒說，但秦英也明白，他臉色一沈。「鶴慶，你說爹多賺點錢為了啥？」

「爹，再怎麼樣咱們也不能助紂為虐啊！那個林谷雄如果是個好的，您這樣做，那是成人之美！可您不知道，今天在東山，那些幹活的人都是怎麼罵寫婚約書的，我聽了都臊得慌！您焦急幫我娶媳婦，可您想想，如果這事傳揚出去，您這一紙婚書把林姑娘害了，誰還肯嫁給我啊？」

「這個……」秦英也有點慌了。

確實是這麼個理的。

真被人知道婚約書是他幫著林谷雄造的假，那他還不得給人的唾沫星子淹死啊？到時候別說是兒子的婚事難成，就是他這個私塾先生大概也當不得了，畢竟哪家的家長肯把小娃兒交給一個昧著良心賺銀子的先生教課啊？

「鶴慶，這可怎麼辦？」

「爹，您跟我走！」秦鶴慶拉著秦英就欲往外走。

「鶴慶，你累了一天了，先吃點飯吧？」

「爹，我哪還吃得下啊！從早上在陳家孀子那裡看到婚約書上是您的筆跡，我就魂不守舍了一天，連幹活都出錯。」

「唉，是爹錯了。」

這時，天都黑了下來，爺倆急匆匆地踏入夜色出了村。

三天後，一大早，林棟、趙遠、林谷雄就帶著一幫人氣勢洶洶地趕到了陳家。

「姓陳的，出來，三天期限到了，把林春華交出來，不交的話，那就退訂親信物，一根金簪，兩只金鐲子！」

林谷雄在院子裡一通叫囂，引來了不少鄰居。

他見人多了，更是得意，直說，本來他跟林春華那是上好的姻緣，都是何氏從中作梗，這才導致林春華悔婚。

「哼，都說寧拆十座廟，不毀一樁婚！何氏，妳這喪盡天良的，妳毀了我的婚事，老天爺不會饒了妳的！」

他在外頭喊了半天，陳家正屋裡何月娘正帶著一窩娃兒用早餐。

林春華跟兩個妹妹也在。

「孀子，對不起，都是因我才讓您被這種小人誣衊，我……我出去跟他們拚了！」

林春華站起身來就要往外走。

「林姑娘，妳若是把我當嬸子，那就坐下，好好吃完飯。」何月娘說著，又給曉雯、曉月兩個孩子一人拿了一個雞蛋。「吃吧，吃得飽飽的，好長個兒。」

「嬸子，我怕……」曉雯癟癟嘴要哭。

「沒事，有嬸子在呢，沒人敢欺負妳們！」

何月娘的話說完，六朵就拉拉曉雯的小手，小大人似的安慰她說：「曉雯，妳跟著我，我會保護妳的，我們是好人，不怕壞人！」

「妹妹，咱們不怕！」曉月也這樣說。

吃完飯，何月娘這才跟林春華說：「走，咱們出去會會他們！」

陳大娃他們兄弟幾個亦步亦趨地跟在何月娘身後，個個都是怒目圓睜的。「娘，您說揍誰我們就揍誰！」

「成，我說了算！」

何月娘回頭看看幾個同仇敵愾的娃兒，笑得很驕傲。

「何氏，三天了，妳到底是交人，還是賠簪子、鐲子？」

見他們出來，林谷雄當即就喊上了。

「今天我既不會把林姑娘交給你，也沒什麼簪子、鐲子的給你們。」何月娘冷聲道。

——未完，待續，請看文創風1105《見鬼了才當後娘》2

2022年9月出版

糕手小村姑

文創風 1102～1103

她的發家金句是——靠人人倒，靠吃最好！
客人的肚子跟銀子，統統等著被她的廚藝征服吧～～

點味成金，秋好家圓／揮鸞

因嘴饞下河摸魚摸到見閻王，穿到異世活一回後，好不容易重生回到扶溪村，
佟秋秋決定了，絕不再為口吃的跟小命過不去，她要賺大錢讓全家吃香喝辣！
前世身為打工達人的她，從點心廚藝到特效化妝無一不精，都是發財的好營生。
村裡什麼沒有，新鮮食材最多，先帶弟妹與小玩伴們用天然果汁和果酪攢本錢，
再教娘親搗豌豆製出美味涼粉，做起渡口和季家族學的買賣，便要進軍糕點市場，
尤其她的各式手工月餅，那是一吃成主顧，再吃成鐵粉，賣到府城絕對喊得起價！
但月餅攤子生意紅火惹來地痞鬧事，氣得她喬裝打扮去修理人，卻被敲暈綁走，
唉，這輩子不為食亡，竟要為財而死嗎？可看到「主謀」時，她的眼都直了——
是異世時一起在孤兒院長大的季知非！那張能凍死人的冰塊臉，她不會認錯的。
難道他也穿越了？前世他性子冷卻待她好，連遺產都給她，現在為何要綁架她呢？

流浪貓狗介紹所

為流浪貓狗加油 和貓寶貝 狗寶貝

廝守終生(一定要終生喔！)的幸福機會

對人來說，貓寶貝狗寶貝只是生活的一部分，
但妳（你）對牠們來說，卻是生活的全部，領養前請一定要考慮清楚——

▲ 腳上風火輪「勁」如疾風 Jen寶

性　　別：女生（取名自美國殘障表演者Jennifer Bricker）
品　　種：米克斯
年　　紀：約2歲
個　　性：開朗慢熟、親人親狗親貓
健康狀況：曾感染犬小病毒已痊癒，因車禍開刀，左後腳截肢、
右後腳僵直，但能完美使用狗輪椅。其他各方面都非常健康！
目前住所：屏東縣（中途家庭）

本期資料來源：柯先生

『Jen寶』的故事：

去年初，因車禍截肢的Jen寶，即使身體有點不完美，但活潑、愛玩、愛撒嬌，不喪志且樂觀看待狗生的牠，如同美國的雜技演員Jennifer Bricker，是勇敢的生命鬥士，上天賜予的「Jen寶」。

牠元氣滿滿、親人愛玩，個性不服輸，不認為自己肢體殘缺，坐上狗輪椅後總是電力飽滿健步如飛，偶爾導致後腳被輪子卡住，或是敏銳察覺到周遭有異樣而煞車警戒的反應，令人捧腹大笑。

至於生活習慣方面，Jen寶會善用特技——利用前腳撐起後半身，在尿墊上定點大小便，成功機率頗高；行走快跑沒問題，會上下樓梯，行動自如；玩累了就熟睡如幼犬型睡眠，夜晚可獨立空間睡覺；餵飼料、鮮食皆可，也愛零食，沒吃過的食物會慢慢淺嚐適應。

Jen寶渴望得到全心的愛與關照，適合偏愛一個毛孩子剛剛好的家庭。送養人Jerry先生提供手機號碼0932551669及Line ID：kojerry，很樂意與您分享更多關於Jen寶的大小事，期盼勇敢的孩子有一個永遠的家。

認養資格：

1. 認養人請先確認生活空間可讓Jen寶的輪椅自由活動，初步聯繫後填寫認養意願表單，再進一步與Jen寶互動。
2. 須同意簽認養寵物切結書。
3. 須同意送養人日後定期之追蹤家訪，對待Jen寶不離不棄。

來信請說明：

a. 個人基本資料：姓名、性別、年齡、家庭狀況、職業與經濟來源等。
b. 想認養Jen寶的理由。
c. 過去養寵物的經驗，及簡介一下您的飼養環境。
d. 若未來有結婚、懷孕、出國或搬家等計劃，將如何安置Jen寶？

文創風
1104

見鬼了才當後娘 1

國家圖書館出版品預行編目資料

見鬼了才當後娘 / 霓小裳著. --
初版. -- 臺北市 : 狗屋出版社有限公司, 2022.10
冊 ; 公分. --（文創風 ; 1104-1106）
ISBN 978-986-509-363-1（第1冊 : 平裝）. --

857.7　111014670

著作者　霓小裳
編輯　林俐君
校對　沈毓萍
發行所　狗屋出版社有限公司
地址　台北市104中山區龍江路71巷15號1樓
電話　02-2776-5889～0
發行字號　局版台業字845號
法律顧問　蕭雄淋律師
總經銷　知遠文化事業有限公司
電話　02-2664-8800
初版　2022年10月
國際書碼　ISBN-13　978-986-509-363-1

本著作物由北京晉江原創網絡科技有限公司授權出版

定價280元
狗屋劃撥帳號：19001626
網址：love.doghouse.com.tw　E-mail：love@doghouse.com.tw